말과 함께 41년
홍대유의
경마장 해방일지

말과 함께 41년
홍대유의
경마장 해방일지

초판1쇄 인쇄 | 2024년 03월 25일
초판1쇄 발행 | 2024년 03월 30일

글·사진 | 홍대유

발행인 | 김정옥
발행처 | 도서출판 우리책
주   소 | 06342 서울시 강남구 개포로140길 32 원효빌딩 B1
전   화 | (02)2236-5982
팩시밀리 | (02)2232-5982
등록번호 | 제2-36119호

값 20,000원

ISBN | 979-11-90175-32-6

말과 함께 41년
홍대유의
경마장 해방일지

글·사진 ┃ 홍대유

우리책

남기고 싶은 이야기 경마장 41년

평생을 말과 함께 생활할지는 꿈에도 몰랐다.

1984년 3월, 난 아무런 인연도 없는 경마장에 제11기 기수후보생으로 발을 들여놓았다. 당시에는 경마장에 대한 인식이 매우 부정적이어서 친구들은 나에게 다시 생각해 보라고 강력하게 말렸다. 하지만 나는 끌리듯이 그렇게 1년간의 교육을 받고 기수로 데뷔했다.

기수 세계는 말을 타며 우승을 쟁취하는 승부가 관건이다 보니 그 치열한 경쟁은 만만치 않았다. 요즘은 기수들이 출퇴근하지만, 당시에는 경마하는 날이 되면 경마장 숙소에서 갇혀 지냈다.

나는 행운이 따라 기수 경력 2년 차인 1987년에 일간스포츠 대상 경주에서 우승했다. 그때 언론에 실린 기사를 보고는 그렇게 뿌듯할 수가 없었다. 이어 1989년에는 대상 경주 네 개를 휩쓸었다. MBC TV 9시 메인 뉴스에 "경마사에 전무후무한 기록을 세웠다."고 보도되며 인기를 얻었다.

나는 기승 경력 7년 만인 1992년 11월, 가장 짧은 경력으로 조기협회에 소속된 기수회장에 당선되었다. 그리고 1996년 11월 기수회장에 재추대되어 활동하는 중에 1998년 6월 17일 독립된 기수협회를 창립했다. 1998년 8월 29일 기수협회는 문체부로부터 사단법인 인가를 받았고, 나는 '사단법인 서울경마장 기수협회' 초대 회장으로 취임했다.

당시 '기수협회'는 운동선수로만 구성된, 우리나라에서는 최초의 사단법인이었다. 나는 프로야구선수협의회에 이 노하우를 전달했다. 그러나 그 협의회는 사단법인화하지 못했다. 후에 경륜선수협회와 경정선수협회는 우리 기수협회 도움을 받아 사단법인을 만들었다.

나는 사단법인 기수협회를 이끌며 기수들의 권익 보호와 우리 경마계의 좋은 이미지를 만들고자 노력했다. 기수들과 함께 사회 봉사활동도 하고, 경마 팬과 어울리는 다양한 행사를 기획하고 치렀다. 특히 '기수와 경마 팬의 만남' 행사는 우리 경마의 이미지를 업그레이드시키는 데 큰 역할을 했다.

기수의 세계는 직접 해 보지 않고는 알 수 없는 직업이다. 나는 실제로 기수로 활동하면서 직접 경험했기에 그들의 어려움과 고독, 슬픔을 잘 알고 있었다. 그래서 특별히 더 나는 기수회장 10여 년간을 기수가 대접받는 경마장으로 만들기 위해 노력했다.

그렇게 22년간의 파란만장한 기수 생활을 은퇴하고 2006년 7월 1일 나는 조교사로 데뷔했다. 기수 때와는 다르게 조교사 생활은 묘미가 있어 나름대로 재미있었다. 말을 나의 마방에 수급해 와서 우리 직원들과 잘 훈련, 경주에 출전시켜 우승했을 때의 그 기쁨은 하나하나 작품 그 자체였다. 나의 말들이 경기에서 좋은 성적을 내지 못하면 우울한 순간, 우승하면 활짝 웃는 순간이 된다. 성적 하나하나에 따라 울고 웃는 직업이 조교사인 것 같다.

누구 말마따나 '회장님 병'에 걸렸는지 나는 조교사 생활을 하는 중에 조교사협회 회장에 당선, 회장으로 활동하게 되었다. 기수협회장일 때는

기수가 그리 많지 않아 단조로웠는데, 조교사협회는 임직원을 합쳐 550명이나 되니 규모도 크고 좀 무게감이 느껴졌다. 나는 조교사협회장으로서 조교사 임직원을 위해 열심히 활동했다. 기수협회장일 때는 기수를 위해, 조교사협회장이 돼서는 조교사·임직원을 위해 열심히 활동하면서 나 자신의 시야도 많이 넓어졌다.

나는 기수, 조교사를 하면서 경마에 대한 긍정 이미지를 위해 늘 경마 팬과 소통해야 한다고 생각했다. 그 일환으로 포털 사이트 다음(Daum)에 〈말을 사랑하는 남자 홍대유〉 카페를 만들어 운영했고, 지금은 유튜브 〈홍대유 TV〉를 운영하며 팬들과 소통하고 있다.

1984년 경마장에 들어왔으니 어언 경마장 생활 41년 차다. 지금도 나는 많은 시간을 말과 함께, 그리고 팬과 함께 보내고 있다. 나는 현재 과천 서울 경마장에서 6조 마방을 운영하고 있다. 나에게 말을 맡겨 주신 마주님들께 감사하고, 말들을 관리하는 직원들께 감사하다. 그리고 무엇보다 우리 6조 말들을 열렬히 응원해 주시는 경마 팬 여러분께 감사를 드린다. 나의 6조 마방 말들은 많은 팬의 사랑 속에서 경주로에 나가면 최선을 다해 달린다.

오늘도 커피 한잔을 마시며 기분 좋은 하루를 시작한다. 아름다운 경마장을 꿈꾸며!

2024년 3월

조교사 홍대유

차 례

프롤로그 / 4

1장 홍대유 기수 시절 이야기

내가 어떻게 경마장에? 경마와의 인연 / 16

처음 타 보는 말과 기수 양성소 / 18

기수 첫 인사 발령, 그리고 통제된 기수의 세계 / 25

나의 기수 데뷔 날, 서대원 기수의 죽음 / 28

기수 첫 승 '은반계', 조교사 첫 승 '지구상위력' / 30

살벌한 기수의 세계, 쿠데타 성공으로 평화를 되찾다 / 34

악벽 경주마는 기수를 힘들게 해 / 39

기수의 생명은 체중, 음식을 돌같이? / 42

말을 잘 달리게 하는 '몽키 자세' / 45

경마가 왜 복마전인지 기수가 되니 알게 되었다 / 49

나눠 먹기 상금에서 승자 독식으로 / 54

기수 얼굴을 모르니 가짜 기수 등장 / 57

자고 일어나니 스타가 되어 있었다 / 61

연달아 울려 퍼진 대상 경주 우승 / 66

경마가 생명의 은인이라! / 70

어린 나이에 기수가 돼 세상을 몰라 잘렸다? / 73

기승 정지만 아니었어도 그랑프리를? / 76

경마장 침투, 말에게 주사를? 조교사 덜덜덜 / 79

1989년은 나의 해, 경마장은 뚝섬에서 과천으로 / 82

죽음의 문턱을 넘나드는 경주, 기수 순직 / 85

기수회장 폭행 사건, 졸지에 나는 부회장에 당선 / 90

경마 역사상 최대의 부정 경마 사건 / 93

기수 7년 만에 기수회장으로 선출된 신출내기 / 97

빨간 글씨 날, 우리 기수들도 쉬고 싶다 / 99

1경주 취소, 2경주 지연 결과는 '경고' / 102

기수 집단, 최초의 경마장 이탈 사건 / 106

예기치 않은 기수회장 낙선, 그리고 추대 / 114

기수들의 봉사 활동, 소외된 곳을 찾아 / 119

유승국 회장님의 소원 수리, 개인마주제 시행 / 122

개인마주제로 강급제 폐지 / 125

과거에는 마주 되기 어려웠지, 지금은? / 127

경마 배금택 화백과 드라마 작가 최연지 선생 / 130

도청당하는 기수들, 억울한 징계 / 133

기수·조교사의 휴대폰 도청,
조교사협회의 부실한 대응과 기수협회 탄생 / 137

한일 교류 경마, 일본 니가타의 추억 / 144

기수와 경마 팬과의 만남 / 149

기수협회 창립 과정 및 발기인 / 152

기수협회장 취임식, 그리고 기수회관 입주 / 155

(사)서울경마장 기수협회의 다양한 사업 / 161

기수와 장애아동 동반 한라산 등반 / 165

한국 최초 1급 지적 장애 학생과 백두산 등반 / 168

제주 마라도에서 장애 학생들과 하룻밤을 / 173

일본 중앙경마 기수와의 축구 교류전 / 178

한국 경마 사상 최초 '기수와 경마 팬의 축구대회' / 181

'기수'라는 직업의 세 가지 어려움 / 184

한국 경마 최초의 기수 은퇴식, 윤치운·최상식·권승주 기수 / 188

미국의 거대한 경마 세계 / 191

'밸리브리'와의 인연, 나의 은퇴 경기 / 197

풍운아 홍대유, 기수 생활을 되돌아보며 / 201

2장 홍대유 조교사 이야기

경마장에만 있는 '조교사'라는 직업 / 210

절대적이었던 조교사 권위와 나의 조교사 데뷔 / 212

조교사 데뷔하니 생고생, 마방엔 말이 없네? / 215

조교사는 능력 있는 말(선수)을 데려와야 성공 / 217

조교사와 마주는 마필위탁관리계약 관계, 상금을 벌어야 산다 / 219

마방이 상승세를 타면 다른 말도 덩달아 춤을 춘다 / 222

말의 부상은 조교사 가슴 '철렁' / 224

1989년 차돌과 2007년 밸리브리, '그랑프리' 우승 / 230

'말을 사랑하는 남자 홍대유' 카페 / 235

마사 대부, 전쟁 같은 조교사들의 복마전 / 239

말도 받고, 마필관리사와 팀워크를 구성해야 / 242

조교사 데뷔 3년 만에 우뚝 서다 / 244

마방 운영은 저돌적, 한동안 실패한 나의 마방 / 247

공부할 것이냐, 협회 임원을 할 것이냐 기로에 서다 / 249

기수협회와 조교사협회의 차이 / 253

조교사 데뷔 10년 만에 조교사협회장 취임, 그리고 마사회장의 고소 / 255

마사회에서 분리되며 받은 '제도전환합의서' / 264

우리들의 안전판 '부가순위 상금(경주 협력금)' / 267

조교사협회의 10일간 노동부 특별 감사 / 273

우리에게 어울리지 않는 주 52시간 근무제 / 277

마필관리사들의 '직급별 직함 부여 공표식' / 280

경주로에서의 안전 장구 착용 / 284

팬데믹 코로나19에도 우리 경주마는 달렸다 / 289

기수·조교사의 승수 쌓기, 400승은 언제? / 292

400승을 안겨 준 '차돌다이아', 멋져부러! / 296

태어나 육성 심사를 거쳐 경마장에 입사하는 경주마 / 300

3장 나의 사랑하는 애마, 그대가 있었기에

회색 신사 최고의 추입마, 999배당 터트린 '두발로' / 306

한국 경마 최초 대상 경주 4관왕 '홍대유 기수',
대상 경주 3관왕 거구의 '차돌' / 315

기쁨과 슬픔을 준 '남부군'과 '거대한' / 331

지독한 악벽마, 1군 무대에 오른 '서울축제' / 336

불치병을 극복하고 1군에 올라온 '영웅이천' / 339

데뷔하자마자 당해 연도 대표마 된 명마 '밸리브리' / 343

기쁨과 희망을 주는 '섬싱로스트' / 351

말과 함께 나년
용대유 의
경마장 해방일지

1장
홍대유 기수 시절 이야기

내가 어떻게 경마장에? 경마와의 인연

"어떻게 기수 할 생각을 하셨어요?"

사람들로부터 많이 받는 질문이다. 사실 나는 경마장에 대해서 아무것도 몰랐고, 또 이곳에 아는 사람이 단 한 명도 없었다. 그런데 이곳 경마장에서 기수, 조교사로 어언 41여 년을 보내고 있다. 아무리 생각해도 그저 신기할 뿐이다.

경마장에 들어오게 된 계기는 아주 단순하다. 요즘이야 저체중이어도 군에 입대하지만, 우리 때는 군 면제를 받았다. 나는 왜소한 체격에 보통 사람보다 훨씬 적게 나가는 저체중 덕분에 군 면제를 받았다. 군 문제가 해결되자 앞으로 뭘 해서 먹고살까 고민하며 시간을 보냈다. 그러던 어느 날, 언젠가 신문에서 본 경마장 기수후보생 생각이 났다. 체중이 가벼운 자만이 할 수 있다는 기수의 세계, 지금도 왜 그때 기수후보생 기사가 떠올랐는지는 모르겠다. 어쨌든 나는 기수후보생이 되면 1년간 합숙하며 공짜로 밥 먹여 준다기에 '몸이나 건강하게 만들고 나와야지.' 하는 생각으로 시험을 보았다.

기수후보생 시험은 1차 필기, 2차 실기, 3차 면접인데 접수하고 시험장에 가니 깡마르고 키 작고 고만고만한 수험생이 많이들 와 있었다. 우리 때는 기수후보생이 인기 있어서인지 10명 정도 뽑는데 경쟁률이 15 대 1 정도 되었다. 대기실에서 수험생들 이야기를 들어보니 대부분 경마장에 이런저런 인맥이나 인연으로 시험을 치게 되었다고 했다. 나는 아는 사람이 한 명도 없어 가능성이 없다고 생각했는데 다행히 덜컥 합격했다.

이렇게 하여 나는 1984년 2월 28일, 마사회 기수 양성소에 입소하며 경마장과의 인연이 시작되었다. 세상사 인생 알 수 없는 것, 저체중이라는 이유 하나만으로 발을 들여놓은 경마장에서 나는 운명처럼 한평생 내 인생을 모두 보내고 있다. 누가 나에게 경마장 생활 어땠냐고 물으면 아주 스릴 있고 재미있었다고, 그리고 운이 좋아 잘리지 않고 41년을 질긴 인연으로 살고 있다고 말할 것이다.

처음 타 보는 말과 기수 양성소

1984년 2월 28일, 기수후보생 시험에 합격한 동기생 열두 명과 함께 기수 양성소에 입소했다. '입소'라는 말 앞에 '가' 자가 붙어 있었는데, 알고 보니 정식적인 입소가 아니었다. 한 달간 후보생들의 생활을 보고 평가해 후보생으로 입소시킬지, 탈락시킬지를 결정하기 때문에 우선 '가입소'하는 것이었다. 실제로 가입소했다가 탈락한 후보생도 있었다고 한다.

1984년 4월 1일, 다행히 우리 동기는 한 명의 낙오자 없이 열두 명 전원이 축하를 받으며 제11기 기수후보생으로 정식 입소했다. 정식으로 기수후보생이 되니 제복뿐만 아니라 신발, 옷 그리고 매달 용돈까지 받았다. 그리고 군대 내무반 생활하듯 열두 명 전원이 한 숙소에서 생활했다. 밤에는 돌아가면서 불침번도 서고, 규칙적이면서 체계적인 생활을 했다.

후보생 생활은 교육 일정대로 움직인다. 하루 세끼 밥도 정해진 시간에 먹고, 오전에는 말 타는 기승 교육을, 오후에는 주로 이론 교육을 받았다. 후보생들 대부분이 말을 가까이에서는 처음 본다고 했는데, 나도 마찬가지였다. 말은 생각보다 커서 무섭기도 하고 놀랍기도 했다.

그렇게 기수후보생도로서 말과 함께 생활한 지 얼마 지나지 않은 어느 날 새벽녘, 교관님이 마방을 둘러보고 오라고 하셨다. 이른 새벽이라 아직은 어둑어둑한 마방에 가 보니, '아, 이게 무슨 일이여?' 말들을 보는 순간 깜짝 놀랐다. 한여름 땡볕에 개가 다리 쭈욱 뻗고 편하게 누워 자듯 말도 그렇게 누워서 자는 것이 아닌가! 말은 서서 잔다고만 알고 있었던 나의 상식이 잘못됐음을 깨달았다. 말들이 편하게 누워 자는 모습이 정말 신기했다. 게다가 어떤 말은 피곤한지 코를 골며 자고 있었다. 사람이나 말이나 피곤하면 코 고는 건 어쩔 수 없나 보다.

기수후보생 교육은 온전히 말과 함께 생활한다. 말 타는 시간이 많다 보니 여러 가지 에피소드도 많다. 우선, 말은 키가 큰데 후보생들 키는 작아서 처음에 혼자 말 등에 올라타기가 무척 힘들다. 말타기를 배우면서 신기하고 즐겁기도 했지만, 한편으로는 무척 힘들었다. 특히 안장 없이 말을 타거나 말 등에 안장은 얹되 등자에 발을 얹지 않고 뺀 상태로 말 타는 교육을 받다 보면 허벅지나 사타구니가 쓸려 상처투성이가 되었다. 상처 난 부위가 얼마나 쓰라리던지……. 가만히 있어도 쓰라린데, 후보생들이 하는 일이 말 타는 것이다 보니 쓰라리다 못해 아린 상태에서도 계속해서 말을 탈 수밖에 없었다. 그래서 우리 후보생들은 궁여지책으로 쓰라린 고통을 조금이라도 덜고자 유아용 기저귀나 여성용 생리대를 쓰며 훈련했다. 하지만 쓰라리긴 마찬가지였다. 우리 후보생들은 기본 마술부터 경주 마술까지 교육받는 동안 수없이 낙마하고, 또 다치기도 많이 다쳤다.

기수 양성소에 들어와 말을 처음 접한 게 엊그제 같은데 좌충우돌 1년이라는 시간이 지났다. 우리 11기는 기본 마술부터 경주 마술까지 말 타는 것을 모두 배우고, 기수 양성소 역사상 한 명의 낙오자도 없이 열두 명 전원이 졸업했다. 그리고 우리는 '12명 전원 기수면허 취득'이라는 기록도 세웠다.

1984년 당시 후보생 때는 교육 기간이 1년이었다. 그런데 교육 기간이 차츰 늘어 2년간 교육받은 기수도 있고, 어느 기수부터는 2년 교육받고 2년은 경주에 출전하면서 총 4년의 교육 기간인 기수도 있었다.

1971년에 개설하여 1972년부터 제1기 기수를 배출한 기수 양성소 (기수 아카데미)가 몇 년 전부터 기수후보생을 뽑지 않는다고 한다. 기수를 배출하는 데 비용이 많이 들어서 그런지는 잘 모르겠지만 매우 안타깝다. 앞으로는 경마장이나 육성목장에서 혹은 말 특화고등학교나 대학 말 관련 학과에서 말 타는 것을 배운 기수 지망생들에게 기수면허 시험을 치게 하여 기수를 선발할 예정인가 보다.

11기 기수후보생 입소 기념 사진

뚝섬 경마장 기수양성소 기수후보생 교육 장면

기수양성소의 체력 단련 훈련

말 타는 훈련

게이트 출발 훈련

제11기 기수후보생 수료식

기수 첫 인사 발령, 그리고 통제된 기수의 세계

 나는 기수후보생 졸업과 동시에 기수면허를 취득해 1985년 4월 1일 한국마사회 기수로 발령받았다. 한국마사회 직원 신분으로 어엿한 기수가 된 것이다(1993년 개인마주제 전까지 기수, 조교사, 마필관리사는 마사회 직원 신분이었다.).

 뚝섬 경마장이나 과천 서울경마장은 경주 관람대를 비롯해 경주 시행하는 시설이나 모든 것이 비슷하게 갖춰져 있다. 그런데 뚝섬 경마장에 다른 게 하나 있다면 5층짜리 아파트 두 개 동이 있다는 것이다. 이 아파트는 기수와 조교사가 생활하는 아파트로, 두 개 동 모두

1층은 기수들이 방 하나에 4~5명씩 사용하고, 2층 이상은 조교사들이 결혼해서 살았다. 나도 숙소를 배치받아 세 명의 선배 기수들과 함께 생활했다. 후배니까 숙소 청소는 물론이지만, 어느 후배는 선배 속옷도 빨아 주었다고 했다. 지금 생각해 보면 선배들 시중들기가 참으로 까탈스럽고 힘들기도 했던 것 같다.

지금은 기수들이 자유롭게 출퇴근하는데 당시에는 엄격한 통제 속에 살았다. 보통 경마는 한 주에 금·토·일 3일간 열렸다. 그러면 기수들은 목요일 오후 1시까지 경마장에 들어와 일요일 마지막 경주가 끝나야 밖으로 나갈 수가 있었다.

목요일 오후 1시, 기수 대기실에 집합하면 첫 번째로 모든 기수가 체중을 쟀다. 기수 담당 직원 입회하에 큰 저울대에 올라가 체중을 쟀는데, 52kg을 넘지 말아야 했기에 이 순간이 기수들에게는 가장 큰 고통이었다. 체중 초과는 그에 상응한 제제를 주었기 때문이다. 사실 경주에 출전하는 기수들이야 체중 조절은 당연했다. 하지만 기승 정지나 부상으로 인해 기승하지 못하는 기수들은 체중이 불어 매주 목요일 계체량 통과가 쉬운 일이 아니었다. 매주 이 시간은 살과의 전쟁이었다.

기수와 마찬가지로 조교사, 관리사도 경마장 안에서 통제된 생활을 했다. 아파트에 사는 조교사들의 경우, 경마 날 외부와의 통화를 할 수 없게끔 집에 있는 전화기를 모두 마사회 당직실에 갖다 놓았다가 일요일 마지막 경기가 끝나면 다시 집으로 가져갔다.

3박 4일간 경마장 안에 갇혀 통제받다 보니 기수들에게는 황당한 일도 많았다. 한번은 어느 기수가 부모님 제삿날에 제사 지내기 위해 외출 허락을 요청했더니 담당 직원이 제사를 옮기라는 몰상식한 말을 했다고 한다. 또 어느 기수는 배가 아파 병원에 가야겠다고 하는데도 외출 허락이 되지 않아 외출증 없이 무작정 병원으로 갔는데 '맹장염'이었고, 조금만 늦었어도 큰일 날 뻔했던 적이 있었다고 한다. 지금도 당시의 일을 떠올릴 때면 치가 떨릴 정도로 그때는 통제가 매우 엄격했다.

우리 기수들은 '공정 경마'라는 명분 아래 한국 경마가 오늘에 이르기까지 많은 희생이 뒤따랐다는 점을 부인할 수 없다.

나의 기수 데뷔 날, 서대원 기수의 죽음

우리 11기는 기수 발령을 받으면 곧바로 경주에 출전하는 줄로만 알았다. 그런데 10기생부터 갑자기 없었던 '6개월 기수 실무보수교육'이 생겨 교육을 더 받게 되었다. 6개월 동안 경주 출전은 하지 않고 기수들과 함께 생활하며 교육만 받는 것이다.

알고 보니 9기생들이 데뷔해 경주하던 중 여러 번 사고가 발생해 좀 더 교육받은 후 데뷔시키라는 윗선의 지시가 있었다는 것이다. 그래서 10기생부터 시작해 우리 11기도 6개월간 교육을 받게 되었다.

우리 11기는 1985년 10월 첫 주부터 경주에 데뷔할 수 있었다. 신인들은 경주에 타고 출전할 말이 있냐 없냐에 따라 각자 데뷔 시기가 달랐는데, 나는 10월 둘째 주인 13일에 데뷔하게 되었다. 나는 다소 흥분되었고, 한편으로는 초조하고 긴장감이 몰려왔다.

그런데 1985년 10월 13일 내가 기수로 데뷔하는 바로 그날, 제2 경주에서 경기 중 끔찍한 사고가 발생했다. 나는 그때 출전을 앞두고 기수 대기실에서 기수들과 함께 모니터로 관람하고 있었다. 앞서가던 '비슬산'이 결승선을 불과 20~30m 남겨 두고 안쪽 펜스로 뛰어넘었는데, 순간 기수와 말이 결승선 기둥을 들이받는 것처럼 보였다. 말 등에 있던 기수는 순식간에 날아가 버리고, 비슬산도 달려가던 속도에 의해 앞으로 날아갔다. 갑자기 벌어진 일에 우리 기수들은 너무 놀라 소리치며 밖으로 뛰쳐나갔다.

비슬산에 기승했던 서대원 기수는 한양대병원으로 실려 갔다. 이후 서대원 기수는 다시 우리 곁으로 돌아오지 못했다. 6대 독자였던 서대원 기수는 이렇게 우리 곁을 떠났다. 당시 경기가 있던 날, 후배들이 기수 숙소에서 라면을 먹자 지나가던 서대원 기수가 먹고 싶다며 젓가락으로 몇 가닥 집어 먹고 경주로에 나갔다고 했다. 이것이 서대원 기수와의 마지막이 될 줄 누가 알았겠는가!

나의 기수 데뷔 날, 나는 서대원 기수의 사고 목격 후 바로 경주에 출전하는 바람에 도대체 어떻게 치렀는지 기억도 나지 않는다. 아마 상당한 두려움 속에 떨며 경주하지 않았을까 하는 생각이 든다.

기수 첫 승 '은반계',
조교사 첫 승 '지구상위력'

'우승!', 언제나 들어도 좋은 단어다. 어느 분야나 마찬가지겠지만 특히 스포츠 세계에서 우승은 그동안의 수고로움을 비롯해 모든 것을 해소해 주며, 최고의 작품으로서 영광을 안겨 준다. 기수, 조교사를 하면서 수백 번 우승해 봤지만 기수로서의 첫 승과 조교사로서의 첫 우승은 어느 우승보다도 의미가 있고, 앞으로도 영원히 기억에 남을 것이다.

나는 기수 데뷔하고 2주 후인 10월 27일 일요일에 제1 경주에서 '은반계'라는 말을 타고 첫 우승을 했다. 은반계는 호주산 암말로, 성

깔이 아주 깔깔하고 너무 까불어 기승할 수가 없었다. 그래서 처음에는 말 등에 안장을 얹고는 안장 위에 무거운 모래주머니를 올려놓고 훈련했다. 어느 정도 순치가 되어서야 기승했는데, 이렇게 몹시도 까불다 보니 주로에서 훈련하다가 툭하면 나를 바닥에 패대기치기도 했던 말이다. 이번 우승은 은반계 자신도 경주마로서 첫 우승이면서 동시에 나에게는 첫 승의 선물을 안겨 준 것이다.

은반계의 첫 우승을 시작으로 나는 기수 생활 22년간 총 369회 우승했고 은퇴했다. 기수로서 운 좋게도 능력 있고 좋은 말을 많이 타신인 때부터 1등도 많이 하고, 대상 경주에서도 많이 우승했다. 이렇게 나는 기수로서 잘나갔었는데, '기수협회 독립'이라는 뜻밖의 복병을 만나 그 이후로 기수 성적은 형편 없었다. 1998년부터 기수 은퇴하는 2006년 6월까지 약 8년간 거의 기승할 수 없었기에 우승은 20승도 못 했다.

나는 우여곡절을 겪으며 2006년 6월 31일 자로 기수를 은퇴하고, 2006년 7월 1일부로 조교사에 데뷔했다. 조교사 데뷔 후 선임 조교사한테 물려받은 말이 별로 없다 보니 처음부터 고전했다. 다른 신인 조교사들은 데뷔하자마자 금방 첫 승을 하거나 늦어도 2~3개월 걸렸다. 하지만 나의 첫 우승은 2007년 1월 14일(일) 제4 경주에서 '지구상위력(김옥성 기승)'으로 7개월이나 걸렸다. 7개월이라는 이 긴 시간 동안 주위의 따가운 시선은 물론, 뭔가 초조하며 조교사로서 무기

홍대유 조교사에게 첫 승을 안겨 준 '지구상위력'(기수 김옥성)

력감마저 들었다.

　지구상위력의 우승으로 조교사로서 첫 우승을 한 날, 나는 그동안 겪은 마음의 부담이 사라져 시원한 맥주를 많이도 마셨다. 얼마나 속이 후련했는지, 당시의 그 기쁨은 지금도 생생하다.

　신인 기수 때는 2주 만에 첫 승을, 신인 조교사 때는 7개월이라는 긴 시간이 흐른 뒤에 첫 승을 한 나는 누구보다도 신인 기수, 신인 조교사의 마음을 잘 안다. 그들이 데뷔하면 첫 우승을 빨리했으면 좋겠다는 게 나의 간절한 응원이다.

🐎 살벌한 기수의 세계,
쿠데타 성공으로
평화를 되찾다

기수로 발령받고 숙소를 배정받았다. 한 방에 4~5명의 기수들이 생활했는데, 같은 방을 쓰는 선후배끼리는 어떤 끈끈한 정이 있었다. 하지만 기수 세계는 살벌했다.

우리 기수들은 목요일 오후 1시까지 경마장에 들어와서 경마가 열리는 금, 토, 일 3일간 함께 생활했다. 오후 1시 기수 대기실에 모이면 담당 부서에서 이번 주에 있을 일들을 일장 연설하고 떠난다. 그러고 나면 기수들끼리만 남게 되는데, 이때 여기서 선배 기수들의 군기 잡기가 시작된다. 무슨 트집 잡을 게 그리도 많은지, 허구한 날 기수들 엉덩이는 몽둥이로 피멍이 들었다. 개인적으로 맞기도 하고 전체 줄 빳다로 맞기도 했는데, 이러나저러나 후배 입장에서는 그야말로 죽을 맞이었다. 그래도 한편으로는 이렇게 모였을 때 일찌감치 두들겨 맞으면 차라리 마음이 편했다. 미리 한바탕했으니 이젠 맞지 않겠지 하는 안도의 한숨이었다.

경마가 있는 3박 4일 동안 선배 기수들의 구타는 기수 대기실, 기수 숙소, 아파트 옥상에서 수시로 이루어졌다. 간혹 못된 선배는 자기의 경기가 제대로 풀리지 않았다고 후배들에게 화풀이로 구타했다. 이런 선배들의 이유 없는 구타로 후배들의 뼈가 부러지고 고막이 터지기도 했다. 기수별로 위에서부터 내려오는 줄 빳다라도 있는 날이면 맨 아래 기수는 한 6, 70대 정도 맞는다. 언젠가 한 후배는 빳다 70대까지 맞은 적이 있다고 술회했다. 이렇게 맞고 나면 엉덩이는 피멍이 들어 어디에 앉을 수도 없었다. 결혼한 기수들은 경기 끝나고 집에 갈 일이 가장 큰 걱정이었다. 피멍 든 엉덩이를 보면 가족들은 무슨 말을 할지 참으로 서럽고 안타까운 기수 신세였다. 기수들이 경마장에서 말 타고 돈 벌어 오는 게 아니라 매 맞아 돈 벌어 오는 걸로 생각하지 않을까? 이럴 때마다 참 참담한 심정이었다.

당시 후배(9기, 10기) 측은 선배들한테 구타당하면서도 후배들을 보호하려고 많이들 노력했다. 후배 측은 우리 11기가 기수로 합류하면서부터 선배들의 구타 근절을 위해 진지하게 논의했다.

　우리 11기가 기수 생활 1년째 되던 1986년 어느 날, 선배들의 숙소 검열이 시작됐다. '숙소 검열'은 곧 '구타'를 의미했다. 방 검열이 시작되자 역시나 숙소에선 비명 소리가 터져 나왔다. 선배들이 방을 지나갈 때면 태풍이 몰아쳐 파도치듯 밀려오는 비명 소리에 공포가 엄습했다.

　그날 그렇게 이유 없는 매타작 숙소 검열이 끝난 후 후배(9기, 10기, 11기, 12기) 측은 더 이상 맞고 살순 없다면서 흥분해 기수별로 세 명씩 모였다. 사실 선배들의 구타가 있을 때마다 어떻게 하면 이 악습을 없앨지 논의도 많이 했는데, 이번엔 바로 당장 쿠데타를 실행하자고 의견을 모았다. 그래서 시나리오대로 선후배 모든 기수를 경주로 3코너에 모이게 했다. 뚝섬 경마장 경주로 3코너는 가장 어둡고 사람이 거의 다니지 않는 조용한 곳이다.

　선배들은 무슨 영문인지 모른 채 얼떨결에 경주로 3코너에 모였고, 우리 후배들은 선배들을 빙 둘러 에워쌌다. 막상 기수 전체가 이렇게 다 모이고 보니 분위기가 심상치 않은 게 무척 살벌했다. 후배들이 흥분한 상태에서 선배들의 이유 없는 구타 문제를 강하게 항의하자 선배들은 당황하여 기가 약간 죽은 듯했다. 그러나 잠시 서로 대화가 오가면서 선배들의 말도 안 되는 항변에 이어 훈계가 시작되었다.

"구타는 사고 예방 차원에서 정신 차리라는 뜻으로 오래전부터 내려오는 관행이다!"

"너희들의 이런 집단행동은 분명히 하극상이다!"

선배들은 하극상에 대한 책임을 묻겠다면서 노발대발했다.

어느 정도 시간이 지나면서 점차 우리 측이 선배 측에 밀리는 분위기로 반전되고 있었다. 이러다가는 쿠데타고 뭐고 죽도 밥도 안 될 것 같았다. 순간, 실패한다면 결국 구타는 더 심해질 것이고, 자칫하면 기수 생활도 접어야 할지 모른다는 위기감이 들었다. 그래서 나는 나무가 많이 쌓여 있는 곳으로 성큼성큼 다가가 큰 몽둥이를 하나 집어 들고는 선후배들이 양쪽으로 모여 있는 한가운데에 섰다. 그러고는 당시 후배 기수들이 가장 무서워하는 선배를 큰 소리로 불러내 엎드려 뻗치라고 소리쳤다. 순간 선배들 분위기는 더욱 살벌해졌고, 일촉즉발 긴장감마저 돌았다. 그도 그럴 것이 기수 1년 차 막내 기수인 내가 끝장 보려는 듯 몽둥이를 들고 설치고 있으니 얼마나 기가 막히고 황당했겠는가!

갑작스런 내 돌발행동에 다소 기가 죽어 있던 우리 측 여기저기서 거센 항의가 이어지면서 다시 살벌한 분위기로 치달았다. 한 치 물러섬 없이 패싸움이라도 벌일 것처럼 분위기가 고조되자 다소 밀리게 된 선배들은 결국 우리 후배(9기, 10기, 11기, 12기) 측 주장대로 구타 없애기에 합의했다. 경주로 3코너 어스름한 달빛 아래 우리 기수들은 똘똘 뭉쳐서 당시 스포츠 세계에 만연해 있던 '구타 관행'을 결국은 쿠데타 성공으로 끊어버릴 수 있게 되었다.

이러한 우여곡절 끝에 후배 기수들의 구타는 비로소 근절되었다. 그날의 쿠데타 대성공으로 기수 세계는 비교적 안정을 찾게 되었고, 그러다 보니 기수 생활이 즐거웠다. 그리고 말도 더 잘 탔다.

쿠데타 사건 전에 사고로 병원에 입원하는 바람에 당시 현장에 없었던 성깔 있는 선배 기수는 퇴원하면 나를 가만두지 않겠다며 벼렀다고 한다. 하지만 이후 나는 선배들로부터 그 어떤 위협이나 불이익은 받은 적이 없다.

쿠데타 성공 이후, 나는 '깡이 대단하다'는 소리를 들으며 선후배들에게 이런저런 이유로 불려 나가 여러 날 술을 많이도 얻어 마셨다. 지금도 당시 현장에 있었던 기수들 중에는 "그날 홍대유 대단했다!", "홍대유가 깡이 세다."고 말한다. 내가 깡이 좀 센 것 같기도 하지만, 무엇보다 불의에 저항하고자 하는 행동하는 양심을 가진 성격 때문이었던 것 같다.

악벽 경주마는 기수를 힘들게 해

승용마와 달리 경주마는 잘 먹어서 힘도 세고 포악한 말도 많다. 말들과 생활하다 보면 말에 차이고 물리고 들이받히는가 하면, 패대기를 당해 부상당하기도 한다. 일반인들도 '말은 찬다.'는 사실을 잘 알아 말 뒤에 서는 것을 조심한다. 우리 기수들 생활은 말과 밀접한 관계에 있어 누구보다도 그 사실을 잘 알고 있고, 또 나름대로 조심한다고 하는데도 사고를 당할 수 있다. 말에 차이면 크게 다칠 수 있기 때문에 잘 차는 말에게는 꼬리에 빨간 리본을 매달아 준다. 이 말은 잘 차니 특별히 조심하라는 표시다. 보통 말은 뒷발로 차는데 앞발로 차는 말도 있다.

그런가 하면 무는 말도 의외로 많다. 현재 내가 관리하는 6조 마방에도 '새내파워풀'을 비롯해 무는 말이 여럿 있다. 기수라면 말 등에 안장을 얹다가 옆구리를 물려 피멍이 든 경험이나 그런 경우를 많이 봤을 것이다.

기수 시절에 탔던 말 중 '타율왕'과 '환호성'이 있었다. '타율왕'은 내가 굴레를 씌우러 가면 달려들어 종종 물곤 했다. 한번은 타율왕이 나에게 확 달려들어 뒤로 피했는데 헬멧을 쓴 상태의 내 목을 물었다. 헬멧 턱 끈이 찢어지며 목에 큰 상처를 입었는데, 그때 정말 큰일 날 뻔했다. 지금도 목에 그 흉터가 희미하게 남아 있다.

'환호성'은 물더라도 장난을 치는 밤색의 귀여운 말이었다. 근데 이놈이 대형 사고를 쳤다. 옆집 마필관리사의 코를 물어 그의 코가 떨어져 나간 것이다. 그 관리사는 우리 환호성이 잘 무는 말인지 모르고 마방 통로를 지나가다가 귀엽다고 코를 맞대며 장난을 쳤다고 한다. 그런데 순간 환호성이 그의 코를 물었다. 곧바로 병원에 이송되었지만 떨어져 나간 코를 살릴 수 없어 엉덩이 살을 떼어서 코를 재생했다. 우리는 한동안 그 관리사의 이상한 코를 볼 때마다 애써 웃음을 참느라 얼굴을 돌렸던 기억이 난다.

경마장 말들은 과거와는 달리 모두 개인이 소유하고 있다. 그래서 마주들은 자신의 말을 보러 마방에 온다. 그럴 때마다 나는 마주에게 말에 물릴 수 있으니 조심하라고 이른다. 매번 하는 내 얘기가 귀찮을 수도 있다. 하지만 사고는 예측할 수 없다. 순식간에 일어나는 사고를 예방하기 위해서는 그저 조심하고 조심하라는 '주의'가 최선이다. 지금 글을 쓰고 있는데, 옆에 있는 우리 마필관리사가 말에 귀를 물려 귀가 떨어져 나간 적이 있다고 한다. 아뿔사!

말은 기수와 조교사들에겐 가족이다. 우리는 말과 동고동락하는 사이이다. 하지만 우리는 말을 타다 수없이 다치고, 또 말도 사고를 많이 당한다. 그래도 우린 말이 좋고 사랑스럽다. 말과 우리 사이는 끊을 수 없는 애증 관계이기도 한 것 같다.

"경주마들이여, 우리가 부상당하지 않도록 해 주소서!"

기수의 생명은 체중, 음식을 돌같이?

기수의 생명은 '체중'이다. 기수로서 출전하느냐 마느냐는 체중에 달렸기 때문이다. 아무리 말을 잘 타는 기수라도 체중이 초과되면 출전 자체를 할 수가 없다. 매년 기수면허 갱신 시 체중은 51.9kg 이하여야 한다. 요즘 기수들은 어떻게 체중 조절하는지 잘 모르겠지만, 아마 지금 이 시간에도 고통 속에서 힘들게 체중을 줄이고 있을 것이다.

1985년 기수가 되어 그들과 함께 생활하면서 보니, 몇 명을 제외하고는 모두 체중을 조절했다. 그것도 아주 심하게 거의 매일 체중과의 전쟁이었다. 기수 중에는 키도 크고, 누가 봐도 체중이 꽤 나가겠다는 사람들도 많았다. 키가 큰 기수를 보면 어떻게 저런 키에 기수가 되었을까 의아하기도 한데, 이유를 알게 되면 이해하게 된다.

1984년 우리 11기부터는 기수후보생을 고졸 이상으로 뽑았기에, 나이 먹고 들어와서인지 키는 더 이상 크지 않았던 것 같다. 그래서 체중 조절하기가 다른 기수들보다는 조금 수월했다. 우리 11기는 학력 제한으로 대부분 스무 살 넘어서 기수가 되었는 데 반해, 1~10기까지는 고졸 이상도 있었지만 대부분 국졸이나 중졸의 어린 나이에 기수후보생이 되어 나이가 대략 열일곱 살 전후에 기수가 되었다. 키 160cm 이하에 체중 48kg 이하의 어린 나이에 기수후보생으로 들어왔으나 기수가 되고 나이를 먹으니 키도 크고 체구도 많이 커졌다. 그러니 체중은 늘고, 당연히 체중을 많이 뺄 수밖에 없다.

체중을 심하게 빼느라 애쓰는 기수들을 보면 기수인 내가 봐도 퍽 안타깝다. 하루 종일 체중 빼는 것도 모자라 밤마다 땀복 입고 나이트클럽에 가서 춤추다 오는 기수도 있고, 체중을 빼다 빼다 못 뺏을 땐 최후의 수단으로 '라식스'라는 이뇨제를 먹는 기수도 있었다(지금은 의사 처방이 있어야 구매하지만 옛날에는 약국에서 쉽게 구했다.). 라식스를 먹으면 몸의 수분이 쫙 빠져 체중이 주는데, 처음에는 반 알 정도 먹어도 효과가 있다. 그러나 지속적으로 먹다 보면 중독돼서 한 알 한 알 늘고, 어느 순간부터는 한 번에 20알 이상씩 먹어야 효과를 보게 된다. 지금 같아서는 상상도 할 수 없는 일인데 그때는 그랬다.

이렇게 심하게 체중을 조절하다 보면 위에 구멍이 나는 기수도 있었다. 또 체중과의 전쟁을 치르는 기수들과 함께 잠이라도 자면 꼬르륵꼬르륵 뱃고동 소리에 잠을 설치기도 했다.

과거 어린 나이에 데뷔한 기수들은 점점 키가 크고 체구가 커지면서 불어나는 체중을 감당하기 어려워 결국 스스로 은퇴하는 기수도 있었다. 특히 체중 조절하며 버틴 기수 출신 조교사들은 참으로 대단하다고 생각한다.

기수는 체중을 52kg 이하로 유지하는 게 말타기에 여러 면에서 좋다. 나도 기수 시절 항상 체중 51.5kg을 유지하고 살았다. 음식을 조금만 더 먹으면 체중이 불어서 항상 정량만 먹고 음식에는 욕심부리지 않아 기준 체중을 유지할 수 있었다.

어린 나이에 기수가 되어 지금은 조교사로 있는 3조 최영주 조교사는 키가 170cm는 훨씬 넘어 체중도 꽤 나갈 것 같다. 어떻게 기수로서 잘 버티고 조교사까지 되었는지 궁금하기도 하고, 그의 의지가 참 존경스럽기도 하다.

말을 잘 달리게 하는 '몽키 자세'

경마장에 처음 온 사람들은 기수들이 엉덩이 들고 말 타는 모습에 놀라며 신기해한다. 그리고 웅크리고 말타기가 힘들겠다고 말한다. 맞다. 웅크리고 말을 타는 건 몹시 힘들다. 보통의 승마 자세로 허리 펴고 기승한다면 편하고 좋을 텐데, 기수들은 스피드 내는 경기를 하다 보니 등자 끈을 짧게 하고 몸을 최대한 웅크려 기승한다. 이런 경마 기수들의 자세를 자세히 보면 원숭이가 나무에 매달려 있는 것 같다고 해서 소위 '몽키 자세'라고 한다.

나는 기수후보생이 되었을 때 처음에는 승마 자세로 말타기를 배

왔다. 승마 자세로 말 타는 것을 '기본 마술'이라고 하는데, 기본 마술을 어느 정도 배우고 나면 경마장 기수 자세인 몽키 자세로 '경주 마술'을 배우게 된다. 말 위에서 등자 끈을 짧게 하고 웅크리며 말을 유도하는 것인데, 쉬운 일이 아니다. 몽키 자세로 말타기를 배우면서 낙마도 수없이 했다.

몽키 자세가 어떻게 해서 말을 더 빨리 달릴 수 있게 하는지 궁금할 텐데, 그 이유는 간단하다. 몽키 자세는 기수가 상체를 앞으로 숙이고 몸을 유선형으로 만드는 자세다. 즉 자동차를 보면 쉽게 이해할 수 있다. 자동차 앞은 유선형으로 되어 있는데, 이는 자동차가 바람의 저항을 덜 받으며 잘 달릴 수 있도록 하기 위한 것이다. 몽키 자세도 이 원리와 같다. 이 자세로 말을 타면 확실히 바람의 저항을 덜 받는다.

그리고 몽키 자세일 때 기수의 엉덩이가 말 등에서 떨어져 있는 것을 볼 수 있는데, 이는 말이 달릴 때 말의 허리 움직임을 방해하지 않기 위해서다. 또한 기수가 상체를 웅크리고 있다 보니 기수의 중심과 말의 중심이 가까워져서 스피드 내면서 달리는 말이 흔들리지 않게 하는 최상의 자세가 된다. 대체로 몽키 자세가 아름다운 기수일수록 말을 잘 타는 편이다. 경마 기수들은 새벽 훈련 때도, 경주 때도 몽키 자세로 말을 타다 보니 일반인보다 허리를 많이 쓴다. 그래서 기수들은 허리가 아파 고생을 많이 하고 있다.

기수양성소 시절 몽키 자세로 훈련 중인 필자

경기에서 뛰기는 말이 뛰지만 기수도 말 등에서 혼신의 힘을 다해 말을 몰아낸다. 기수가 한 경주 한 경주 경주를 마칠 때마다 어느 정도로 힘이 소모되는지 비유하면, 경마 팬이 100m 달리기를 있는 힘을 다해 뛰고 난 후 헉헉거리는 순간을 기억하면 된다.

기수들은 결승선을 통과하면서 엉덩이를 바짝 든다. 이것은 경기 내내 숨이 꽉 막히고 다리가 후들후들 떨려 나름대로 말 등에서 힘들었던 다리를 쭉 펴는 것이다.

기수들은 전력 질주 후 말 등에서 내릴 때 발을 땅바닥에 내려놓는 순간 다리가 휘청거려 쓰러질 뻔하는 경험을 한다. 그만큼 경주 하나하나가 기수들에게는 자신의 모든 정열을 한꺼번에 쏟아붓는 매우 힘든 것이다.

경마가 왜 복마전인지
기수가 되니 알게 되었다

　기수 생활하면서 선배들로부터 받았던 몽둥이 세례보다 더 무서운 것이 있다는 걸 알게 되었다. 잠자고 나면 동료 기수들이 한 명씩 부정 경마로 잘려나갔다. 기수 대부분이 어린 나이에 경마장에서 첫 사회생활을 하게 되는데, 자기도 모르게 마사회법을 위반해 부정 경마를 저질렀다는 이유로 기수를 그만두고 떠나는 것이다. 1년에 열 명의 기수가 데뷔하면 7~8명은 부정 경마로 떠났다. 참으로 환장할 노릇이었다.

　사실 나도 기수가 되기 전까지는 왜 그들이 범법자가 되어 잘렸는지 그 이유를 잘 몰랐다. 우리는 기수 양성소에서 "기수는 경주에 출전하면 항상 최선을 다해야 한다."고 배웠고, 마사회 규정에도 "기수는 경주에 나가면 전 능력을 발휘해야 한다."고 쓰여 있다. 그래서 나는 잘 알지도 못하면서 잘려서 경마장을 떠나는 기수에 대해 좋지 않은 생각을 했다.

그런데 막상 내가 기수가 되어 말을 타 보니 그럴 수밖에 없다는 현실을 알고는 충분히 이해가 되었다. 우리가 배웠던 것과는 다르게 기수는 매 경주 최선을 다하는 것이 아니라 때로는 그러지 말아야 할 때도 있었다. 말의 각 상황에 따라 우승하기 위해 열심히 기승할 때도 있고, 때론 일부러 말을 열심히 타지 말아야 했다. 다시 말해 우리 기수들은 경주에서 전 능력을 발휘하지 말아야 할 때가 있는 것이다. 그래서 심지어 기수들은 경기에서 말이 우승하지 못하게 결승선 앞에서도 말 목이 높이 쳐들릴 정도로 심하게 당기기도(능력을 발휘하지 못하게 하는 것) 했다. 그렇게 되면 결승선 앞에서 표날 정도로 심하게 말을 당겼다고 재결(심판)에 불려갔다. 규정대로 경주에서 말의 전 능력을 발휘하지 않고 이상하게 경기를 펼쳤으니 재결(심판)에서는 기승 기수에게 기승 정지 3개월 전후를 주는 것은 기본이고, 심할 경우는 기수면허 정지 6개월에서 1년 정도의 징계를 주었다.

우리 기수는 현역으로 있는 한 매 경주에서 말을 탈 때마다 말을 가고(전 능력 발휘) 안 가고(전 능력을 발휘하지 않음.)를 할 수밖에 없었다. 그렇기 때문에 간혹 인기마를 타는 경우는 말을 당겨야 한다는 부담감에 이 핑계 저 핑계로 출전을 포기해 기수를 변경하기도 했다. 환경이 이렇다 보니 고참 기수가 될수록 말 타는 것이 두려워졌다.

우리 기수가 이렇게 말을 탈 수밖에 없는 이유는 마사회 제도의 문제 때문이었다. 그런데 마사회는 잘못된 제도는 바꾸지 않고 고삐 잡은 기수들만 내리 때려잡았다.

내가 기수 데뷔했을 때는 '승강급 제도'라는 게 있었다. '승급'이란 누구나 알 수 있듯 우승하면 하나 승급하는 것이고, '강급'이란 경주마가 성적이 저조하면 등급이 아래 등급으로 내려오는 것이다. 예를 들면 1등급에 있던 말이 세 번 연달아 6등 이하로 오면 2등급이 되고, 연달아 6등 이하로 한 번만 더 오면 곧바로 3등급이 되고, 또 6등 이하가 되면 4등급이 되는 강급 제도다. 경기에서 성적이 저조하면 이렇게 마냥 아래 등급으로 내려올 수 있다. 그리고 우승하면 승군한다. 말마다 그 말이 속한 등급에서 6등 이하로 세 번 오면 강급을 당해 아래 등급으로 내려오기에 좋은 것이다.

우리 경마의 상금 체계를 보면 알 수 있듯이 경주에서 우승해야만 상금을 많이 받을 수 있다. 매 경주에서 열심히 뛰어 3등, 4등, 5등 죽어라 와봐야 돈이 되지 않는다(기수는 상금이 급여다.). 우승만이 상금을 많이 벌 수 있는 이러한 상금 체계에서 여러분들이라면 어떻게 하겠는가. 그 등급에서 맨날 착순(3·4·5등)이나 오며 상금 못 타는 것을 택할 것인가, 아니면 인위적으로라도 경주에서 말을 아래 군으로 당겨서 강급시킨 다음 우승해 상금을 많이 타는 것을 택할 것인가. 우리 기수, 조교사 들은 아주 오래전부터 말을 인위적으로 승급시켰다 강급시켰다 하는 제도를 활용하며 상금 받는 것을 택했다. 이렇게 하지 않으면 나만 상금을 못 받는 무능력자가 되기 때문이다.

강급 제도를 활용할 수밖에 없는 우리의 경마 현실에서 기수들은 현실에 적응해 경주한 것인데, 이것이 곧 마사회 규정을 위반한 '부정 경마'라는 오명을 쓰게 된 것이다. 기수들이 잘려나갈 때마다 우리는 '기수가 인스턴트 식품'이냐며 마사회에 말의 강급 제도에 문제가 있음을 수없이 건의했다. 그런데 마사회는 번번이 무시하고 답이 없었다. 그도 그럴 것이 경주마는 마사회 재산인데 지금과 같이 승급만 하고 강급이 없으면 말을 수도 없이 도태시켜야 하고, 그것은 곧 마사회 재산을 없애는 것이니 원활한 경주마를 운영하기 어렵기 때문이었다.

기수로 있는 한 문제가 있는 이 강급 제도를 활용해 먹고살아야 하기에 우리 기수는 행동으로 경주에서 말이 가니 안 가니를 했다. 그러기에 과거 우리 경마는 '가니 안 가니'라는 소스가 존재했으며, 경주에 베팅하는 팬들은 기수나 조교사에게서 정보(소스)를 얻지 못하면 경마하기가 어려웠다.

우리 경마에 소스 존재와 비리의 원천이었던 강급 제도! 우리 기수들이 그렇게 없애 달라고 울부짖었던 말의 강급 제도는 1993년 개인마주제를 시행하면서 제1호 경마 비리 척결 대상으로 폐지되었다.

강급 제도가 없어지면서 기수, 조교사 들은 말을 열심히 훈련시켜 최선을 다해 경기를 펼치고 있다. 오로지 우승을 목표로 최선을 다하기에 요즘 우리 경마 배당이 빵빵 터지는 것이다.

기수 출신들과 옛날이야기를 하다 보면 웃지 못할 에피소드가 많다. 언젠가 들은 어느 기수의 이야기다.

"우리 후보생 때 무서운 교관님이 있었는데, 내가 기수가 되어 말을 타니까 어느 날 나한테 경주에 출전하는 말을 물어보는 거야. 그래서 가르쳐 줬지. 얼마 후 베팅해서 맞췄다고 돈을 갖고 와서 고맙다고 하네? 웃어야 되나 울어야 되나……."

한국 경마의 어려운 시기에 마사회 강급 제도로 경마 팬과 어린 기수들만 희생양이 되었다.

나눠 먹기 상금에서 승자 독식으로

2007년, 우리 경마에 프리 기수(자유 기승 계약) 제도가 도입되었다. 처음에는 계약 기수, 프리 기수를 병행해 운영하다가 시간이 지나면서 지금은 완전 프리 기수 제도로 운영되고 있다.

1985년 내가 기수할 당시에는 계약 기수제였다. 조교사와 기수가 서로 계약하고, 기수는 계약한 조교사 밑에서 말을 타며 경주에 출전했다. 조교사보다는 기수 숫자가 많다 보니 한 조교사에 두세 명의 기수가 기승 계약을 했다. 이렇게 되면 계약한 기수들은 자기 기수로 서열이 정해졌다. 한 기라도 위의 선배가 선임이고, 후배는 후임 기수다(일본 말로 선배는 '오야 기수'고, 후배는 '시다 기수'였다.).

기수 세계는 선후배 질서가 엄격하다. 한 명의 조교사와 계약한 기수들은 자연스레 선임·후임 기수로 서열이 생기고, 선임 기수의 권한은 막강했다. 내가 기수가 되기 전에 있었던 선배 기수들의 이야기를 들어보면, 아주 옛날에는 후배 기수가 경주에 출전해서 우승 상금을 벌어오면 같은 조교사 밑에 있는 선배 기수에게 모두 갖다 주었다고 한다. 그러면 선배가 알아서 후배 몫을 챙겨주는데, 나쁜 선배 밑에 있으면 상금을 적게 받을 수도 있고 좋은 선배를 만나면 후배가 벌어들인 상금을 그대로 모두 받을 수 있었다고 한다.

1985년 내가 기수가 되었을 때는 상금 구조가 상당히 투명해졌다. 예를 들어 한 명의 조교사 밑에 기수가 두 명 있으면 선후배 관계없이 경주에 출전한 기승자가 상금의 70%를 갖고, 출전하지 않은 기수는 30%를 갖는 상금 제도였다. 그리고 내가 속한 조교사(조)의 말을 타고 타조(다른 조교사 밑에 있는) 기수가 출전해 상금을 벌면 기승 기수가 100% 가져가는 게 아니고 말이 속한 조교사 밑에 있는 기수에게 무조건 상금의 30%를 떼어 주었다. 그래서 과거에는 상금 잘 버는 조교사(조) 밑에 있는 기수는 경주에 출전하지 않고도 열심히 경주에 출전한 기수들보다 상금을 더 많이 받는 경우가 있었다. 이렇게 계약 기수 제도가 있던 시절, 상금 잘 버는 조교사(조) 밑에 있는 기수는 호강했다.

세월이 흐르며 기수들의 상금 제도는 계속해서 바뀌었다. 기승자가 60%, 미기승자가 40% 즉 6 대 4로 가져가던 게 7 대 3, 8 대 2로 바뀌더니 지금은 기승자가 100% 가져가는 세상이 되었다. 이렇게 상금제도가 바뀌면서 기수들의 경쟁은 더 치열해졌다. 그리하여 기수들의 완전 풀 경쟁 시대가 열린 것이다. 오랫동안 탑 기수인 경마대통령 박태종 기수나 문세영 기수는 그동안 상금을 얼마나 벌었을까? 그것이 궁금하다.

기수 얼굴을 모르니 가짜 기수 등장

가짜 기수! 후배들에게 가짜 기수 이야기를 하면 신기해한다. 그도 그럴 것이 요즘 우리 경마는 인터넷이나 유튜브를 통해 기수들의 얼굴을 생생하게 볼 수 있다. 내가 모 기수라고 속이려 해도 금방 들통나는 세상이니 가짜 기수 행세하기가 쉽지 않을 것이다. 그런데 과거 기수들의 얼굴이 잘 알려지지 않았던 시절에는 종종 가짜 기수 사건이 있었다. 키가 작고 왜소해 보이는 사람들이 '내가 모 기수'라며 소위 팬들에게 팔아먹고 다니며 사기를 쳤다.

나도 기수 시절 '가짜 홍대유 기수' 때문에 한동안 곤혹스러운 적이 있었다. 1987년이니까 당시 기수 3년 차였고, 아주 잘나가고 있을 때였다.

하루는 내가 계약하고 있는 조교사님이 불렀다.

"너, 누구하고 부정 경마하냐?"

그런 일 없다고 하니 조교사님은 고개만 갸우뚱하셨다.

시간이 지나면서 기수 동료들 사이에서도 나의 좋지 않은 이야기를 들었다며 염려했다. 주위에서는 자꾸 걱정스러워 얘기하는데, 나는 정말로 모르는 일이어서 가슴만 답답할 뿐이었다. 근데 어느 순간 모든 오해가 풀렸다.

1987년 무더운 여름날, 경마장 숙소에서 자고 있는데 후문 경비로부터 연락이 왔다. 누가 날 면회 왔다는 것이다. 나는 부스스한 몰골로 초소에 나가 보니 건장한 사내들이 있었다.

"실례합니다. 홍대유 기수 맞습니까?"

"네, 제가 홍대유인데요?"

내가 '홍대유'라고 하자 그들은 내 말을 믿지 않았다. 초소 경비가 '진짜 홍대유 기수'라고 하니, 사내들은 그때서야 뭔가 잘못된 것을 느꼈는지 난감한 표정을 지었다.

건장한 사내들은 조금 전과는 달리 다소 예의를 갖추며 내게 잠시 이야기하자고 했다. 그래서 나는 그들을 따라갔다. 경마장 후문으로 나가면 왼쪽으로 커다란 공터가 하나 있었는데, 그곳 공터에 세단 세대가 정차해 있었다. 차 안에는 모두 덩치 큰 어깨들이 타고 있었고, 나는 영 기분이 좋지 않았다. 뒷좌석에 있던 나이가 좀 들어 보이는 신사분이 몹시 불쾌한 표정으로 앉아 있었다.

"당신이 정말 홍대유 기수 맞소?"

내가 그렇다고 하니, "가짜 홍대유를 어디서 찾나!" 하며 신사는 몹시 흥분된 어조로 화를 삼켰다.

그 신사는 기수들도 자주 가는 서울의 모 나이트클럽 사장이었다. 그 사장은 가짜 홍대유 기수란 작자한테 당한 이야기를 하면서 찾아온 목적을 말했다. 가짜 홍 기수한테 나이트클럽에서 술도 공짜로 주고, 돈도 이천만 원이나 주었다는 것이다. 그리고 홍 기수가 알려주는 대로 베팅을 했는데 한 번도 못 맞춰 혼내주려고 이렇게 찾아왔다는 것이다. 본인은 보안사 중령 출신이고 마사회에 동기생도 있다고 했다. 실제로 신사가 이야기하는 동기생은 마사회 부장이었다. 그 신사는 가짜 홍 기수한테 두 눈 멀쩡히 뜨고 당했다며 황당해했다. 꼭 그놈을 잡아 가만두지 않겠다고 별렀다.

씩씩거리며 가려는 신사에게 나는 부탁했다.

"사장님도 속상하시겠지만, 근래에 저도 외부에서 홍대유가 경마꾼과 결탁해 정보를 주고받으며 경마한다는 소문이 자자해 조교사님으로부터 꾸지람도 듣고 오해받고 있습니다. 미안하지만 사장님이 저의 조교사님 좀 만나 주셨으면 합니다."

신사분은 그러겠다고 하고는 조교사님을 만났다. 이로써 그동안 항간에 떠돌던 '홍대유가 부정 경마한다.'는 소문은 사라졌다. 사실 이런 소문이 들릴 때 나는 어차피 당당하니까 단호하게 '나는 모르는 일'이라고 했지만 그래도 마음고생은 이만저만이 아니었다.

가짜 기수 사건이나 기수를 팔아 사기 치는 사건은 과천 서울경마 장으로 이사 와서도 끊이지 않았다. 어두운 시절, 우리 경마는 별의 별 사건이 참 많았다.

자고 일어나니 스타가 되어 있었다

1985년 4월 1일, 기수로 처음 발령받은 곳은 19조 고 김우규 조교사님 조였다. 이 조에서 6개월은 실습 기간으로 보내고, 한 4개월 정도 경주에 출전해 말을 탔다. 그런데 갑자기 이번에는 23조 최상원 조교사님한테로 발령이 났다. 그래서 이 조에서도 경주 출전하며 10개월 정도 지나는가 싶더니, 이번에는 1986년 6월 9일 자로 16조 고 박원선 조교사님 조로 발령이 났다.

16조 박원선 조교사님 조로 발령나기 전, 기수들은 나에게 걱정어린 말들을 많이 해 주었다. 결론은 '너는 이제 죽었다.'는 것이다. 그 당시 16조 선임은 왕고참 2기생인 지용철(현 재결전문위원) 기수였다. 그리고 함께 일할 16조 마필관리사 중에는 거물급들이 많아서 2년 차 후배 기수인 나는 버티기 힘들 것이라고 했다. 16조 에서 함께 일했던 마필관리사로는 은퇴하신 박원덕·지용훈 조교 사님이다.

박원선 조교사님은 당시 조기협회 회장이시고, 선임 기수는 하늘 같은 2기 지용철 선배, 그리고 마필관리사는 후에 조교사가 되신 박 원덕·지용훈 조교사. 나는 이렇게 쟁쟁한 사람들이 있는 16조에 발 령이 난 것이다. 그러니 2년 차의 어린 기수인 내가 감당하기에는 너 무 벅찬 조라는 뜻에서 걱정을 많이 해 준 것이었다.

주위의 염려에도 나는 16조로 발령받은 날부터 열심히 일했다. 새 벽 5시 이전에 마구간에 나와서 새벽 말 훈련을 하는 것은 물론이고 말 운동, 말 치료, 말 밥 주기 등 하루 종일 관리사들과 함께하고는 오 후 5시가 넘어 마구간을 떠났다. 이렇게 열심히 하다 보니 운도 따라 주어 성적이 저조했던 말들을 타고도 출전해 우승도 여러 번 했다.

남들이 염려하던 16조에 와서 하루도 빠짐없이 기수로서 최선을 다해 일하며 한 달 정도 지났을 때쯤, 하루는 박원선 조교사님이 나 를 불렀다.

"홍 기수, 용철(지용철)이가 기수를 그만 은퇴할 건데 네가 16조 오 야(선임 기수를 일본어로 '오야 기수'라고 함.) 기수 할 수 있겠나?"

1987년 기수 데뷔 2년 한 달 만에 '차돌'을 타고 일간스포츠배 대상 경주에서 우승한 필자

나는 생각이고 뭐고 할 것 없이 즉석에서 하겠다고 크게 대답했다.

얼마 후 '수호신'을 타고 '제1회 스포츠서울배'에 우승하여 모두의 부러움을 샀던 지용철 선배는 정말로 은퇴를 했다. 그러고는 강원도에 있는 마사회 목장 직원으로 갔다. 그 당시 기수 세계는 고참이 오야(선임) 기수를 할 수 있고, 더군다나 16조 같은 대형 조는 왕고참이나 가능했다. 그런데 나는 졸지에 2년 차의 짧은 경력으로 16조 오야(선임) 기수를 하게 되었다.

선임 기수가 된 나는 16조의 모든 말을 타고 경주에 나가서 우승도 많이 했다. 능력 있고 좋은 말을 타다 보니 경주 출전해 매달 4~5승씩은 우승하면서 승승장구했다. 그리고 기수들의 꿈이었던 대상 경주에서도 우승했다(그 당시는 대상 경주가 1년에 6~7개 정도밖에 없었다.). 기수 데뷔를 1985년 10월 13일에 했으니 데뷔한 지 2년 한 달 만에 '차돌'을 기승해 1987년 11월 15일 '제5회 일간스포츠배' 대상 경주에 우승한 것이다. 16조 박원선 조교사님한테로 발령받았을 때 내가 버티기 힘들 거라고 걱정했던 기수들은 나를 몹시도 부러워했다.

나는 16조에 온 이후로 명마였던 차돌을 비롯해 '두발로', '소망', '노들강변', '타율왕' 등과 함께 연승하며 5승 이상씩을 한 능력 있는 좋은 말을 많이도 만나 기수로서 수년간 상위 클래스 성적을 올렸다.

16조에 발령받고 '너는 이제 죽었다.'는 소리를 들은 게 엊그제 같은데, 자고 일어나니 나는 스타가 되어 있었다. 새벽부터 하루 종일 일하느라 힘은 들었지만, 기수로서 경주에 출전해 우승할 때마다 날아갈 듯 기뻤다. 기수, 조교사에게 보약은 따로 없다. 우승이 보약이다.

연달아 울려 퍼진 대상 경주 우승

    1987년, '차돌'을 타고 '제5회 일간스포츠배' 대상 경주에서 우승하며 기수들의 부러움을 샀다. 그도 그럴 것이 그 당시에는 대상 경주가 1년에 몇 번 없었기에 이 경주에서 한 번만 우승해도 소원 풀었다고 할 정도였다.

    이렇게 우승하기 어렵다는 대상 경주를 1988년에는 '거대한'을 타고 '스포츠서울배'에서도 우승했다. 사실 거대한은 내가 기승할 말도 아니었다. 기승하기로 했던 기수들이 기승 정지당하거나 이런저런 이유로 기승할 수 없게 되어 갑자기 나한테 기회가 온 것이다. 스포츠서울배에 출전한 말들을 보니 거대한은 3~4위 정도의 인기마 수준이었다. 하지만 나는 이날 경기가 잘 풀려서 큰 차이로 우승했다.

스포츠서울배는 1천850m의 장거리 경기였는데, 스타트 나와서 최고의 기수들이 기승한 인기마 세 마리가 3코너까지 서로 먼저 가려고 싸우며 갔다. 나는 그 뒤 네 번째에서 홀로 조용히 따라갔다. 앞선에서 싸우며 가던 말들은 모두 4코너를 돌면서 걸음이 무뎌지며 뒤로 빠졌고, 거대한은 여유를 부리며 대차로 결승선을 먼저 통과해 우승했다.

1987년 일간스포츠배 대상, 1988년 스포츠서울배 대상에 이어 1989년에는 한 해 일곱 개의 대상 경주 중 네 개에 우승하며 나는 당시 한국 경마사에 전무후무한 기록을 세웠다. 1989년 5월, 뚝섬 경마장에서 차돌을 타고 G1 경기인 '무궁화배' 대상 경주에서 우승했다. 그리고 1989년 9월 1일, 뚝섬에서 과천으로 이사 온 후 처음 치러진 과천 서울경마장 오픈 첫 대상 경주 '일간스포츠배'에서 인기 하위였던 '두발로'를 타고 맨 뒤에 따라가다 멋진 추입으로 우승했다. 이날의 우승은 과천 서울경마장 개장 기념 첫 대상 경주여서 더욱 의미가 깊었다. 다음 달인 10월 '한국마사회장배' 대상 경주에서는 지난 5월 무궁화배를 제패했던 차돌을 타고 여유 있게 압도적으로 우승했다. 이제 남은 것은 한 해 최고의 말을 뽑는 그랑프리 대회였다. 12월 '그랑프리' 대상 경주에 차돌을 타고 출전했다. 지금은 말도 안 되는 일

1989년 9월 일간스포츠배 대상 경주 우승 시상대에 오른 필자. 과천 서울경마장 오픈 첫 대상 경주에서 인기 하위였던 '두발로'를 타고 우승했다.

인데, 차돌은 67kg이라는 엄청난 부담 중량을 얹고 출전해 '수평선'과 팽팽한 접전 끝에 머리 차로 결승선을 먼저 통과했다. 결승선을 통과하는 순간 눈시울이 붉어지며 차돌과 나는 기쁨을 마음껏 누렸다. 차돌은 1989년 최고의 경주마로 탄생했으며, 경주마로는 한국 경마사 최초로 '대상 경주 3관왕'이라는 타이틀을 얻었다.

나는 결국 두발로와 일간스포츠배, 그리고 차돌과 함께 G1 경주인 무궁화배·한국마사회장배·그랑프리를 석권하게 되었다. 한 해 일곱 개의 대상 경주 중 G1 경기 세 개 모두를 포함해 네 개의 대상 경주에서 우승한 것이다. 1985년 10월 13일 기수 데뷔 후 1989년 그랑프리 우승까지 나는 '차돌', '두발로' 등 명마를 만나 기수로서는 최고의 영예를 얻었다.

창밖에는 비가 내리고 있다. 오늘따라 차돌과 두발로 생각이 난다. 생전에 경마팬들에게 기쁨을 주고 사랑을 듬뿍 받았으니 좋은 곳에서 영원한 안식을 누릴 것만 같다.

경마가 생명의 은인이라!

내가 직업이 '기수'라고 하면 경마 정보 좀 알려 달라는 팬이 있는데, 그렇지 않은 팬도 많다. 과거 기수와 팬이 함께 어울릴 수 없었던 시절 어느 경마 팬의 즐거운 이야기를 하나 할까 한다.

기수 시절, 경마가 끝나고 집에서 저녁을 먹고 있는데 전화가 왔다. 전화 내용인즉, 나를 잘 아는 사람인데 한번 만나자는 것이다. 그래서 나는 K를 경마장 내 구내식당에서 만났다. K는 자신의 아내와 함께 나왔는데, 그동안 나를 한번 만나 보고 싶었다는 이야기를 서두로 경마가 자신을 살렸다는 이야기를 했다. 보통은 경마 때문에 인생을 망쳤다는 사람은 보았어도 경마 때문에 목숨을 건졌다는 이야기는 금시초문이어서 호감 있게 이야기를 들어 봤다.

K는 젊었을 때 장사해서 돈을 많이 벌었다고 한다. 지금은 서울에서 큰 식당도 운영하는데, 시간이 많다 보니 경마를 취미로 갖게 되었다고 한다. 그리고 일주일에 세 번 정도는 관악산에 오르는데, 하루는 관악산 꼭대기에서 잠깐 눈붙이다가 홍대유 기수인 내가 1등으로 들어 오는 꿈을 꾸었다는 것이다. 그래서 경마 날 내가 기승한 비인기마 '기백'에 베팅했고, 기백이는 1등, '꽃님이'는 2등으로 결승선을 통과하며 배당이 무려 3천660배가 터졌다고 한다. 그러나 후순위 마필로는 꽃님이를 빼고서 마권을 구매했기에 적중하지는 못했지만 기분은 좋았다고 한다. 또 한번은 꿈속에서 어떤 경주에 9번, 7번 말이 들어와 마권을 샀는데 그대로 맞추게 되었다며 다소 신기한 이야기를 했다.

"그리고 지금부터가 진짜 중요한 이야기입니다."

K는 다소 진지한 표정으로 말을 이어 갔다. 하루는 이정표 기수가 7번을 타고 1등으로 들어오는 꿈을 꾸었다고 한다. 마침 그 주에 친구들과 위도에 바다낚시를 가기로 했었는데, 꿈이 워낙 예사롭지 않아 이 핑계 저 핑계를 대고는 경마장으로 갔다고 한다. 그리고 하루 종일 경마를 즐기고 집에 오니 위도에서 유람선이 침몰해 사람들이 많이 죽었다는 것이다. 그때 위도에 낚시하러 갔던 친구들도 모두 죽었다고 했다. K는 경마 꿈 덕분에 위도에 가지 않아 이렇게 목숨이

살아 있다며 경마가 자신에게는 바로 생명의 은인이라 비가 오나 눈이 오나 참선하는 기분으로 경마장에 온다고 한다. 그의 부인도 경마가 남편을 살렸다며 용돈을 두둑하게 주어 주말만 되면 경마장으로 등을 떠민다고 했다. 참으로 행복한 사람이다.

그 이후로 나는 K의 초대를 받아 그의 음식점에서 밥도 먹고 몇 번 만났는데, 기수로서 더 이상의 만남은 오해의 소지가 있기에 중단했다. 지금도 꿈속의 경마 이야기를 하던 K가 신기하게 느껴진다. 연세도 있으셨는데, 아직도 경마장에 나오시는지 궁금하다.

어린 나이에 기수가 돼 세상을 몰라 잘렸다?

우리 기수들끼리는 "기수가 무슨 경마의 인스턴트식품인가!" 하는 푸념조의 말을 많이 했다. 한 해 10여 명의 기수가 데뷔하면 그해 7~8명은 '부정 경마'라는 굴레에 옷을 벗었다. 한두 명도 아니고 너무 많은 기수가 매년 그렇게 되니 우리 기수들이 하던 말이다.

우리 11기부터는 '고졸 이상'이라는 학력 제한이 있어서 어느 정도 좀 성장해 경마장에 들어왔다. 그러나 1기부터 10기까지는 고졸 이상으로 들어온 기수도 있지만 대부분 국졸, 중졸의 어린 나이에 들어와 경마장에서 성장의 시기를 보내는 기수도 많았다. 대부분 열일곱 살 전후에 기수가 되어 어린 나이에 첫 직장 생활을 하게 되는 것이다. 그렇게 엄격한 마사회법이 뭔지도 모르고 규정을 위반해 무엇을 잘못했는지도 모르며 기수를 했다.

한번은 어린 기수 두 명이 경마장 내 매점에서 빵을 훔치다 걸려 잘리는 것을 본 적이 있다. 상금을 받아 돈이 없는 것도 아닌데도 말이다. 너무 어리다 보니 철없이 행동한 웃지 못할 일이었다. 성숙되지 않은 이런 어린 나이의 기수들에게 '마사회 기수'라는 위치와 존재 입장이 그리 가볍지만은 않은 일이다.

돈이 달린 베팅이 이루어지는 '경마'라는 무서운 도박(?)의 세계, 기수들에게도 많은 유혹이 온다. 그 유혹이라는 게 처음부터 잘 모르는 사람이라면 거부하고 피하면 되지만, 가까운 주위에서 자연스럽게 인간적으로 접근해 오다 보면 죄가 되는지도 모르고 경마 정보를 아무런 대가 없이 주기도 했다. 세상 물정 잘 모르는 어린 기수들은 더더욱 그랬다.

나는 오랫동안 기수회장을 하면서 기수 개개인과 면담을 많이 했다. 외부인과의 부정 경마에 엮이게 된 사연을 들어보면 선후배나 우리 동료들의 소개로, 아니면 아주 우연한 자리가 나도 모르게 외부인에게 코 걸렸다(부정에 걸렸음.)는 것이다. 그리고 믿었던 마사회 직원이나, 특히 부정 경마를 예방하고 조사하는 보안과(공정실) 직원한테 경마꾼을 소개받았다는 기수들도 여러 명 있었다.

우리 기수 출신 조교사들은 말한다. 지금껏 경마장에 살아남은 것은 지난날 정직하고 깨끗했다기보다는 운이 좋아서 잘리지 않았기 때문이라고. 그렇다. 과거에 기수, 조교사의 행위 하나하나는 마사회 규정상 코에 걸면 코걸이 귀에 걸면 귀걸이로, 걸리면 다 걸리는 것이었기에 내가 열심히 한다고 해서 살 수 있는 상황은 아니었다.

지금 우리의 경마 환경은 많이 좋아졌다. 자기만 주의하면 부정 경마로 잘릴 일은 없다. 기수들도 말만 열심히 타면 스타가 되는 세상이다. 참 좋은 경마장이 되었다. 오늘따라 새벽 커피 향기가 나의 마음을 편안하게 해 준다.

기승 정지만 아니었어도 그랑프리를?

기수 시절에 나는 매년 새해 계획을 세웠는데, 1년 12개월 중 두 달은 빼고 10개월만 경주 출전한다는 목표를 잡았다. 왜 두 달은 경주에 출전하지 않을까 의아할 수도 있다. 기수 생활을 해 보니 그렇게 1년 계획을 잡아야 기수로서 마음이 편했다.

기수들은 기승하다 보면 부상으로 뼈가 부러지거나 인대가 파열되어 수개월씩 쉬기도 하고, 경주를 펼치다 보면 기승 정지 제재를 받기도 한다. 그래서 한 달은 부상으로, 한 달은 기승 정지당할 것을 예상하고 1년 계획을 잡는 것이다. 가장 답답한 것은 이렇게 경주에 출전하지 못하고 쉴 때 자신이 타던 말이 경주에 출전하는 경우다. 특히 능력 있고 좋은 말일 경우, 다른 기수가 타는 것에 대해 별말은 하지 않지만 아주 많이 아쉽다. 그래서 기수는 기승할 수 없을 때 자기가 타던 말의 출전 계획이 잡히면 조교사한테 부탁한다. 앞으로의 경주 출전을 말하며 그때 탈 수 있도록 출전을 연기해 달라고 하면 조교사는 상황에 따라 기수의 편의를 봐 주기도 한다.

나 역시 기수 시절 부상 또는 기승 정지로 경주에 출전하지 못할 때가 있었다. 그럴 때 내가 아끼던 말이 경주에 출전하면 병원에 있더라도 외출을 허락받아 직접 경주를 보러 갔다. 특히 차돌과 두발로의 경기는 꼭 경마장에 가서 보았다(그때는 녹화해 볼 수 없었고, 반드시 경마장 안에서만 경기를 볼 수 있었다.). 한 번은 부상으로, 또 한 번은 기승 정지로 나의 애마 차돌이 다른 기수를 태우고 경기하는 모습을 지켜본 적이 있다. 한 번은 기뻤고, 또 한 번은 매우 아쉬웠다.

차돌을 타고 경주에서 열 번이나 우승하고 승승장구하며 잘나갈 때, 나는 새벽 훈련 중 낙마로 말에 깔려 무릎 인대가 파열돼 깁스한 적이 있다. 부상으로 기승할 수 없는 상황에서 1988년 9월 차돌은 경주에 출전했다. 그때 기수는 송석헌이었다. 차돌은 1군 경기에서 여유 있게 우승하면서 나에게 기쁨을 주었다. 내가 직접 기승한 것은 아니지만 차돌의 우승을 자랑스러워하며 많이 기뻐했다.

또 한번은 내가 기승 정지를 당해 김옥성 기수가 차돌에 기승하게 되었다. 1989년 8월 6일 11경주로, 이 경주는 의미 있는 경기였다. 이 경기가 뚝섬 경마장 마지막 경기였기 때문이다. 차돌은 최고의 인기마였고, 그리고 유명한 '포경선'도 출전하는 경기였다. 그런데 포경선이 경주 직전에 취소했고, 경기는 그대로 펼쳐졌다. 2천m 경기였는데 차돌은 '섭리호'에 머리 차이로 조금 지며 2등으로 왔다. 나는 경기를 지켜보며 소리치고 열렬히 응원했는데, 너무나 아쉬움이 남는 경기였다. 이상근 기수가 기승한 섭리호는 최고 인기마 차돌을 제치고 뚝섬 경마장 마지막 경주에서 우승했다.

기승 정지로 인해 가장 아쉬웠던 순간을 뽑으라면 1987년 그랑프리에 출전한 두발로에 기승하지 못한 것이다. 나는 그랑프리가 있기 바로 전주에 어이없게도 진로 방해로 기승 정지를 한 주 먹었다. 지금이야 유예기간이 있어서 중요한 경기가 있으면 기승 정지 기간을 연장하고 기승하면 되는데, 당시에는 제재를 받으면 다음 주부터 곧바로 효력이 발생했다. 그 당시 두발로는 3군에서부터 연승하며 1군에 올라왔다. 그리고 1군에서도 최고의 말들을 여유 있게 이기며 내리 3연승을 했다. 그러니까 두발로는 최고의 말들을 이기며 내리 5연승을 한 것이다. 두발로는 전형적인 추입마로서 게이트를 나오면 맨 뒤에 따라가다가 4코너를 돌면 뽕뽕 날아 우승하던 말이다. 나는 기승 정지로 인해 이런 두발로가 다른 기수를 태우고 그랑프리에 출전하는 장면을 지켜볼 수밖에 없었다. 그런데 경주 결과 두발로는 5등 안에도 들지 못했다. 참 아쉬움이 많이 남는 경주였다. 만약 그날, 내가 두발로에 기승했다면 어떻게 되었을까? 그냥 상상하며 미소 지어본다.

경마장 침투, 말에게 주사를?
조교사 덜덜덜

　조교사를 하면서 가장 무서운 게 뭘까? 아마 대부분 경주마 약물에 대한 염려일 것이다. 조교사는 자신이 관리하는 말이나 다른 조교사가 관리하는 말에서 약물 반응 검사 양성이 나왔다 하면 남의 일 같지 않게 걱정한다. 그러다 보니 조교사는 함께 일하는 관리사들에게 약물에 대해서는 더욱 엄격히 주의하라고 수시로 당부한다.

　요즘은 경주마의 약물 반응 양성 시 원인을 살펴보면 어떤 의도적인 부정적 요인은 없다. 치료한 말을 자기 마방이 아닌 다른 마방에 잘못 바꾸어놓았거나 혹은 치료하다가 출주마의 날짜를 잘못 파악해 실수했을 경우가 대부분이다. 또는 마주가 자신의 말에게 먹이려고 가져온 특별한 영양소가 든 먹이를 먹였다가 그런 결과를 초래할 수도 있다.

한국의 경주마 약물 검사는, 과거에는 경주 후 약물 검사만 있었으며 약물 검사기 또한 부실해 검사 자체가 엉성했다. 그러다가 '86아시안게임' 개최를 계기로 인력·장비·기술력 등 여건이 점차 조성됨에 따라 1987년 9월부터는 경주 전 약물 검사 제도를 도입, 경주 전후 검사를 확대 시행하면서 강화되었다.

내가 기수 하던 시절, 희대의 경주마 약물 사건이 터졌다. 당시 뚝섬 경마장 말들의 승부를 조작하기 위해 외부인이 경마장 내 마방에 침입해 말에게 직접 약물을 투여한 것이다.

1986년 뚝섬 경마장, 마방에 가면 말에게 약물을 투여한다는 소문이 돌았다. 자고 나면 외부인이 마방에 침입해 말에게 주사를 놓았다는 것이다. 최고의 명마 포경선도 주사를 맞았다고 한다. 이런 이야기가 들릴 때마다 경마장에서 근무하는 우리는 외부인이 어떻게 마방에 들어와 어떤 말이 어떤 말인 줄 알고 약물을 놓느냐며 말도 안 된다고 의심도 하지 않았다. 그런데 시간이 흐를수록 소문은 수그러들기는커녕 점점 더 커지면서 분위기는 어수선하고 뒤숭숭했다.

그러던 어느 날 드디어 일이 터졌다. 누구도 믿지 않았던 그 소문의 '약물 투여'는 사실이었다. 매스컴에서는 "경마장 말에게 약물 투여한 범인들이 일망타진되었다"는 뉴스가 연일 보도되었다. 알고 보니, 경마장의 전직 마필관리사를 낀 아홉 명의 일당이 수차례에 걸쳐서 출주 예정인 말 중 우수하다고 여겨지는 말에게 중추신경 마비제 '콤플렌'을 투여했다는 것이다. 일당은 그다음 날 경주에서 주사 맞힌 말은 빼고 마권을 구매했다고 한다. 누구나 우승 예상 말에 베팅할 것이기에 중추신경계 마비제를 투여하면 자연히 그 말은 능력이 저하할 것으로 생각했고, 그 말을 제외하고 베팅해 맞춰 먹는다는 계획이었다고 한다. 그러나 경마는 그렇게 만만한 계산으로 이루어지지 않는다. 위험한 담 넘기와 아슬아슬한 약물 투여로 일관한 지난 일곱 번 정도의 시도는 별다른 성과를 올리지 못하고 실망만 안겨 주었다고 한다. 결국 일당은 내부 분열로 인해 한 명이 자수함으로써 검거되었는데, 그들 중 주동자인 K는 사고가 나기 얼마 전까지 나와 같은 조 마방에서 함께 근무했던 마필관리사였기에 나에겐 충격이 더 컸다.

요즘은 경주마의 약물 반응 양성이 나오면 마사회에서 먼저 조사한다. 조사 결과 원인이 밝혀지지 않으면 수사기관에 수사를 의뢰하고, 원인이 밝혀지면 규정대로 그에 상응하는 처벌을 한다. 그런데 과거에는 이런 경우가 생기면 무조건 그 순간부터 조교사에게 조교 정지를 주어 관리하던 말을 해체시키고, 조교사와 소속 마필관리사는 수사기관에서 수개월간 조사받으며 심적, 물리적 어려움을 겪었다.

1989년은 나의 해, 경마장은 뚝섬에서 과천으로

1989년은 기수로서 명마 차돌을 만나 행복한 시간을 보낸 나에게 뜻깊은 해였다. 또한 한국 경마는 35년 3개월간의 뚝섬 경마장 시대를 마감하고 희망의 과천 서울경마장 시대를 연 해다.

차돌과 홍대유! 나와 차돌은 1989년 1월 8일, 새해 첫 주 경마 날 1군 경기에 출전했다. 그리곤 우승했다. 1월의 우승을 시작으로 차돌은 2월·3월·4월 내리 우승하고, 5월에는 '무궁화배' 대상 경주도 우승하며 5연승을 기록했다. 차돌이 1군 경기에서 쟁쟁한 말들을 모두 제치고 매 경주 시원시원하게 우승했기 때문에 사실상 당시 차돌의 적수는 없었다.

하지만 차돌은 경주에 우승할 때마다 부담 중량 1kg씩 늘려야 했다. 우승 횟수가 늘어나면 그만큼 부담 중량도 늘었다. 그래서 7월 경기에서는 차돌보다 10kg을 덜 짊어진 '신바람'에 패하여 2등을, 8월 경기에서는 11kg을 덜 짊어진 '섭리호'에 머리 차로 져 2등으로 왔다. 지금은 상상할 수도 없는 일인데, 당시에는 그렇게 부담 중량 차를 많이 주었다.

그해 가을에 접어들며 차돌은 9월에 우승하고, 10월에는 '한국마사회장배' 대상 경주에 우승했다. 연이어 11월에도 우승했으며, 12월에는 최고의 말을 뽑는 '그랑프리' 대회에서도 우승하는 쾌거를 이루었다.

"차돌, 차돌, 차돌, 만만세!"

우와! 차돌은 자그마치 1989년 한 해에 1군 경기에 11번 출전해 9회 우승, 2회 준우승을 기록한 것이다. 복승률 100%이며, 아홉 개의 우승 중에서 세 개는 G1 대상 경주 우승이다. 1년은 열두 달인데 1군 경기에서 차돌로 9회 우승에 2등을 두 번 왔으니, 1군 경기는 상금도 많아 나는 그해 차돌한테만 기승하고도 먹고살 수 있었다. 게다가 9월에는 두발로와 함께 '일간스포츠배'에서도 우승해 보너스까지 받은 기분이었다.

"좁쌀이 여러 번 굴러봐야 호박 한 번 구르는 만 못하다."고 했다.

나는 1년간 차돌, 두발로로 호박을 내리굴려서 상금을 획득한 행운의 기수였다. 한 해의 대상을 싹쓸이하며 세상이 모두 나의 것처럼 행복한 그런 1989년이었다.

이 1989년은 한국 경마에 있어서도 역사적인 해이다. 35년 3개월 간의 뚝섬 경마장 시대를 마감하고 과천 서울경마장을 개장하게 되었다. 1954년 한국전쟁 직후에 개장된 8만여 평의 뚝섬 경마장은 1989년 8월 6일 11경주를 끝으로 막을 내렸다. 뚝섬 경마장의 모든 말은 과천 서울경마장으로 대이동했다.

우리는 말들과 함께 과천 서울경마장으로 이사 와 약 한 달간은 경주를 준비했다. 1989년 9월 1일, 드디어 세계적인 규모의 초현대적 시설을 갖춘 과천 서울경마장이 개장되었다. 과천 서울경마장 개장 첫 경주인 제1경주에서 윤치운 기수의 '대결호'가 우승했다.

죽음의 문턱을 넘나드는 경주, 기수 순직

기수의 몸매를 보면 참 아담하고 쫙 빠졌다. 하지만 조폭에 몸담고 사는 것도 아닌데 이런 아담 사이즈 몸에는 흉터투성이이다. 나도 기수 시절에는 낙마로 다리의 인대가 심하게 늘어지고 끊어져 몇 개월씩 여러 번 깁스를 한 적이 있다. 아직도 오른팔에는 낙마 흉터가 심하게 남아 있어서 반소매 옷을 입으면 흉터가 보인다.

기수란 직업은 정말로 위험하다. 말과 함께 인마전도되거나 경주 중 무리 지어 가다가 낙마하는 경우 치명타를 입기도 한다. 일반인은 평생 뼈가 한 번 부러질까 말까 하는데, 우리 기수들은 부러지고 다치기가 부지기수다. 나는 기수 시절에 경기 중 낙마로 하반신 불구가 된 기수도 보았고, 경주나 훈련하다 순직한 기수의 장례를 눈물 흘리며 여러 번 치른 적도 있다.

내가 기수로 데뷔하던 1985년 10월 13일 뚝섬 경마장, 1년 선배인 서대원 기수가 결승선 앞에서 비슬산과 함께 제적을 뛰어넘어 결승선 기둥에 부딪히는 사고가 발생했다. 서대원 기수는 바로 병원에 이송되었으나 운명하고 말았다. 6대 독자 서대원 기수는 노모를 두고 먼저 떠나갔는데, 경기 중 기수의 순직은 처음 겪는 일이었기에 당시 우리 기수들은 영안실에서 한없이 울었다.

과천 서울경마장에 이사 와서도 기수들은 수시로 다쳤다. 기수란 직업이 어쩔 수 없다고 서로를 위로하며 경기하던 중에 또다시 사고가 일어났다. 1991년 11월 26일, 12기인 김태성 기수가 경기 중에 낙마로 순직했다. 고 서대원 기수는 미혼이었지만 김태성 기수는 걸음마를 겨우 하는 어린아이가 있다 보니 우리 기수들에게 더 많은 슬픔을 안겨 주었다. 아빠의 장례식장에서 천진난만한 얼굴로 아장아장 걸어다니는 아기를 보면서 얼마나 가슴이 아프던지. 그날 우리 기수들은 서럽고 안타까워서 많이도 울었다.

1992년 11월 7일에는 '경주로의 여우'라는 소리를 들으며 말을 참잘 타는 김종온 기수가 경기 중 낙마로 하반신 불구가 되었다. 내가 병원에 찾아가면 곧 퇴원해 말을 탈 거라며 걱정하지 말라고 했는데, 결국 안타깝게도 하반신을 전혀 쓰지 못하는 1급 장애 판정을 받았다. 결국 이 사고로 김종온 기수는 경마장을 떠났지만 기수들 마음속엔 영원히 훌륭한 기수로 남아 있다. 너무나 안타까운 일이다.

1996년 6월 30일, 이준희 기수도 경기 중 낙마하며 경주로 외곽 맨홀 위로 떨어져 3일간 병원에 입원 후 순직했다. 어이없는 낙마였는데, 아주 작은 키의 이준희 기수는 신인이기에 기수로서 꽃도 제대로 피워 보지 못하고 세상을 떠났다. 참으로 안타깝다.

2004년 8월 4일에는 경주로에서 새벽 훈련 중 유훈 기수가 낙마하여 일주일간 병원에 입원해 생사를 다투다 끝내 순직했다. 유훈 기수 유가족은 보상금으로 '유훈 장학회'를 만들어 환경이 어려운 학생에게 장학금을 주고 있다. 고 유훈 기수 추모비는 조교사협회회관 로터리 초소를 통과하기 전 왼쪽 길로 30m 정도 올라가면 오른쪽에 있다.

2007년 8월 11일, 작은 거인 임대규 기수가 경기 중 낙마로 순직하며 경마계에 큰 별이 졌다. 아주 다부지게 말도 잘 타고, 기수협회장도 했던 그는 나와 기수 숙소도 10년간이나 함께 쓰고, 기수협회 일도 가장 많이 했다. 당시 나에게는 너무 큰 슬픔이었다. 오일장 내내 빈소에서 바라보던 임대규 기수의 선한 얼굴이 지금도 떠오른다.

언젠가 과천 서울경마장에서 경주 중 4코너 지점에서 앞서가던 말이 이동식 철책에 부딪히며 흔들리는 바람에 그 말은 철책을 넘어가며 튕겨 나가고, 뒤이어 따라오던 말들은 연이어 넘어졌다. 나는 기수 하면서 한 경기에서 여섯 마리의 인마전도는 처음 보았다. 말 한 마리는 제적의 날카로운 곳에 가슴이 찔려 그 자리에서 죽고 말았다. 기수들은 안양에 있는 병원으로 실려 갔는데, K 기수는 심각하다고 하여 다시 서울에 있는 고대병원으로 이송되었다.

K 기수가 입원한 병원 중환자실에 가 보니 정말 심각한 상태였다. 뼈가 부러지며 그 뼈가 내장을 찔렀다는 것이다. 가망이 없다고 하여 급히 고대병원으로 옮긴 것인데, 다행히 K 기수는 중환자실에서 며칠 만에 깨어났다. 의사는 운동하는 사람이어서 그런지 회복 기미가 다른 환자보다 상당히 빠르다며 신기해할 정도였다. K 기수가 중환자실에 있는 동안 우리 기수들은 복도에서 며칠 밤을 새우며 얼마나 가슴을 졸였는지 모른다.

모래 먼지 휘날리는 승부의 희열이 교차하는 주로, 이 경기장에서 벌어지는 사고는 기수에게 뼈아픈 슬픔을 준다. 경마가 존재하는 한 앞으로 얼마나 더 많은 사고가 일어날지 아무도 모른다. 정말로 기수는 위험한 직업이다. 기수는 강한 눈보라, 비바람 속에서도 그야말로 경주로가 개판이어도 위험을 무릅쓰고 달린다.

최근에 고참 기수 두 명의 면허가 취소되는 것을 보았다. 뭐가 잘못돼도 한참 잘못된 것 같은 생각이 든다. 우리 경마는 악조건이 많다. 승부의 세계이다 보니 기수들은 더 위험하게 경기를 한다. 그러기에 우리 기수들에게 잘 해 주어야 하는데…….

"기수들이여, 파이팅! 파이팅!"

영화 〈각설탕〉에 출연했던 '천둥'의 추모비

경주마로서 생을 살다 간 말들의 영혼을 기리기 위한 '마혼비' 전경

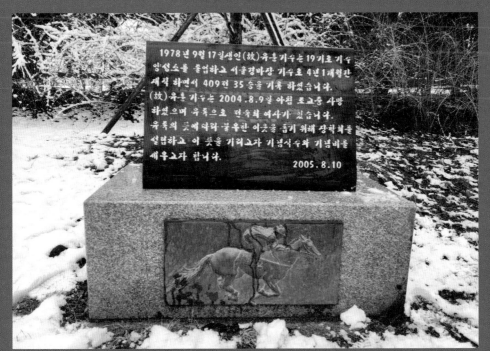

경마장 내에 있는 유훈 기수 추모비

기수회장 폭행 사건, 졸지에 나는 부회장에 당선

우리 기수들은 기수 세계의 이유 없는 구타를 추방하고자 1986년에 쿠데타를 일으켜 성공했다. 그래서 기수들의 구타는 많이 없어졌는데, 그래도 종종 말도 안 되는 폭력 사건이 있었다.

쿠데타를 일으켰던 후배 측 기수 중에는 고졸 이상으로 들어와서 나이도 많고, 합리적이면서 똑똑한 기수들이 있었다. 이 기수들이 기수회를 좋은 방향으로 이끌기 위해 항상 노력을 많이 했다. 쿠데타 이후 기수회 회칙도 정비했다. 이때 기수회장은 기승 경력 7년 이상, 부회장은 기승 경력 5년 이상이면 출마할 수 있다는 규정도 만들었다.

기수 세계는 선후배 규율이 엄격해서 기수회장은 대개 최고참이 독차지했다. 그러나 이번에 후배 측은 기수 중 나이도 많고 합리적이며, 기수로서도 중견급(8기로 들어와서 9기로 졸업)인 오랫동안 밀어왔던 K 기수를 회장 선거에 출마시켰다. 그리고 K 기수는 회장으로 당선되었다. '기수회장은 최고참'이라는 등식이 깨지며 이변을 일으켜 중고참인 K 기수가 회장이 된 것이다. 이는 우리 기수 세계에서 혁명이었다.

K는 기수들의 바람대로 기수의 권익을 위해 시행체인 마사회에 굽히지 않고 기수회(조교사, 기수가 '조기단'에 함께 있으면서 별도의 기수 친목 모임)를 잘 이끌었다. K 회장이 기수 입장에서 일을 잘하니 마사회에서는 껄끄러워했다. 어쨌든 K 회장은 회장으로서 후배들에게 신뢰가 좋았다.

K 회장이 이끄는 집행부가 2년 차로 거의 끝나갈 즈음 기수회 총회가 열렸다. K 회장이 한창 총회를 진행하고 있는데, 순간 고참 기수 두 명이 소리를 지르며 단상으로 뛰어나가 K 회장에게 무차별 폭력을 가했다. 총회는 난장판이 되었고, K 회장은 크게 다쳐 병원에 한 달간이나 입원했다. 말도 안 되는 일이 벌어진 것이다. 참으로 어이가 없었다. 이런 게 그 당시 우리 기수 세계의 현실이었다.

K 회장이 퇴원하고 복귀했지만 곧 집행부 임기가 끝나 기수회장

선거를 해야 했다. 그런데 후배 측에서는 회장에 나설 기수가 없었다. 사실 후배 측의 숫자는 많았는데 선배들이 무서워 나서려는 후배가 없었던 것이다. 당시 나는 기수 경력 6년 차이기에 부회장 자격은 되지만 회장 자격은 없었다. 이대로 다시 최고참 기수가 회장이 된다면 앞으로 우리 후배 측의 삶은 더욱 고달플 것 같았다.

후배 측은 연일 회의를 했다. 회의 끝에 일단 부회장은 내가 나서기로 했다. 그리고 회장으로 누굴 시킬지 많은 고민과 회의를 여러 번 했다. 그 결과 회장은 고참 기수 중에서 가장 성품이 선한 기수를 출마시켜 뽑기로 했다. 그래서 후배들에게 선택받은 기수가 바로 5기 김성현 기수다. 김 선배는 후배를 괴롭히는 스타일이 아니기에 그 선배를 회장으로 만들기로 했다.

1991년 11월 기수회 총회에서 김성현 기수는 회장으로, 나는 부회장으로 뽑혀 기수회를 운영하게 되었다. 이렇게 해 나는 본의 아니게 기수회 부회장을 맡게 되었는데, 이때부터 나의 기수 생활은 한마디로 투쟁이나 다름없었다.

경마 역사상
최대의 부정 경마 사건

　5기 김성현 회장 체제하에서 내가 기수 부회장을 맡고 있을 때다. 1992년 9월 24일, 70년 경마 사상 가장 큰 부정 경마 사건이 터졌다. 조교사와 기수가 사는 준마아파트에 검찰청 수사관들이 들이닥쳐 20여 명의 기수, 조교사를 연행해 갔다.

　수사관들이 들이닥친 시간에 나는 공교롭게도 일본 니가타에 있었다. 한일 교류 경마대회에 참가하기 위해 9월 23일 니가타에 도착한 우리 기수 일행은 일본에서 베푸는 환영 행사에 참석하는 등 바쁜 일정을 보냈다. 일정을 마치고 잠자리에 들려는데 서울에서 좋지 않은 소식이 왔다. 대회 날까지는 아직 5일이나 남았는데, 사태의 심각성으로 볼 때 당장 귀국해야 했다. 하지만 일본의 초청 교류인 만큼 사정이 생겼다고 당장 떠날 수는 없는 노릇이었다. 우리 일행은 일단 예정대로 경주에 출전하기로 하고, 일본 측 일정을 그대로 수용해 민간 외교에 주력했다.

사실 나로서는 첫 해외 나들이여서 기대가 컸는데, 이번 사건으로 충격이 커 멋지게 보내려던 계획은 엉망진창이 되었다. 시간이 나는 대로 이 사건을 어떻게 해야 할지 고민하는 중에 9월 25일 A 조교사가 경마장 내에서 자살했다는 비보를 접하게 되었다. 우리는 모두 침통했고, 그야말로 멘붕 상태였다. 일본 측은 파티와 관광을 제공하는 등 우리에게 매우 호의적이었지만, 우리는 그저 즐거워할 수만은 없었다. 한국에서 일어난 사건 때문에 마음이 불안하고 초조했다.

9월 27일, 한일 교류 경주가 시작되었다. 우리는 아무 일 없는 것처럼 평소대로 말 고삐를 잡고 경주에 임하려고 노력했다. 교포들의 응원도 열렬했다. 하지만 우리의 생각은 온통 서울 걱정뿐이었다. 일본 팬들에게는 미안하지만, 우린 어떻게 경기를 치렀는지 모를 정도로 혼란스러웠다.

경기가 끝나고 우리 일행은 모여서 의견을 나누었다. 경기는 끝났지만 도쿄에서의 스케줄이 아직 남아 있는 상태였다. 하지만 우리는 일정을 중단하고 서울에 가기로 했다. 이번 선수단의 단장(마사회 공정실장)과 조교사는 스케줄대로 모두 마치고 가자고 했지만 나는 기수회 부회장으로서 그냥 방관할 수가 없었다. 그래서 서울로 돌아가자고 밀어붙였다.

우리는 서울에 가는 것으로 하고 비행기표를 28일 자로 앞당겨 바꾸었다. 그런데 그날 B 조교사가 아파트에서 뛰어내려 자살했다는 비보가 전해졌다. 우리는 한동안 어이가 없어 아무 말도 하지 못했다.

마음을 안정시킨 뒤 서울에 전화했다. 그랬더니 당분간 일본에 있는 게 좋겠다는 이야기를 하는 게 아닌가. 우리가 김포공항에 도착하면 수사관들이 체포하러 간다는 이야기가 들린다며 서둘러 서울에 오지 않는 게 좋겠다는 것이었다. 우리 일행은 잠시 어떻게 해야 할지 망설이다가 그래도 귀국하자는 결론을 내렸다. 조교사들이 자살하고 동료들이 조사받는 상황에서 잠시 일본에 피해 있다고 해결될 일이 아니었다.

굳게 마음먹은 우리는 곧 귀국길에 올랐다. 김포공항에 도착하자 불안하고 초조한 마음에 얼굴들이 모두 굳어 있었다. 출구를 빠져나오니 곧 수사관들이 들이닥칠 것 같은 공포감이 엄습했다. 전화 통화하면서 동료한테 들은 이야기 때문이었다.

우리는 말 한마디 없이 굳은 얼굴로 서둘러 출구를 빠져나왔다. 수사관의 모습은 보이지 않았다. 우리는 잠시 어디로 갈지 망설이다가 일단 B 조교사가 안치된 안양 중앙병원에 가기로 했다.

　병원에 도착하자 기수, 조교사, 마사회 직원들이 모두 절망에 빠진 비통한 표정으로 있었다. 우선 고인에게 조의를 표하고, 나는 기수회 부회장으로서 선배들과 함께 사태 해결 방안을 의논했다. 하지만 그럴듯한 대안이 없었다. 우리는 두 분의 장례식을 치르고 사태를 수습하느라 바빴다.

　검찰에 연행되었던 기수, 조교사 중에는 상당수가 벌금형을 받거나 집행유예를 받아 경마장을 떠났다. 마사회 규정에 기수, 조교사는 부정 경마로 벌금형 이상을 받으면 면허가 취소된다고 명시되어 있다.

　경마 역사 이래 가장 큰 부정 사건! 이 사건으로 류승국 마사회장이 떠나고 새로 성용욱 회장이 취임했다. 그리고 두 명의 조교사가 자살하고, 여러 명의 기수·조교사가 경마장을 떠났다. 한국의 경마 역사상 초유의 대규모 부정 경마 사건은 이렇게 정리되었다.

기수 7년 만에 기수회장으로 선출된 신출내기

한바탕 휘몰아친 부정 경마 사건은 팬들의 안타까움을 자아냈고, 해결책을 모색하는 계기가 되기도 했다. 우리 기수회도 책임을 통감하며 자진 해산했다. 하지만 언제까지 이 기수회를 그대로 방치할 수 없어 한 달 앞당겨 11월에 총회를 개최하기로 했다.

기승 경력 7년이면 회장 출마 자격이 되는데, 나도 자격이 되었다. 나는 기수회장 선거에 출마해 고참 선배와 경선했다. 그리고 90%의 압도적 지지로 당선되는 파란을 일으켰다. 기승 경력 7년 만의 회장 선출은 기수 세계에서 처음 있는 일로, 상상할 수 없는 것이었다. 회장이 되었다고 하자 주위에서는 믿을 수 없다는 표정으로 정말이냐고 묻는 사람도 있었다.

솔직히 나는 회장이 되고 나서 선배들로부터 받을 압력이 가장 두려웠다. 또 어떻게 하면 선배들을 기수회에 동참시키느냐가 회장으로서 가장 큰 관건이었다. 아직도 선배들의 파워는 막강했다. 바로 위의 기수 한 명만 있어도 기수회를 이끌고 나가기 어려운 일인데, 선배가 많으니 걱정이 이만저만 아니었다. 그러나 나는 막강한 90%의 지지율을 생각하며 이 기수회를 민주적이면서 기수들의 권익을 위해 잘 이끌고 나가기로 굳게 마음을 먹었다.

더군다나 부정 경마 사건으로 인해 언론과 팬 그리고 관계 기관의 따가운 눈초리를 받던 때라 이 어려운 현실을 어떻게 극복해 나가야 할지 나는 더욱 고민에 빠졌다. 마사회에 새로 취임한 성용욱 회장님과 수시로 대화를 나누며 경마장의 이미지 쇄신과 주눅 들어 있는 기수들의 사기 고취를 위해 고군분투했다. 이 어려운 시기에 우리 기수들이 나를 절대적인 지지로 뽑아 준 것은 바로 자신들을 위해 노력해 달라는 뜻이라고 생각하며 열심히 뛰어다녔다.

나는 우선적으로 이미지 개선을 위해 모든 방법을 찾기 시작했다. 언론사 기자들과 접촉해 올바른 경마문화 정착을 위해 우리 기수들이 노력하고 있다는 점을 알리는 데 많은 시간을 할애했다. 점점 시간이 지나면서 그 노력의 결실이 조금씩 나타나기 시작했다.

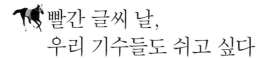# 빨간 글씨 날,
우리 기수들도 쉬고 싶다

우리 기수들은 남들 쉬는 빨간 글씨 날(공휴일)에 쉬어 보지 못했다. 기수 아빠를 둔 아이들의 가장 큰 불만은 아빠와 함께 공휴일을 보내지 못하는 것이었다.

당시만 해도 기수가 소속된 조기협회는 1년 365일 공식적으로 쉬는 날이 단 하루도 없었다. 눈이 오나 비가 오나, 명절날이나 국경일에도 말의 새벽 훈련은 반드시 기수가 했다. 지금처럼 말 타는 마필 관리사가 당시에는 거의 없었기에 말 훈련은 기수들이 했다.

쉬는 날이라곤 여름이나 겨울 휴장기 때 3~4일 정도였는데, 그것도 기수들은 조교사 눈치 보느라 제대로 쉬지도 못했다. 그러다 보니 착실한 기수들은 수년 동안 단 하루도 쉬지 못하고 출근해야 하는 어려움이 있었다. 어쩌다 조교사에게 하루 쉬겠다고 하면 새벽에 말 훈련시키고 쉬라는 게 보통이었고, 휴장기에도 조교사에게 잘 보이기 위해 어쩔 수 없이 휴가를 내지 못했다. 나도 365일 쉬는 날 없는 경마장 현실에 비애감을 느껴 떠나고 싶을 때가 있었다. 총각 시절에는 잘 몰랐는데 결혼하여 아이를 두고 보니, 주말에 1박 2일 정도 근교 나들이 한번 갈 수 없어 기수라는 직업에 회의가 들었다.

마사회 성용욱 회장님은 부정 경마 사건 이후 취임하셔서 마사회를 새롭게 출발시키기 위해 애쓰셨다. 무엇보다 직원들의 화합을 강조했으며, 마사회와 조기단(조교사, 기수, 마필관리사 단체)의 보이지 않는 미묘한 갈등을 해소하고자 노력을 많이 했다. 특히 조기단의 의견을 가능하면 수용하려는 노력이 눈에 띄었다.

성 회장님은 여러 의견을 청취하기 위해 간담회도 개최했다. 가장 알찼던 간담회는 마사회 직원 각 직급 대표들과 우리 조기단 간부들을 한자리에 모아 놓고 허심탄회하게 이야기를 주고받은 자리였다. 각자 대표들은 자신들의 애로점을 건의했는데, 나와 마필관리사 노조위원장은 일주일에 하루는 쉬게 해달라고 건의했다. 이 건의가 받아들여져 조기단도 일주일에 하루 쉬는 날이 정해졌다. 무슨 요일에 쉴지는 알아서 현실적으로 판단하라고 해 우리는 화요일에 쉬자는 결론을 내렸다. 또한 마필관리사 복지에 대해서도 신경을 많이 써 주셨는데, 대표적인 것이 관리사들의 작업복을 빨 수 있는 대형 세탁소 설치다. 지금도 이 대형 세탁소를 감사히 잘 사용하고 있다.

그리고 조기단과 마사회가 서로 화합하며 잘 지내라고 조기단의 각 조와 마사회 부처 간에 자매 결연을 맺어 친목을 도모하도록 했다. 그 덕분에 마사회 직원과 우리 조기단은 소통이 잘 되었던 것 같다.

우리에게 많은 도움을 주셨던 성 회장님은 케뷔 사건(최고 인기마 '케뷔'가 경주 중 게이트를 나오면서 박태종 기수가 낙마, 말만 결승선을 통과하여 실격되는 바람에 경마 팬들이 흥분해 관람대에서 폭동이 일어난 사건)으로 임기 1년 만에 경마장을 떠나셨다. 참 안타까운 일이었다. 조금만 더 계셨다면 우리 조기협회의 복지도 더 많이 좋아졌을 텐데 하는 아쉬움이 남는다. 조기협회의 건의를 대부분 받아 준 성 회장님을 마사회 직원들은 농담 삼아 '조기협회장'이라고 했다.

1경주 취소,
2경주 지연 결과는 '경고'

1993년 개인마주제가 시행되기 전 어느날, 우리 조기단 회장님과 기수회장인 나 그리고 마사회 부장님과 실세 과장님이 조기단 (현 조교사협회) 내 구내식당에 모였다. 경마장 제도 전환을 위해 수개월간 진행해 온 회의를 끝내고 조촐하게 삼겹살에 소주를 마시는 자리였다.

술잔이 서로 오간 후에 마사회 부장님이 조기단 회장님한테 거칠게 말을 했다. 나는 좀 거슬려서 마사회 부장님(그 당시는 마사회 직원 직급 중 부장이 가장 높았다.)한테 말씀이 좀 심하신 거 아니냐고 했다.

그랬더니 갑자기 A 과장님이 건방지다며 나의 뺨을 때렸다. 나는 순간 당황해서 '당신'이라고 했고, 결국 마사회 간부들과 서로 욕설까지 하며 대판 싸움이 벌어졌다. 마침 저녁 식사 시간이어서 기수, 마필관리사 들이 식사하다 말고 깜짝 놀랐다. 나는 술잔과 술병까지 던져 식사 자리는 아주 난장판이 되었다.

나는 난장판이 된 자리를 나와 기수 숙소로 갔다. 잠자리에 들었지만 몹시 화가 나고 기분이 상해서 새벽까지 잠을 이루지 못했다. 시간이 지나면서 나 개인에 대한 모멸감보다는 기수회장인 나를 쳤다는 것에 그동안 얼마나 우리 기수를 무시했을까 하는 생각에 더욱 분노가 치밀었다.

토요일은 경마 날이기에 다음 날 새벽 조교를 하고는 기수들을 모두 집합시켰다. 그리고 전날 있었던 일에 대해 상황을 설명했다. 그러고는 마사회에서 공식적으로 사과하지 않으면 경주를 보이콧하겠다고 선언했다. 기수들은 회장인 내 말을 따르며 동조했다. 어쨌든 나는 기수들을 조기협회 2층 회의실에 모아 놓고 마사회에 최고 책임자가 와서 사과하라고 통보했다. 마사회는 꿈쩍도 하지 않았다. 나는 기수들에게 마사회에서 사과하지 않으면 우리 기수들은 앞으로 한 발자국도 움직이지 않는다고 말했다.

경주 준비할 시간이 다가오자 마사회 간부들은 나에게 온갖 협박과 으름장을 놓기 시작했다. 나는 마사회의 그런 협박에 전혀 신경 쓰지 않았다. 시간이 흐를수록 마사회는 분주해졌다. 1경주 출전할 경기 시간이 다가옴에도 기수 전체가 회의실 문을 잠그고 움직이지 않고 있으니, 조급해지는 건 마사회 측이었다. 기수 없는 경마는 있을 수가 없으니 당연했다. 결국, 마사회 부회장뿐 아니라 임원들까지 기수들이 모여 있는 2층 회의장에 찾아왔다. 그리고는 기수들 앞에서 공개 사과를 했다. 마사회 회장님은 직접 나에게 전화해 미안하다는 말씀까지 하셨다.

마사회의 공개 사과가 끝나고 우리는 기수운영위원회를 열어 경주에 참여하기로 했다. 기수들은 곧바로 경주 출전을 위해 바쁘게 움직였다. 하지만 시간이 지체되어 1경주 경기는 취소되었고, 2경주는 20분 늦게 시작했다. 비록 경주에는 차질이 있었으나 마사회와의 줄다리기 끝에 우리가 요구한 대로 사과를 받았으니 우리 기수들의 권익 신장을 위한 승리라고 생각했다.

이후 마사회는 1경주 취소, 2경주 지연에 대한 문체부 감사를 받게 되었다(그 당시 마사회는 문체부 소속이었다.). 한편 마사회는 그 사태에 대해 기수들에게도 책임을 묻겠다며 재정(상벌)위원회를 열었다. 1경주에 기승 예정이었던 기수 열 명과 기수회장인 나를 재정위원회에 회부했으니 참석하라고 했다. 나는 기수운영위원회를 열어 나를 비롯한 기수들은 재정위원회에 불참한다는 통보를 했다. 할 수 없이 마사회 재정위원회는 기수들이 모두 불참한 가운데 위원회를 개최했다. 회의 결과 기수 열 명에게 기승 정지 징계를, 그리고 나에게도 징계를 주기로 했다는 얘기가 흘러나왔다. 통보받은 상태는 아니지만 우리 기수들은 많이 흥분했다.

그때 마사회 회장님이 우리 조기협회장님과 나를 회장실로 불렀다. 차를 마시며 마사회 회장님은 재정위원회 결정 건에 대해 얘기를 꺼냈다. 재정위원회가 기수 열 명에게는 기승 정지 20일, 기수회장에게는 경고 처리하기로 결정이 났다고 했다. 그러나 경마 발전을 위해 회장 권한으로 기수 열 명에 대한 징계는 없었던 것으로 하고, 기수회장한테는 그래도 도의적인 책임상 경고 처리했으니 그렇게 이해해 주면 좋겠다고 말씀하셨다. 기수회장인 나에게 경고장은 별 의미가 없기에 부담 없이 회장님 결정에 따랐다.

이번 사건은 경마 사상 최초로 기수가 재정위원회에 참석하지 않고 궐석재판으로 경고받는 사례가 되었고, 나의 깡과 파워를 주위에서 인정받게 되었다. 이 일은 기수들이 하나로 뭉쳐 기수 스스로 권익을 찾은 사건이었다.

기수 집단, 최초의 경마장 이탈 사건

1993년 8월 14일 개인마주제가 시행되면서 마필 관계자(기수, 조교사, 마필관리사) 중 조교사, 마필관리사는 경마가 있는 날에도 출퇴근하게 되었다. 그러나 기수는 종전대로 유지하기로 했다. 왜냐하면 경마의 공정성을 위해, 그리고 아직도 경마에 대한 사회적 인식과 신뢰성이 부족해(당시는 토·일요일 이틀간 경주했다.) 통제하기로 한 것이다.

기수는 경마 날인 토요일 새벽 5시까지 경마장에 들어와 일요일 마지막 경주가 끝나야 밖으로 나갈 수 있었다. 우리 경마 현실이 그렇다고 하니 기수들은 마사회의 이러한 방침에 아무런 불평도 갖지 않았다. 경마의 공정성을 위한 일이라면 그 어떤 방침도 따르겠다는 것이 우리 기수들의 생각이었다.

그런데 기수들이 이용하는 경마장 내 숙소가 문제였다. 작은 방 하나에 서너 명의 기수들이 생활했는데, 에어컨 하나 없는 한여름에는 잠을 제대로 잘 수가 없었다. 1994년 그해 여름은 유난히도 더웠다. 경기를 앞둔 기수는 되도록 편하게 쉬다가 출전해야 하는데, 숙소에 들어오면 환경이 너무나 열악해 짜증부터 났다.

나는 마사회에 기수 숙소의 에어컨 설치를 강력하게 요구했다. 그러나 관련 부처에서는 답이 없었다. 나는 강력하게 항의했다. 그랬더니 숙소 건물의 전기 용량이 부족해 에어컨을 설치해 주고 싶어도 못 해 준다는 답변이었다. 그렇게 현실적으로 불가능하다면 여름에만이라도 집에 가서 편하게 자고 출퇴근할 수 있게 해달라고 요청했다. 마사회는 그것마저도 거절했다.

나는 기수들을 모아 놓고 총회를 열었다. 기수들의 애로사항이나 불만 사항을 모두 정리해 마사회에 전달했다. 우선, 숙소 환경을 개선해 주든지 아니면 출퇴근할 수 있도록 해달라고 재차 요구했다. 그리고 수입이 너무 불안정해 생계가 어려운 기수들이 많으니 생계비를 현실화해 달라고 했다. 그러나 마사회는 우리 기수들의 요구 사항은 뒷전이고 내게 협박만 했다. "사이드로 너무 날뛰다간 옷 벗을 수도 있다."는 소리만 무성하게 들렸다. 마사회에 아무리 예의 갖춰 얘기해 봤자 씨도 먹히지 않는다는 것을 나는 깨달았다.

다시 기수 전체를 모아 놓고 총회도 하고 임원 회의도 했다. 이때 나는 경마 날 기수 전체가 탈영하자는 안건을 내놓았다. 기수들은 대부분 내 안건에 반대했다. 잘못하면 집행부가 크게 다칠 수 있다는 것이다. 그래도 나는 경마장 탈영을 강하게 밀어붙였다.

사실 나는 기수회장을 하다 잘못되는 것에 전혀 신경을 쓰지 않는 스타일이다. '잘못되면 기수 그만두면 되지.' 하는 생각이기에 어떤 일을 해도 두렵거나 겁먹지 않았다. 그래서 나는 기수회를 저돌적으로 운영했다.

결국 우리 기수들은 내 뜻을 받아들여 요구 사항이 관철되지 않는다면 집단 탈영하기로 의결하였다. 기수 집단 탈영을 결심한 나는 마사회에 여러 가지 요구 사항을 최후 통첩했다. 그러나 마사회는 여전히 아무런 해결책을 가져오지 않았다. 우리는 회의 내용대로 경마 날 탈영을 실행에 옮기기로 했다.

1994년 9월 30일 토요일, 야간 경마가 끝나고 기수들은 조기협회 2층 교육장에 모였다. 기수들은 간단하게 회의를 하고는 집행부의 지시에 따랐다. 우리 기수들은 제일 먼저 걸어서 마사회 본관 앞으로 갔다. 마지막 경주가 끝난 지 얼마 안 되어 그런지 아니면 기수들이 집회한다는 것을 알아서 그런지, 마사회 사무실은 불이 훤하게 켜져 있었다. 우리는 마사회 본관 앞에서 10분간 구호를 크게 외쳤다.

"생계비 보장하라!"

"출퇴근 보장하라!"

내가 선창하면 기수들이 따라서 했다.

'설마 기수들이 실제로 단체 행동을 하겠냐'고 생각했던 마사회 측은 많이들 놀랐다. 우리 기수들은 계획대로 구호를 외친 다음 마사회 정문으로 향했다. 정문에는 이미 바리케이드를 쳐놓고 경비들이 많이 모여 있었다. 기수들은 흥분해서 바리케이드 치우라고 소동을 부렸다. 그래서인지 아니면 윗선에서 지시가 있었는지 경비들은 갑자기 바리케이드를 모두 치웠다. 그때만 해도 기수가 100여 명은 되어서 모여 다니면 상당한 규모로 보였다.

그렇게 해서 우리 기수들 모두는 처음으로 경마 날 경마장 밖으로 나왔다. 그동안 경마가 있는 날에는 어김없이 경마장 안에서 통제된 생활을 했는데, 이번에는 우리 스스로 규정을 어겨가며 경마장 밖으로 나온 것이다. 시나리오대로 기수들에게 각자 집에서 편히 쉬고 다음 날 새벽 조교에 꼭 참석하라고 했다. 기수들은 즐거움과 불안감이 교차하는 표정으로 각자 집으로 향했다.

다음 날 아침, 신문에는 "기수 전원 경마장 탈영"이라는 기사가 대문짝만하게 실렸다. 언론에서는 기수가 탈영해 경마가 중단될지도 모른다고 난리였다. 하지만 우리 기수들은 약속대로 일요일 새벽 조교 현장에 단 한 명도 빠짐없이 모였다. 그러고는 어느 때와 다를 바 없이 훈련했다. 그리고 그날 일요일 경주를 사고 없이 무사히 치렀다.

나는 마사회에 앞으로 우리의 요구를 들어주지 않으면 계속 토요일마다 경주 후 집으로 가겠다고 선언했다. 기수들의 요구가 완강한 데다 실제로 집단 행동한 것에 놀란 마사회는 급히 비상 회의를 했다. 몇 차례의 회의 결과 회장인 나에게 중징계를 내려 기수면허를 취소시키기로 했다는 소리가 들렸다. 어떻게 알았는지 언론사 기자들이 먼저 알고는 저녁 늦게 나한테 전화해 위로해 주는 것이 아닌가. 난 전화해 줘서 고맙다며 내 기수 신분에 대해서는 신경 쓰지 말라고 했다.

나는 그동안 인생을 당당하고 거침없이 살아왔기에 어떤 것도 두려워하지 않는 스타일이다. 누가 나를 압박하거나 억압하려고 들면 겁 없이 더 반항하는 성격이고, 그리고 최악의 경우 '잘못된들 경마장 떠나면 그만이지.' 하는 생각으로 살고 있기에 당시엔 그 어떤 것도 두려운 게 없었다.

나는 그런 소문을 뒤로하고 경마 경주가 없는 월요일부터 금요일까지는 평소대로 새벽에 조교하면서 조용히 생활했다. 그런데 기자들도 그렇고, 나의 소속 조교사나 경마장 주위로부터 들리는 얘기는 온통 '홍대유는 잘렸다.'는 것뿐이었다. 나는 홀로 많은 생각을 했다.

그리고 '주위의 이야기는 다 필요 없고, 나는 현재 기수 신분이고 회장이니 아직 힘이 있다.'고 판단하고 결론을 내렸다.

나에게는 기수를 움직일 수 있는 큰 힘이 있었다. 여기서 밀리면 끝장이라는 생각에 나를 믿고 따르는 기수들과 함께 더 강하게 우리의 요구가 관철될 때까지 밀어붙이기로 했다. 그리고 앞으로 기수들의 요구가 관철되지 않으면 이번 주 경마는 중단할지도 모른다고 마사회에 강력히 통보했다. 각 언론사에도 이번 주에 마사회와 합의가 없으면 경마가 중단될지도 모른다는 보도자료를 냈다.

토요일(야간 경마이기에 오후 3시부터 첫 경주가 시작) 경마 날 아침, 기수들은 새벽 조교를 끝내고 곧바로 조기협회 2층 교육장에 모두 모였다. 그리고 마사회에 최후 통보를 했다. 기수 전체가 모여 있으니 우리의 요구 사항을 들어주지 않으면 지금부터 발생하는 모든 불상사는 마사회 책임이라고 했다.

경마 날 아침부터 기수 전체가 모여 있다는 소식에 오늘 경마는 틀렸다고 생각하고는 연합통신을 비롯한 각 언론사에서 톱 뉴스로 기사를 내보냈다. "경마 스톱 일보 직전", "먹구름 경마 끝났다", "기수들 마사회와 전쟁" 등. 매스컴 기사에 경마가 중단된다고 생각한 경마 팬들도 아우성이었다.

이런 와중에 몇몇 조교사는 자기 소속 기수들을 데리고 나가려고 난리였다.

"날 죽이려고 작정했냐?"

K 조교사는 소리 지르며 소속 기수들의 멱살을 잡고 끌어내리려고 했다.

일부 조교사들은 우리 기수들의 집회를 와해시키려고 난리 쳤다. 나는 큰 소리로 기수들에게 조교사들을 모두 밖으로 내보내라고 했다. 기수를 끌고 나가려던 조교사들은 오히려 기수들에 의해 밖으로 밀려났다.

이제 2층 교육장에는 우리 기수들만 남았다. 주사위는 이미 던져졌다. 우리의 요구를 들어주지 않으면 우리 기수들은 앞으로 한 발자국도 움직이지 않는다는 생각으로 똘똘 뭉쳤다. 기수들은 일절 움직이지 않는 상황에서 시간은 계속 속절없이 흐르고 있었다.

결국 기수들의 단결된 힘을 어떻게 막을 길 없다고 생각한 마사회 측에서 연락이 왔다. 우리 기수들의 요구 사항을 전면 들어 주겠다면서 협상을 제기했다. 마사회 측과 나, 조교사 임원은 협상 테이블에 마주 앉았다. 마사회 측은 지금부터 하는 말은 마사회 회장님의 지시니 듣기 바란다며, 애로 사항은 들어 줄 테니 우선 경마부터 하자고 했다. 나는 단호히 거절했다. 우리의 요구 조건을 먼저 들어주겠다고 합의해야 기수들이 움직일 수 있다고 했다.

그 당시 마사회 O 회장님도 기수들의 단체행동을 이끄는 나의 신분을 보장하지 못한다는 소문이 있었다. 그것이 사실인지 어떤지는 모르겠으나 알고 보니 마사회장 측에서 기수와의 협상에 나선 것이 아니고 마사회 P 감사가 모든 책임을 질 테니 기수와 무조건 합의 보라고 해 협상에 응한 것이었다.

그리하여 마사회 측과 기수회장인 나, 그리고 조기협회 임원이 합의서를 작성했다. 기수들 생계비 보장을 위해 상금을 대폭 올릴 것과 최대한 빨리 기수 숙소에 냉장고·TV·에어컨 설치, 그리고 기수 숙소를 별도로 지어 주기로 했다.

마사회는 기수들의 요구 조건을 하나도 빠짐없이 모두 들어 주었다. 참으로 오랜만에 기수들의 요구 사항이 한꺼번에 이루어졌다. 나는 10년 묵은 체증이 확 뚫리는 기분이었다. 이후 마사회나 주위 동료들은 기수회장으로서의 책임 있는 투쟁과 나의 전술적 능력에 찬사를 보냈다. 이 모든 위험한 행동은 오로지 기수들의 권익 신장을 위한 일이었다.

1994년 '한여름 밤 기수들의 탈영 사건' 합의 사항으로 오늘의 '한국경마기수협회 기수회관'이 건립된 것이다. 당시 선배들의 노고에 우리 후배 기수들은 감사해야 한다.

예기치 않은 기수회장 낙선, 그리고 추대

내가 기수 생활을 하는 동안에 많은 기수가 예기치 않은 부정 경마로 경마장을 떠났다. 그때마다 나는 근본적으로 마사회법에 문제가 있다고 생각했다. 마사회법만 강화하다 보니, 악법을 자꾸 만들어 세상 물정 모르는 어린 기수들이 '부정 경마'라는 굴레에 묶여 억울하게 피해를 보는 것이라고 생각했다. 이제 나는 이런 부정으로 기수들이 떠나는 것을 막아야 할 때가 왔다고 생각해 해결점을 구상했다. 이렇게 야심을 갖고 본격적으로 기수회 활동을 하려는데 어느덧 2년의 임기가 끝났다.

1994년 12월, 기수회장 선거가 있었다. 지난 2년간 우리 기수들을 위해 목숨 내놓고 활동한 나는 그간 기수의 위상도 높이고 복지 부문도 많이 개선시켰다. 그런데 놀랍게도 회장 선거에서 이성일 기수에게 패했다. 그것도 대차로 떨어진 것이다. 나는 어이가 없고 좀 당황스러웠지만, '이것이 경마장이구나.' 하며 미련 없이 일반 기수로 돌아와 기수 생활을 했다.

기수회장에서 물러나니 여기저기서 은근히 압박이 들어왔다. 그러나 신경 쓰지 않고 나는 묵묵히 말 타는 것에만 전념했다. 그 결과 1995년 피날레를 장식하며 대상 경주 우승과 47승으로 다승 3위를 했다.

기수회장에서 물러나 기수 생활에만 전념하다 보니 시간에 좀 여유가 있었다. 대학이나 갈까 고민하다가 1996년부터는 대학 입시 공부를 했다. 11월 수능 시험일이 다가오는 중에 기수들한테서 엉뚱한 제안을 받았다. 곧 기수회장 선거가 있으니 회장으로 출마해 달라는 것이었다. 나는 기수들에게 이제 간부는 절대로 하고 싶지 않다고 했다. 목숨까지 걸고 열심히 했는데 보람도 없이 재선에 낙선한 것도 어이가 없으려니와 믿어지지 않을 정도로 많은 표차로 패했다는 것은 나름 상처였다. 게다가 낙선 후 보이지 않게 여기저기서 핍박받았기 때문에 더욱이 회장 출마는 하고 싶지가 않았다. 그런데 회장 선거일이 다가올수록 나를 찾아오는 기수들이 늘어났다.

한편, 나와 숙소를 함께 사용하는 기수들이나 주위 기수들에게 마사회 보안과(공정실)나 경마 관련 부서에서 내 동향을 물어보고 다녔다. 나에 대해 자꾸 물어보고는 "홍대유는 기수회장 되면 안 된다."는 말을 하고 다닌다는 것이다. 그저 나는 조용히 기수 하면서 공부나 하고 있는데, 마사회 관련 부서에서 나를 너무 나쁘게 떠들고 다니는 것에 부아가 치밀었다. 하지만 다 부질없다고 생각하고 나는 다시 마음을 가라앉혀 얼마 남지 않은 입시 공부에 매달렸다.

그러던 어느 날, 내가 다시 회장에 출마해야 하는 이유를 충분히 알게 해 준 사람이 있었다. 경마 날, 나는 기수대기실 침대에 누워 이불을 푹 뒤집어쓰고 있었다. 그때 기수 담당 마사회 책임자가 들어오더니 둥근 테이블에 앉아 있는 기수들에게 말했다.

"이번엔 누가 회장 될 것 같애? 홍대유가 다시 회장 되면 안 돼. 홍기수는 너무 정치적이야."

기수 실무 책임자는 나를 깎아내리는 망발을 계속하며 '홍 기수는 절대 안 된다.'는 식으로 은근히 비난하며 기수들을 세뇌하고 있었다. 나는 순간 일어나 한방 갈기고 싶었다. 하지만 신경 쓰지 말자며 꾹 참았다.

며칠 후 여기저기서 회장에 출마하려는 기수들의 이름이 거론되기 시작했다. 이런 와중에 나에게 기수회를 다시 한번 더 이끌어 달라는 요청이 계속 이어졌다. 총회 3주를 앞두고 날 찾아와 회장 출마를 권유한 기수를 따져 보니 숫자가 꽤 많았다.

나는 후배 기수들의 간곡한 부탁에 총회를 2주를 남겨 두고 출마 의사를 밝혔다. 다른 기수들은 진작부터 선거 운동을 하고 있었는데, 사실 너무 늦게 출마 의사를 밝힌 것이다.

가만히 생각해 보니 우리 기수들의 단결과 힘을 과시하기 위해서라도 경선은 바람직하지 않았다. 그래서 앞으로 받을 표를 점검해 보았다. 내가 당선되는 것은 기정사실이었다. 나는 우선 후보에 나오려는 기수들을 만나 보았다. 그리고 나에게 회장 출마를 권유한 기수들에게 회장 추대에 관해 얘기했다. 내가 추대로 회장이 된다면 집행부를 이끌고 나가기도 한결 수월하고, 또 '회장에 떨어지고 또 나왔냐.'는 소리도 듣고 싶지 않은 데다 앞으로 마사회와의 협상에서 힘을 발휘할 수 있을 것 같아 그렇게 주문했다. 나를 도와주던 참모들은 즉시 후보 기수들을 만나 포기하도록 설득했다. 결국 회장 후보는 나 혼자뿐이었다.

1996년 12월 10일, 나는 다시 기수회장에 추대 형식으로 취임했다. 기수들의 분포도도 처음 회장할 때보다 많이 바뀌었다. 당시에는 선배들이 70%나 되어 압도적으로 많았는데, 이제는 후배 기수가 70%나 되는 것 같았다. 완전히 세대 교체가 되었고, 이전보다 기수회 이끌기가 훨씬 수월해졌다.

나는 기수회를 이끌기 위해 두 개의 캐치프레이즈를 걸었다. 하나는 사회봉사 활동, 두 번째는 경마 팬과의 만남 행사다. 기수들의 봉사활동은 오래전부터 꾸준히 해 온 것이지만, 이번에는 좀 더 넓게 구체적으로 하겠다는 것이다. 그리고 그동안은 우리 기수들이 경마 팬을 만나면 부정 경마로 몰리곤 했는데, 이런 것을 타파하기 위해 공식적인 만남을 갖자는 것이다. 공식적으로 경마 팬과 어울리며 대화도 하고 사인회도 한다면 신뢰는 물론 경마의 부정적인 시각도 많이 변할 것으로 믿었다.

내가 내건 약속을 지키기 위해 기수들과 함께 봉사활동도 열심히 하고, 그리고 감히 누구도 시도해 보지 않았던 '경마 팬과의 만남' 행사를 실행했다. 특히 어린이날에는 기수 전원이 기수 복색 옷을 입고 나와 경주로 안에서 어린이들에게 선물을 주고 사인도 해 주며 함께 촬영도 해 주었는데, 의외로 경마 팬들이 많이 와 행사장 분위기가 좋았다. 경마 팬들이 오다 보니 기수와 팬과의 질의응답도 자연스럽게 이루어졌다. 이를 통해 기수에 대해 궁금증이 많이 해결되었다며 반응 또한 상당히 좋았다.

경마 팬과의 만남을 통해 기수들의 이미지가 조금씩 좋아졌다. 그리고 이 행사가 좀 더 발전해 기수들의 팬클럽도 생겼다.

기수들의 봉사 활동, 소외된 곳을 찾아

우리 기수회는 1994년 10월 당시 경기도 옹진군 대부면 풍도의 '풍도초등학교' 학생 전원과 선생님 두 분을 초청했다. 전교생이라고 해야 여섯 명인데, 그들은 서울 나들이가 처음이었다.

3일 동안 국회 의사당을 방문해 국회의원들과 기념사진을 찍고, 방송국에서 배우와 이야기를 나누며 사진 촬영을 했다. 또 63빌딩을 견학하고, 서울랜드의 배려로 아이들이 마음껏 놀이 기구를 타며 즐겼고, 서울대공원에 있는 동물들을 구경했다.

유명한 드라마 작가이신 최연지 선생님은 세모 유람선에서 어린이들에게 밥을 사주고 선물도 한아름 주셨다. 한강에 나가 유람선을 타고 관광도 하면서 밥을 먹으며 아이들은 눈이 휘둥그레졌다. 서울 나들이가 처음인 어린이들은 매우 순진해 무엇이든 물어보며 즐거워했다. 또 〈영심이〉만화로 어린이들에게 우상이신 만화가 배금택 선생님도 맛있는 고기도 사주시고 만화책 『영심이』 등 어린이가 좋아하는 책들을 선물로 주셨다. 낙도 어린이 초청은 우리 기수회가 했지만, 주위 분들의 많은 도움으로 어린이들에게 꿈과 희망을 준 것 같아 기분이 좋았다. 누군가 시작하면 뜻 있는 사람들이 함께 도울 수 있다는 사실을 나는 또 한 번 깨달았다.

　그동안 우리 기수들은 고아원, 양로원, 장애인 수용 시설 등 수없이 많은 곳을 찾아다니며 봉사 활동을 했다. 기수회 내의 '사랑 나눔회'는 '1승 후원회'가 대표적이다. 이 모임은 '양지의 집 후원회' 또는 '1승 후원회'라고 불린다. 기수회에서 전적으로 밀어주다 보니 회원이 40여 명이나 되었다. 이 후원회는 기수들이 경주에서 1승을 올릴 때마다 1만 원씩 내고, 이렇게 모인 후원금을 지적 장애아들이 모여 사는 '양지의 집'에 방문해 매달 60여만 원씩 후원해 주었다.

　이 '양지의 집'은 내가 기수회를 이끌면서 정말로 어려운 곳을 돕고자 후배 기수에게 찾아보라고 해 동사무소에서 소개받아 인연이 된 곳이다. 기수들과 함께 처음 가 보니 인가 나지 않은 시설이라 정부 지원도, 후원금도 전혀 없어서 10여 명의 지적 장애아들이 굉장히 어렵게 지내고 있었다. 시설을 둘러보고는 이렇게 어려운 곳을 도와주어야 우리 기수회도 보람을 느낄 것 같다는 생각이 들었다.

당시 나는 성치도 원장님께 가장 필요한 게 뭔지 물어보았다. 성 원장님은 곧 쓰러질 것 같은 담이 큰 걱정이라고 했다. 도로변에 있는 담은 진짜 곧 넘어갈 것 같았다. 그렇지 않아도 마을 주민들이 '양지의 집'을 싫어하는데 담까지 무너져 사고라도 나면 더 큰일이라며 원장님은 걱정이 컸다. 나는 그 자리에서 담은 내가 새로 만들어 주겠다고 했다. 그러고는 사비 200만 원으로 담뿐만 아니라 마당도 시멘트로 바르는 등 우리 기수들과 땀 흘려 깨끗하게 보수해 주었다.

기수들은 이 외에도 경주에서 MVP에 뽑혀 받은 상금이나 대상 경주에서 우승한 상금, 그리고 기수들이 TV 경마드라마에 출연해 받은 500만 원 등 기회가 될 때마다 '양지의 집'에 기부했다. 이렇게 후원하는 기수들의 봉사 활동이 널리 알려지면서 한 신문의 사회면에 크게 실렸다. 또 기수들과 여러 번 TV에 출연하게 되어 '양지의 집'은 어느덧 유명세를 탔고, 후원금도 많이 들어와 풍족해졌다.

처음 어려운 '양지의 집'을 돕자는 말에 기수들이 자발적으로 후원금을 냈는데, 그중에는 큰 액수의 후원금을 선뜻 낸 기수들도 많았다. 작은 봉사 활동이 세상의 빛과 소금이 되는 것 같아 보람 있고 뿌듯했다. 우리 기수들은 소외되고 아픔이 있는 그늘진 곳을 찾아 더 많은 노력과 봉사를 통해서 제2, 제3의 '양지의 집'을 만들자며 다시 한번 다짐했다.

유승국 회장님의 소원 수리, 개인마주제 시행

1989년 마사회는 개인마주제 개발실을 신설하고 분야별 기본 방향을 수립했다. 이렇게 개인마주제를 중단기적으로 준비하는 와중에 마사회를 오랫동안 이끌어 오신 이건영 회장님이 9년간의 임기를 끝으로 1991년 1월 3일 이임하시고, 다음 날 1월 4일 유승국 회장님이 새로운 수장으로 취임하셨다.

새로 부임하신 유 회장님은 매년 여러 번 겪고 있는 부정 경마 사건을 해결하려는 의지로 취임 후 두 달 정도 지난 3월 7일, 기수와 조교사를 마사회 대강당으로 모이게 했다. 유 회장님은 부정 경마에 대한 일장 훈시를 하신 후 군대에서와 같은 '소원 수리'를 쓰도록 했다.

현재 기수나 조교사가 겪고 있는 고충과 왜 부정 경마를 하는가에 대해 서슴없이 써서 무기명으로 제출하라는 것이었다. 당시 우리는 '이렇게 한다고 뭐가 변하겠어?' 하면서도 열심히들 써서 제출했다.

얼마 후 유 회장님은 그 내용을 모두 읽어 봤다며 기수들의 불평불만이 120가지 정도 나왔다고 했다. 소원 수리 후 경마장은 초비상이 걸렸다. 내용에는 기수를 헐뜯고 조교사를 헐뜯는 내용도 많았으며, 마사회 직원의 갑질 횡포, 특히 보안과(공정실) 직원이나 재결(심판) 직원의 갑질, 말의 강급 제도의 문제점, 그리고 개인마주제의 필요성에 대해서도 많이 있었다고 했다.

소원 수리 내용이 참고됐는지 마사회는 1991년 5월부터 마사회 부회장을 위원장으로 하는 '개인마주제 전환 추진위원회'를 전격적으로 발족했다. 그런데 이 추진위원회가 활발히 움직이는 와중에 한국 경마 최대의 부정 경마 사건이 터졌다.

1992년 9월, 기수와 조교사가 20명 넘게 검찰에 연행되었으며, 세 명이 구속되었고, 조교사 두 명이 자살하는 경마 역사 최대의 부정 사건이었다. 각 언론사에서는 20여 일 넘게 부정 경마 사건을 다룬 기사로 온통 도배했으니 대한민국이 난리도 아니었다. 기수란 직업을 가지고 있다는 자체가 불안할 정도였다. 그때 당시 SBS TV〈그것이 알고 싶다〉라는 시사 프로그램이 유명했는데, 우리 경마가 부정이 이루어질 수밖에 없는 이유에 대해 나는 생생하게 인터뷰했다. 이

후 검찰 수사는 조교사 두 명이 자살하는 등 사태가 예상외로 너무 커져서 그런지 더 이상 수사를 진행하지 않고 마무리되었다. 이 사건이 휩쓴 후, 경마장은 정말 아무 일도 없었다는 듯 고요했다.

한편, 이 엄청났던 부정 경마 사건을 놓고 우리 조기단(기수, 조교사)과 마사회는 실랑이를 벌였다. 조기단은 왜 아무것도 아닌 사건을 검찰에 수사 의뢰해 이 지경까지 만들었냐며 마사회에 강력히 항의했다. 이에 마사회는 경마가 중단되는 한이 있어도 부정 경마는 뿌리를 뽑겠다면서 맞섰다. 결국 마사회와 우리 조기단은 점점 감정싸움으로 깊어져 갔다.

이런 와중에도 개인마주제 준비는 진행되었으며, 마사회는 1992년 10월에 1차로 마주 등록을 받았다. 1차 모집에서 370명이 등록했고, 1993년에 2차로 72명이 추가 등록했다. 이리하여 최종 441명의 마주 회원으로서 1993년 8월 14일 개인마주제가 시행되었다.

* 조기단: 단일마주제하에서 조교사와 기수는 마사회 직원 신분이었는데, 조교사와 기수가 있는 단체를 '조기단'이라 불렀다.
* 1993년 8월 14일 개인마주제 시행으로 한국마사회, 조기협회(조교사, 기수), 마주협회 등 세 단체가 만들어졌다. 1988년 이후 기수협회가 독립하면서 현재는 한국마사회, 마주협회, 조교사협회, 기수협회 등 네 단체에 의해 경마가 진행되고 있다.

🐎 개인마주제로 강급제 폐지

'단일마주제'는 경주마를 모두 한국마사회가 단독으로 소유하는 것을, '개인마주제'는 경주마를 마사회가 아닌 각 개인이 소유하는 것을 말한다. 개인마주제는 이전에도 몇 번 시행되었는데, 오늘의 개인마주제는 1993년 8월 14일부터 시행된 것이다. 개인마주제하에서 한국마사회는 시행체로서 공정한 경마를 시행하면 되고, 마주는 양질의 말을 구매해 공급, 기수와 조교사 등 마필 관리 인력은 위탁받은 말을 최상의 상태로 훈련시켜 경주에 출전시키는 것이다.

개인마주제가 시행되면서 경마 제도도 많이 바뀌었다. 우리 기수들을 부정 경마로 몰아내던, 기수들이 그렇게 폐지해 달라고 애원했던 '강급 제도'가 폐지되었다. 그리하여 우승하면 무조건 승급되던 승급 기준도 좀 더 구체화했다. 우승 횟수와 수득 상금을 기준으로 하여 등급 내 경주 1회 우승 시 1개 등급 승급, 등급 내 1~3착 누적 상금이 등급 내 최하위 경주 거리 1착 상금 이상 시 승급이다.

그 외에 실격 및 강착 제도를 도입했으며, 팬들에게 마권을 맞추기 쉽게 한다고 만들었던 묶음 번호 제도도 폐지했다. 경주마 장구 등록 및 기수 기승 장구 색상을 통일했으며, 무엇보다 공정성을 기하고자 재결(심판) 사항을 일반에 과감히 공개하기 시작했다. 또한 금·토·일 3일간의 경주를 경마 과열 방지 차원에서 금요일 경주는 폐지했으며, 단조로웠던 마권 구매 승식 종류를 다양화시켰다. 개인마주제 전에는 장외 발매소(지점)를 민간이 소유했고 경마 매출에 큰 역할을 했는데, 이 또한 부정의 소지가 있다고 해 마사회 직영으로 모두 바꾸었다.

우리 기수에게는 개인마주제가 구세주였다. 강급 제도의 문제로 우리 기수들은 경주에서 말을 가니(능력 발휘), 안 가니(능력 은폐) 소리를 들으며 실제로 말을 그렇게 탈 수밖에 없었다. 그렇다 보니 허구한 날 재결(심판)로부터 제재를 받을 수밖에 없었다. 말 타는 현실이 이러하니 우리 기수들은 경마장 내 약자가 되어 관련 부서인 재결(심판)이나 보안부(공정실) 직원들의 갑질 횡포에 많이들 시달리며 당했다.

강급제가 폐지된 우리 경마에서 이제 기수는 항상 열심히 말만 타면 되기에 최선의 말몰이를 하고 있다. 투명한 경주 속에 오늘날 경마 팬들도 즐겁게 경마를 즐기고 있다.

"개인마주제야, 고맙다! 강급제야, 영원히 안녕!"

과거에는
마주 되기 어려웠지,
지금은?

1993년 8월 14일, 개인마주제가 시행되면서 총 441명의 회원으로 마주협회가 출범했다. 마주협회 행사장에 가 보면 TV에서나 보던 얼굴들이 꽤나 눈에 띄었다. 초대 회장으로 선출되신 오자복 전 국방장관을 비롯해 국회의원, 장관, 교수, 변호사, 탤런트, 가수, 아나운서 그리고 TV를 통해 봤던 군인 출신 등 다양한 부류의 유명 인사들이 대거 마주가 되었다.

마사회는 처음 개인마주제를 시행하면서 그동안 마사회가 소유했던 경주마를 모두 개인 마주에게 분양했다. 한 사람의 마주가 최대

다섯 마리까지 분양받을 수 있었다. 말을 능력에 따라 5등급으로 등급을 매겨 분양했는데, 내가 볼 때는 말값이 싸지 않았나 하는 생각이 들었다. 말값은 저렴하고 상금은 많다 보니 말을 여러 마리 분양받은 마주 중에는 몇 달 만에 말값을 모두 뽑은 마주도 있었다.

한편 개인마주제가 시행되자 우리 경마에 또 다른 애로사항도 발생했다. 사회적으로 경마에 대한 인식이 그렇게 좋지 않아서인지 아니면 마주들이 너무 유명하고 젊잖아서인지 마주 등록은 해 놓고 말을 구매하지 않는 마주도 많았다. 그러다 보니 조교사들은 말 수급에 어려움이 있었다. 단일마주제하에서는 마사회가 조교사들에게 말을 고루 나누어 주었는데, 개인마주제가 되고서는 말 수급이 어려워 고전하는 조교사들이 많았다. 조교사들끼리 말 확보를 위해 전쟁을 치를 정도였다. 주위 추천으로 얼떨결에 마주가 된 마주 중에는 말을 몇 마리 사지도 않고 있다가 적성에 맞지 않는다고, 또는 가끔 터지는 부정 경마 사건을 보면서 명예에 손상이 갈까 그만두는 경우도 종종 있었다.

서울마주협회는 회원을 500명 아래로 유지하는데, 매년 마주 숫자가 부족한 만큼만 2~3년에 한 번씩 마주를 뽑았다. 이렇게 몇 년 만에 한 번씩 마주를 모집하다 보니 마주가 되려는 경쟁이 치열해졌다. 한 번 뽑을 때 숫자는 40~60명 정도 뽑았기에 생각보다 경쟁률이 높아 마주 되기가 쉽지 않았다. 그렇다 보니 소위 '백(빽)'을 동원한다는 이야기가 공공연히 나돌 정도였다. 어떤 이유에선지 2005년에는 마주 모집 자격을 완화해 파격적으로 한 번에 130명의 마주를 뽑았다. 현재의 마주 중에는 2005년도에 입회한 경우가 가장 많을 것이다.

마주가 되는 자격은 시간이 흐를수록 더 완화돼 코로나19 이후부터는 수시로 마주 서류 접수를 받아 선발하고 있다. 전에는 '마주심의위원회'를 열어 심사해 선발했는데, 이제는 서류상 문제만 없으면 마주가 될 수 있다.

마주 되기가 한결 수월해진 오늘날 우리 마주들이 적자 나지 않고 잘 유지돼야 할 텐데 여기저기서 적자투성이라는 소식이 들리고 있다. 마주들에게 적자가 나면 조교사가 힘드니 적자 나지 않기를 응원한다. 우리나라 경마산업 발전에 마주의 역할이 매우 크다.

경마 배금택 화백과 드라마 작가 최연지 선생

한창 스포츠 신문이 인기 있을 때가 있었다. 스포츠 신문에는 만화란이 있었는데 나는 1993년도 《스포츠서울》에 매일 연재되고 있던 〈변금련던〉에 홀딱 빠져 있었다. 새벽 조교를 하다가도 《스포츠서울》 신문이 배달되면 말 타는 것을 잠시 쉬고 만화를 먼저 본 후 다시 말을 탔을 정도였다. 당시 〈변금련던〉은 내게 큰 활력소였다.

그런데 2년간 이어 온 그 만화 연재가 연말에 끝난다는 것이었다. 나는 열렬한 팬으로서 작가인 배금택 화백님을 만나 소주 한잔이라도 하고 싶다는 생각이 들었다. 그래서 마사회 홍보실에 배 화백님

祝 300
홍 대유기수께

1996. 3. 23.
배금택

필자의 기수 300승을 기념해
배금택 화백이 선물한 작품

을 만날 수 있는 자리를 부탁하려는 와중에 경마 해설가 유영삼 선생
으로부터 전화가 왔다. 만화가 배금택 화백님이 나를 만나 보고 싶어
한다는 것이다. 난 이게 웬 땡이냐 싶어 즉시 만나자고 했다.

　나는 기수 네 명과 함께 사당역 고깃집으로 갔다. 술 몇 잔을 마시
며 이야기를 하다 보니 배 화백님은 곧 〈변금련던〉이 끝나면 다음
편으로 '경마 만화'를 준비 중이라고 했다. 배 화백님은 몇 달째 경마
장에 와서 베팅도 하고, 경마 속성을 배우고 있다고 했다. 그래서 나
는 기수들의 애환이라든지 가짜 기수 이야기 등 여러 에피소드를 밤
새도록 얘기했다. 배 화백님은 몇 개월 취재 다닌 것보다 지금 들은
얘기가 더 만화 소재로 좋다며 즐거워하셨다.

　기수들과 밤새 이야기한 내용으로 탄생한 작품이 바로《스포츠

서울》에 연재된 경마 만화 히트작 〈종마부인〉이다. 그리고 연이어 〈0시의 굽 소리〉 등 인기 경마 만화를 연재해 우리 경마에 새바람을 일으켜 주었다.

배 화백님은 기본적으로 만화 팬들이 많았는데, 팬들과 함께 경마장에 와 플래카드를 걸고 기수들을 응원하며 팬들에게 마권을 사주는 이벤트도 했다. 경마 세계에서 기수나 말을 응원하는 팬클럽 활동을 최초로 시작하신 셈이다.

1994년 배금택 화백님의 경마 홍보에 이어 이번에는 드라마 작가 최연지 선생님이 기수회장인 나를 찾아왔다. 최 작가님은 고 최진실 배우가 출연했던 〈질투〉의 드라마 작가로(드라마 〈애인〉도 히트시킴.), 아주 유명한 작가였다. 최 작가님은 제일영상에서 경마를 소재로 한 드라마를 만들기 위해 취재하고 있다고 했다.

최 작가님은 우리 기수들과 어울리며 열심히 취재해 드라마 〈질주〉를 만들었다. 우리 기수들도 엑스트라로 많이 출연했는데, 크게 인기를 얻지는 못했다. 그래도 경마를 소재로 한 드라마가 안방에서 방영되었다는 것 자체로 우리 경마를 알리는 데 상당한 홍보 역할을 했다고 생각한다.

1994년 경마문화가 대중적이지 않았던 당시에 배금택 화백님이나 최연지 작가님의 경마 소재 작품 탄생은 상당히 고무적이었다. 배 화백님과 최 작가님과의 인연은 지금껏 이어 오고 있다.

도청당하는 기수들, 억울한 징계

기수 시절, 나는 쉬는 날 집에 있어도 집 전화를 잘 받지 않았다. 특히 경기 전날 오는 전화는 어느 정도 아는 사람이라면 종종 말의 상태가 어쩌느니 저쩌느니, 또는 이번 주 뭐 재미있는 것은 없느니 하며 떠보기 때문이다. 전화가 걸려 오면 난처한 건 기수다. 묻는 말에 무조건 물어보지 말라고 정색하며 거절하기도 어려울 때가 있기 때문이다.

어쨌든 전화를 건 상대는 그저 부담 없이 말하겠지만 기수인 나로서는 좀 부담스러울 수밖에 없다. 왜냐하면 제3자가 대화 내용을 들게 되거나 알게 되었을 경우 마사회법상 특정인에게 경마 정보를 제공한 꼴이 되어 문제의 소지가 있기 때문이다. 상대는 이런 기수의 마음을 아는지 모르는지 섭섭하다고만 하는데, 기수로서 조심하는 것은 당연하다.

나의 기수 시절 사건 사고 중에는 도청 사건도 있었다. 기수, 조교사가 두 번이나 전화 도청을 당해 세상이 시끄러웠던 일이다. 실제로는 도청당한 적 있는 기수들이 더 있지만 내가 경험한 것만 이야기하겠다.

1995년 12월, 한 해를 마무리하는 조기(조교사, 기수)협회 송년회에 참석하느라 아내와 함께 집을 나서는데 우편함에 카세트테이프만 한 조그만 상자가 하나 있었다. 송년 모임을 끝내고 집에 와서 상자를 열어 보니 테이프가 들어 있었다. 테이프를 들어보았다. 나와 나의 소속 마주와의 대화 내용이었는데, 우리 집 아파트 유선 전화를 도청한 것이었다. 그 당시는 호출기를 사용할 때인데, 도청한 범인의 호출기 번호가 적혀 있었다. 호출기로 연락하라는 뜻이었다.

대화 내용은 나의 조교사님이 외국에 말 사러 출장 가셨을 때 나의 소속 조 마주에게서 걸려 온 전화 내용을 도청한 것이다. 나로서 도청은 처음 겪는 일이라 테이프를 듣는 순간 정말로 까무러칠 뻔했다.

수원검찰청은 도청한 범인을 잡는 것도 당연하고 중요하지만, 테이프 내 기수와 조교사의 대화 내용에 대해서도 조사를 병행했다. 사건인즉, 범인들은 기수와 조교사가 모여 사는 아파트 단자함이 있는 지하에 들어가 쭈그리고 앉아 유선 전화를 도청한 것이었다. 범인들은 도청한 내용으로 경주에서 베팅해도 맞지 않자 기수와 조교사에게 소포로 테이프를 보내 협박한 것이다. 이 사건은 사회적으로 큰 파장을 일으켰으나 다행히 담당 검사가 기수의 생리를 잘 이해해 주어 도청한 범인들은 구속시키고, 도청당한 기수와 조교사는 조사만 받고 끝내는 선에서 마무리되었다.

또 한번은, 그 사건이 있은 지 몇 년 후 이번에는 무선 전화기인 휴대폰을 도청한 일이 발생했다. 당시 우리 기수들은 1998년 5월 어린이날을 맞아 경마공원에서 팬 사인회를 하고 있었다. 그 장소에서 기수회장인 내 손에 카세트테이프 하나가 들어왔다. 순간 느낌이 좋지 않아 기수 임원과 승용차에 가서 테이프를 들어보았다. 그 테이프는 열 명의 기수와 조교사의 대화 내용을 도청해 편집해 놓은 것이었다.

몇 년 전 도청 사건 때도 무척 놀랐는데 이번에는 더 충격적이었다. 연일 국회에서는 휴대폰은 도청할 수 없다며 국회의원들이 싸우고 있었는데, 버젓이 휴대폰 도청 테이프가 내 손안에 떡하니 있었기 때문이다.

나는 도청 테이프를 놓고 여러 상황으로 생각해 보았다. 이 도청 테이프를 세상에 오픈하거나 마사회 보안과(공정실)에 신고한다면 테이프 내 통화 당사자들인 기수와 조교사 열 명이 다칠 것 같다는 생각이 들었다. 그래서 나는 테이프를 소각해 버렸다.

그 일로 인해 나는 마사회로부터 부정 경마 증거 자료를 없앴다는 죄명으로 수원검찰청에 수사 의뢰되어 조사를 받게 되었다. 그리하여 조교사 시험 합격도 취소당하고, 기수면허 경고 징계도 받았다.

이 사건도 사회적 파장은 컸다. 그러나 도청 테이프가 소각됨으로써 2년에 걸친 수사 끝에 수사 종결하고 테이프를 도청한 범인은 구속되었다.

간혹 경마 팬 중에는 지푸라기라도 잡고 싶은 심정에서 기수를 매수하거나, 또는 기수와 조교사들의 대화를 도청해 그 정보를 바탕으로 베팅했다가 오히려 더 큰 실패를 보고 인생까지 망치는 경우가 있다. 경마는 자기의 능력에 맞게 베팅하며 취미로 즐기는 것이 이기는 것이다. 우리 경마 팬들은 경마를 연구하며 취미로서 즐겼으면 한다.

기수·조교사의 휴대폰 도청,
조교사협회의 부실한 대응과
기수협회 탄생

얼마 전 새벽 조교 현장에서 은퇴한 지 선배와 조교사들과 함께 도청 테이프 사건이 계기가 되어 기수협회가 독립하게 된 이야기를 했다. 지 선배는 기수협회가 독립하게 된 이유를 처음 들어본다고 했다. 그래서 나는 기수·조교사 도청 테이프 사건에 대한 진실을 사실대로 기록해 놓을 필요가 있다고 생각해 그때를 정리해 본다.

1998년 5월 5일 어린이날, 우리 기수들은 경주로 안에서 어린이들에게 사인도 해 주고 기념 촬영도 하며 신나게 행사를 하고 있었다. 한참 행사 중에 후배 기수가 누가 나를 찾는다고 했다. 그래서 가 보니 처음 보는 사람인데, 불쑥 나에게 테이프를 하나 건네 주었다. 이게 뭐냐고 물으니 기수와 조교사의 도청 테이프라고 했다. 나는 깜짝 놀라서 잠시 주춤했다. 그는 기수와 조교사의 전화를 누구나 도청할 수 있으니 주의하라는 뜻에서 테이프를 가져왔다며 다른 뜻은 없다고 말하고는 가버렸다.

나는 기수 핵심 임원 몇 명에게 느낌이 좋지 않다며 차에 가서 테이프를 들어보자고 했다. 테이프를 들으니 기수, 조교사 들과 외부인이 경마 정보를 주고받는 내용이었다. 우리 기수와 조교사 열 명의 통화 내용을 깔끔하게 편집해 놓은 것이다.

나는 이 테이프를 어떻게 해야 하나 고민하다 조기협회 회장님께 보고하려고 전화를 걸었다. 마침 회장님은 낚시 가서 내일이나 오신다고 했다. 그래서 이번에는 조기협회 부회장에게 전화를 걸었다. 부회장은 외출했다가 집으로 가는 중이라고 했다. 나는 도청 테이프 이야기를 하며 아파트 앞에서 기다리겠다고 했다. 그리고 얼마 후 부회장 승용차 안에서 함께 테이프를 들었다.

그리고 다음 날, 경마장에 와서 테이프 내 통화 내용과 관계있는 기수, 조교사 들을 만나 테이프 존재를 알렸다. 당사자들은 어찌할 바를 모르며 긴장했다.

이후 조기협회 이사회 때 나는 도청 테이프 이야기를 하며 이 테이프를 어떻게 하면 좋겠냐고 물었다. 어느 이사는 테이프를 기수와 조교사 전체를 모아 놓고 틀어 주자는 말도 했다. 하지만 조기협회

회장님은 테이프 이야기만 하면 화제를 바꾸며 고개를 돌렸다.

나는 기수 임원들과 이야기를 하고는 도청한 사람을 한번 만나 보자고 했다. 마침 도청한 사람이 전화번호도 주고 갔기에 통화를 할 수 있었다. 나는 도청한 K를 만나러 혼자 가면 위험하다는 생각에 테이프를 함께 들었던 A 조교사를 오라고 했다. 사실 나중에 누군가는 증명해 줄 수 있어야 할 것 같다는 생각에서 기수보다는 조교사를 부른 것이다.

도청한 K는 공교롭게도 나의 고향인 경기도 안성에 살고 있었다. 그의 집 안에는 경마 예상지가 수북이 쌓여 있었다. 나는 도청한 K와 식당에 가서 술이나 한잔하자고 하고는 A 조교사와 셋이서 자리를 잡았다. 그리고 술을 마시며 경마와 도청에 대한 많은 대화를 나누었다.

K는 경마를 오래 하다 보니 경마 정보가 필요했다며 그래서 기수와 조교사의 휴대폰을 모두 도청했다는 것이다. 국회에서는 휴대폰이 도청이 되느니 안 되느니 연일 싸우고 있었는데, 어떻게 휴대폰 도청이 가능한지 물었다. 휴대폰 도청은 기기만 있으면 생각보다 간단하다고 K가 말했다. 본인은 군에서 도청·암호 분석 전문가로 20여 년을 근무했다면서 자세히 설명하였다.

도청은 어떻게 했냐고 하니 그는 다시 말을 이어 갔다. 기수와 조교사가 사는 준마아파트 주위 몇 km 떨어진 승용차 안에 기기를 갖다 놓고 주파수를 맞춰 경마의 '경' 자나 '말' 이야기가 나오는 것들을 모두 추려내면 영락없이 기수, 조교사의 통화 내용이라는 것이다. 그리고 휴대폰 도청뿐 아니라 조기협회 사무실의 조교사들 유선 전화 통화 내용도 모두 도청했다고 했다. K에게 왜 나한테 테이프를 주었느냐부터 앞으로 어떻게 할 것이냐 물으니 그의 대답은 단순했다. 자신은 도청한 내용을 가지고 경마를 했는데 하나도 제대로 맞추지 못했다는 것이다. 그래서 전화는 언제든 도청될 수 있으니 주의하라는 뜻에서 테이프를 준 것이라고 했다. 이 말은 어린이날 행사 때 처음 나에게 테이프를 주며 말했던 것과 같았다.

도청한 K와 헤어지고 난 후 나는 술이 많이 취했지만 곧바로 A 조교사와 둘이서 조기협회 부회장 집에 갔다. 그리고 도청한 K와 나눈 이야기를 모두 전하고, 이제 테이프를 협회에서 처리하라고 부회장에게 주었다. 그런데 부회장은 테이프를 받지 않고 나한테 가져가라고 했다. 테이프를 갖고 옥신각신하다가 결국 나는 테이프를 손에 들고 나왔다.

나는 이 테이프를 어떻게 처리하는 게 좋을지 고민하다가 지인의 소개로 A 조교사와 함께 우리나라 최고의 수사기관에 가서 비밀리에 상담했다. 수사기관에서는 도청 범인도 범인이지만 테이프 내 대화의 당사자들 모두에게 문제가 생길 것 같다는 이야기를 했다. 도청된 테이프 안에 있는 기수, 조교사 들이 다칠 수도 있다고 했다. 나와 A 조교사는 기수와 조교사가 다칠 수도 있다는 말에 일이 복잡하게 돌아갈 것 같아서 머리가 혼란스러웠다. 그래서 부정 경마도 생기지 않았으니 수사기관에 없던 일로 해달라고 당부하고는 나왔다.

그리고 테이프는 나와 같은 숙소에서 생활하는 고 임대규 기수에게 맡겼다. 임대규 기수는 간부고, 또 나와 10년이나 숙소를 함께 사용한 사이였다. 임 기수는 머리도 좋고 결단력이 있어서 나와는 서로의 믿음이 강한 사이라 맡긴 것이다. 지금은 고인이 되어 마음이 아프다.

얼마 후 나는 임 기수를 그가 사는 평촌아파트 놀이터에서 다시 만났다. 그리고 도청 테이프와 관련해 지금까지 진행된 상황을 알렸다. 우리는 테이프를 어떻게 처리하는 게 현실적일지 함께 고민하며 의견을 나누었다.

만약 테이프를 마사회 보안과(공정실)나 외부 수사기관에 신고하면 아무 죄 없는 테이프 내 관련자들이 잘못될 것은 기정사실이고, 지금 조기협회에서도 매우 부담스러워한다. 또한 K의 도청은 분명 잘못이지만 앞으로 조심하라는 뜻에서 테이프를 건넨 공익 차원도 있을 것이다. 따라서 도청한 사람이 이익을 얻지도 못했고, 또 테이프를 아무 대가 없이 건넸으니 테이프만 없애 버리면 아무도 다치지 않을 것 같다는 결론에 이르렀다.

임 기수와 나는 테이프 사건에 대해 총대를 메기로 했다. 대화를 마치고는 임 기수에게 테이프를 갖고 나오라고 했다. 그리고 우리 둘은 야밤에 놀이터에서 도청 테이프를 파손시켜 쓰레기통에 버렸다. 이리하여 부정 경마의 증거품인 도청 테이프는 사라졌다.

다음 날, 어디서 들었는지 마사회 보안과(공정실)에서 나를 찾아왔다. 그리고 문제의 테이프를 달라는 것이다. 내가 테이프는 없다고 하자 보안과(공정실)는 나를 경마장 밖 외부에서 조사했다. 보안과(공정실) 실장도 동석한 자리에서 직원 한 명이 몇 시간에 걸쳐서 추궁하고 조사했다.

테이프는 나 혼자 소각시켰다고 진술하고 조사를 마쳤는데, 마사회에서는 나를 부정 경마 증거를 은폐했다며 수원검찰청에 수사 의뢰했다. 그리고 그 주에 나는 조교사 시험에 합격해 발표를 앞두고 있었는데 이번 사건으로 면허 전형위원회를 열어 합격을 취소시킨다고 했다. 결국 나는 검찰에 출두해서 조사받는 것은 물론이고 조교사면허 합격까지 취소당했다. 그리고 마사회로부터 기수면허도 취소당할지 모르는 암담한 현실에 놓이게 되었다.

내가 테이프를 갖고 있을 때 불안해서 나를 찾아왔던 통화 내용의 당사자들인 기수, 조교사 들은 테이프를 소각시켰다는 사실을 알고는 테이프 존재에 대해 자신들은 전혀 아는 바 없다며 모르쇠로 일관했다. 하물며 조기협회 부회장은 자신의 승용차 안에서 테이프를 함께 들었고, 도청한 K를 만나 대화했던 이야기도 모두 보고받았음에도 본인은 테이프 존재 사실을 모른다고 주장했다. 개인적으로 굉장히 서운했다. 나는 조교사 시험 합격도 취소당하고 여기저기 조사받으러 다니는데, 자신들에게 불똥이 튈까 봐 아예 모르쇠로 일관하는 그들을 보면서 나는 몹시도 당황스럽고 황당했다. 나는 나름대로 테이프 대화 관련 동료들이 다칠까 봐 그렇게 걱정하고 고민한 끝에 총대를 메기로 작정하고 테이프를 없앴는데, 불이익이 생길까 두려워 모두 나를 멀리하고 모른 체하다니⋯⋯. 참 어이가 없고 인간적으로 서글펐다. 더군다나 기수와 조교사들의 권익에 앞장서야 할 조기협회조차 나를 도와주거나 위로는커녕 있었던 일도 모른다고 하며 알아서 책임지라는 식이어서 더욱 화가 났다.

　나는 마사회와 검찰에 불려가 강도 높은 조사를 받으면서 이런 조기협회 조직에 기수들이 있을 필요가 있나 진지하게 생각해 보았다. 나는 조기협회 임원으로서 그리고 기수회 회장으로서 오로지 회원들이 다치지 않았으면 하는 생각에 테이프를 없앴는데, 결과가 이렇게 모두에게 버림받는 것이라니!

　나는 가족 같은 자신들의 조직원 하나 지켜주지 못하는 이런 조기협회에 기수들과 함께 있을 필요가 없다고 생각했다. 그래서 항의의 표시와 기수 권익 신장을 위해 기수 모두를 데리고 나와 조기협회를 탈퇴했다. 한마디로 (사)서울경마장 기수협회 설립은 오로지 기수를 대변하지 못하는 조기협회에 대한 불만과 항의의 표시로 시작되었다. 전화위복인 셈이다.

한일 교류 경마,
일본 니가타의 추억

일본의 니가타경마장과 한국 경마는 1982년부터 매년 한 차례씩 교환 경기를 했다. 한국에서는 '한일 쟈키컵 대회', 일본에서는 '일한 챌린지컵 대회'인데 대회마다 양국 기수가 다섯 명씩 출전해 대회 개최국의 말을 타고 경주한다.

일본 니가타는 북한 조총련 세력이 강한 곳으로, 북한으로 가는 '만경봉호'가 정박해 있는 곳으로도 잘 알려져 있다. 니가타현 자체가 우리의 교포 단체인 민단보다는 북한 조총련 조직이 더 크고 활성화되어 있는 곳이기에 우리와의 경마 교류는 상당한 의미가 있는 지역이다. 나는 일본 지방 경마 니가타현에서 열리는 '니가타 한일 교류 경주'에 1992년과 1995년 두 번 참여했다.

1992년 9월 23일, 이번 니가타 교류 경주 출장이 나에게는 첫 해외 나들이여서 설레는 마음으로 출발했다. 일본에 도착 후 도쿄에서 신칸센을 타고 니가타에 도착했다. 그때 신간센 속도가 빨라 놀랐던 기억이 난다(그 당시 우리나라에는 KTX가 없었다.).

첫날 니가타경마장 측 환영회에 참석 후 우리는 숙소로 갔다. 그런데 새벽에 서울로부터 나쁜 소식이 전해졌다. 한국 경마 최대의 부정 사건이 발생해 기수와 조교사 20명 이상이 연행됐다는 것이다. 이 소식을 듣고부터 우리 일행은 멘붕 상태였다. 서울로 돌아가야 하나 생각이 들었지만 우리는 니가타에 온 이상 교류 경주는 해야 했다.

교류 경주는 우리 기수 다섯 명과 일본 기수 다섯 명이 경기를 치르는데, 말은 니가타경마장 말을 탄다. 경주에 기승할 말은 열 명의 기수들이 각자 자기가 추첨으로 뽑는다. 추첨에서 누가 능력 있는 말을 뽑느냐는 그 기수의 운이다. 나는 한국 기수 중에서 우승 가능성이 가장 높은 말을 뽑아 기분이 좋았다. 그런데 얼마 후, 한국 기수 중 A 기수가 기승할 말의 능력이 별로여서 부담 중량이 가벼운 53kg으로 타야 하는데 자신은 체중이 많이 나가 부담 중량을 맞출 수 없다며 경기를 포기하겠다고 했다. 우리 한국 기수단은 어떻게 해야 할지 논의했다. 일단 기수와 말이 공개적으로 추첨되었기에 말을 서로 바꾸어 타는 것은 불가능했다. 그래서 일본 측에 한국 기수 한 명이 체중 오버로 기승할 수 없게 되었다고 하고는 한국 기수끼리 말을 바

1995년 한일 교류 경주 경마 때 일본 니가타경마장에 두 나라의 기수들이 입장하고 있다.

꾸어 타고 출전하겠다며 양해를 구했다. 그리고 부담 중량 57kg으로 우승 가능성이 높은 내가 기승할 말을 A 기수에게 주고, 그 부담 중량 53kg의 말은 내가 기승하기로 했다. 결국 일한 챌리지컵 결과는 한국의 A 기수가 2등 오고 나는 꼴찌를 했다. 지금은 말도 안 되는 일인데, 과거에는 국제 경기임에도 행사 성공을 위해선 이런 어처구니없는 일도 있었다. 다 지나간 추억 속의 한 장면이다.

1992년 일본 니가타에서의 나의 첫 해외 경주는 그래서 이래저래 엉망이었다. 그래도 좋았던 것 하나는 있다. 당시 한국의 경마 수준은 낮아서 말 탈 때 사용하는 장구를 구할 수가 없었다. 그래서 일본이나 해외 출장 가는 기수에게 부탁해 채찍이나 보안경, 안장 등 장구를 어렵게 구해 사용했다. 그런데 이번에는 앞으로 기수 하는 동안 쓸 장구들을 내가 직접 일본에서 왕창 구매할 수 있었다.

1995년, 두 번째로 한일 교류 경주에 참여했다. 그때는 좀 여유가 있어 관광도 하고, 주최 측의 친절로 즐겁게 9일간의 일정을 보냈다. 나는 호기심이 있으면 뭐든지 해 보는 스타일인데, 우리가 머무는 호텔에서 그리 멀지 않은 곳에 북한에 왕래하는 유명한 배 '만경봉호'가 부두에 입항해 있다는 것이다. 걸어서 한 시간 정도밖에 안 된다고 하니 더욱 호기심이 생겼다.

다음 날 새벽, 나는 일행들이 지장 받지 않게끔 혼자서 호텔을 나와 만경봉호가 있는 항구 쪽으로 걸어갔다. 항구에는 배가 몇 척 있었는데, 만경봉호도 일반 배와 같이 항구에 정박해 있었다. 만경봉호를 보면서 신기하기도 했지만 약간 겁도 났다. 새벽이라 그런지 배 주변에 사람이 없어서 만경봉호만 이리저리 흥미롭게 한참 동안 둘러봤는데, 아무튼 북한 배를 직접 보다니, 신기롭기만 했다.

니가타경마장에서 우리 한국 기수단이 경기를 펼칠 때면 교포들이 나와 응원해 주었다. 또 자신들이 운영하는 음식점이나 술집으로 오라고 해, 가면 반갑고 기쁘다며 우리 기수들에게 대접도 잘 해 주었다. 타국에서 따뜻하게 맞아 주던 그분들이 그렇게 고마웠다. 교포들의 따뜻한 환영은 니가타에서의 우리 여정을 더욱 즐겁게 해 주었고, 한국 대표 기수라는 사실에 자부심을 느끼게 했다.

당시 일한 챌린지컵은 일본 기수가 우승했고, 나는 일반 경주에서 우승해 우승마와 함께 사진을 남겼다. 우리 기수가 니가타에 있는 동안 주최 측은 교류 경주가 끝날 때까지 최고의 친절로 편안하게 잘 해 주었다. 지금도 그들의 진정 어린 친절이 생각난다.

일본 니가타경마장과의 교류는 우리 기수가 해외에 나갈 아주 좋은 기회였다. 또 한국에서는 구할 수 없는 장구를 구해 올 수 있어서 우리 기수들은 너무나 좋아했다. 그런데 오랫동안 이어 오던 일본 니가타와의 교류 경마는 우리나라 경마가 발전하면서 언제부턴가 중단되었다. 이후 일본 니가타경마장은 적자로 문을 닫게 되었다는 소식이 전해져 많은 아쉬움이 남는다.

기수와 경마 팬과의 만남

　우리 경마는 이제 많이 투명해졌다. 기수와 조교사를 가까이에서 볼 수도 있고, 팬들이 기수에게 선물을 주면 받는다. 과거에는 상상도 할 수 없는 일이었다.

　나의 기수 시절, 기수가 팬을 만난다는 것은 부정으로 치부돼 오해도 많았다. 극단적으로 말하자면 기수이기 때문에 무관심한 척, 간혹 보내오는 팬들의 관심에 대해서도 냉정한 모습을 보여야만 했다. 그만큼 기수와 팬과의 사이에는 '부정'이라는 보이지 않는 막이 가로놓여 있었다. 그래서 나는 기수회장이 되어 이런 차단벽을 모두 들어내고 기수와 경마 팬이 자유롭게 어울리는 풍토를 조성하고 싶었다.

나는 기수회장이 되었고, 과감히 경마 팬을 위한 사인회 및 만남의 자리를 만든다고 홍보했다. 그러자 여기저기서 그 자리에 함께하겠다며 연락이 왔다. 당시에는 pc 통신 경마동아리가 많았는데, 그중 처음으로 pc 통신 나우누리의 〈경마장 가는 길〉과 하이텔의 〈경마동우회〉 회원들이 우리 기수들과의 만남 행사를 함께했다. 처음 진행한 행사지만 모임에 참석한 30여 명의 동아리 회원들과 우리 기수들은 화기애애하게 이야기를 나누었다. 베팅해서 맞춘 이야기며, 베팅 액수가 100원 200원이었다는 얘기 등 정말 시간 가는 줄 모를 정도로 즐겁게 많은 이야기를 나누었다.

우리 기수협회는 팬들과의 이 만남을 계기로 기수들을 만나고 싶어 하는 모임이 있다면 무조건 추진했다. 기수가 경마 팬을 만나면 부정으로 치부했던 과거의 인식을 불식시키기 위한 목적이 컸다. 우리 기수들은 경주 후 피곤함에도 팬과의 행사라면 적극적으로 참여해서 팬들의 궁금증을 풀어주는 데 큰 역할을 했다고 자부한다.

한편, 우리 기수들과 만남을 가졌던 동아리 회원들은 '기수 팬클럽'을 만들어 예시장에서 기수를 응원하는 플래카드를 거는 등 우리 경마장 분위기도 한결 많이 밝아졌다.

경마 팬과의 만남 행사가 긍정적인 평가를 받게 되자 고무된 우리 기수들은 더 적극적으로 활동했다. 어린이날에는 어린이를 위해 알록달록 복색 옷을 입고 사인도 하며 함께 기념사진도 찍었고, 또 경

경마 팬과의 만남을 소신 있게 추진했던 필자. 200여 명의 경마 팬 앞에서 강연하고 있다.

마가 없는 평일에도 마사회 장외 발매소에서 경마 팬을 상대로 질의 응답과 강의를 했다. 각 장외 발매소에서는 기수들을 초청해 행사도 많이 했는데, 가장 큰 영등포 장외 발매소에 가 보면 팬들이 보통 3, 4백 명은 모여 있었다.

과거에는 제도 모순에 의해 '부정'으로 다소 억울하게 경마장을 떠난 기수들도 많았다. 우리 기수협회는 더 이상 이런 불미스러운 일이 발생하지 않도록 분위기를 만들고자 노력했고, 우리 기수들도 스스로 경마의 부정적인 이미지를 없애 투명하고 건전한 경마를 위해 발벗고 나서는 노력을 많이 했다.

기수협회 창립 과정 및 발기인

1998년 5월 5일 어린이날, 기수 사인회에서 한 개의 도청 테이프가 기수회장인 내 손에 들어왔다. 이 도청 테이프가 동기가 되어 기수협회가 창립되었다.

기수협회는 도청 테이프 건을 놓고 기수 이사와 기수 간부 회의 결과 조기협회 임원인 기수 이사들은 조기협회에 일괄 사표를 내기로 하고 제출했다. 그리고 1998년 5월 23일 기수협회 창립을 준비하기 위해 다음의 안건으로 기수들의 제1차 임시 총회를 개최했다.

    1) 조기협회 탈퇴에 관한 회의와 투표

2) 탈퇴 동의서 작성

3) 발기인 선출: 기수회장단과 이사 그리고 각기 선임으로 발기인 선출

이날 총회는 총인원 71명 중 사고자를 제외하고 모두 59명이 참석하여 찬성 56표, 기권 3표로 기수들은 정식으로 조기협회를 탈퇴했다.

발기인(홍대유, 최봉주, 김택수, 서영석, 임대규, 배휴준, 유재길, 김재섭, 조용배, 김윤섭, 권진환, 김동철, 이범승, 송석헌)은 총 14명으로, 1998년 5월 24일 제1차 발기인대회를 개최했다. 발기인 중 김윤섭 기수는 곧 조교사로 발령이 나기에 발기인에서 제외되었다.

1998년 5월 25일 제2차 임시 총회 및 기수 단합 체육대회를 개최했다. 그리고 1998년 5월 27일 제2차 발기인 회의를 개최했다. 1998년 5월 30일 제3차 임시 총회를 개최하여 정관 및 사업계획안을 작성, 1998년 6월 3일 제3차 발기인 회의를 개최했다. 1998년 6월 13일 제4차 임시 총회를 통하여 기수협회 창립을 '1998년 6월 17일'에 하기로 정했다. 드디어 1998년 6월 17일, 기수협회 창립 행사를 조기협회 2층 교육장에서 했다. 한국 경마 사상 독립된 기수협회가 처음 탄생한 날이다.

그 당시 나의 일기장을 보니 마사회 관련 부서들이 조기협회와 연

계하여 기수협회의 건의나 부탁을 일절 들어주지 않고 있었다. 이러한 어려움 속에 나는 문체부 등을 여러 차례 방문하여 상담하고 서류를 준비하면서 기수협회를 사단법인화시키는 데 집중했다. 그리하여 기수협회는 조기협회를 탈퇴한 지 100일이 조금 지난 1998년 8월 29일에 '사단법인 서울경마장 기수협회'를 문체부로부터 정식으로 인가받았다.

기수협회장 취임식, 그리고 기수회관 입주

    1993년 11월, 나는 기수로서 가장 짧은 7년의 기승 경력으로 최고참 기수와 경선해 90%의 지지를 받고 조교사협회에 속한 기수회장이 되었다. 그리고 다음 선거에서는 떨어져서 조용히 보내다가 1996년 12월 10일, 기수들의 추대 형식으로 다시 기수회장이 되었다.

    회장 임기는 2년이었기에 1998년 12월 임기 만료를 수개월 앞두고 있었다. 그런데 1998년 5월 5일, 어린이날 기념 기수 팬 사인회 도중 입수된 도청 테이프 사건이 발생했다. 조기협회는 기수와 조교사를 위해 테이프를 없앤 나에게 모든 책임을 미루고는 나 몰라라 했다. 자신들에게 불이익이 떨어질 것을 염려해 강 건너 불구경하는 꼴이 매우 치졸하고 의리가 없어 보였다. 그래서 나는 기수를 보호해 주지 않는 조기협회는 필요 없다고 생각하고 기수들의 총회를 열어 조기협회를 탈퇴하기로 하고 실행했다.

갑작스럽게 조기협회를 탈퇴한 우리 기수들은 비상 상황에 놓이게 되었다. 번갯불에 콩 볶아 먹듯 우리 기수는 5월 23일 발기인(위원장 홍대유) 대회를 열었고, 1998년 6월 17일(토) 기수협회 창립총회를 열었다.

나는 기수협회 회장으로서 얼마 전까지 속해 있던 조기협회에 기수들이 적립해 놓은 퇴직금과 조기협회의 자금 중 기수 몫을 달라고 정식으로 요청했다. 그런데 조기협회에서는 나를 믿을 수도 없고, 사단법인도 아니어서 기수 몫을 줄 수 없다고 했다. 협회를 운영하려면 자금이 있어야 하는데, 조기협회에서는 우리 몫을 일절 주지 않으니 어려움에 봉착했다. 당시 조기협회는 우리 몫을 아예 주지 않겠다는 것이 아니라 우리가 만든 기수협회는 사단법인이 아니므로 줄 수 없다는 것이었다. '너희들이 무슨 사단법인을 만들 수 있겠냐'는 다소 얕보는 숨은 뜻이 있었던 것 같다. 그래서 나는 우리 기수협회를 빨리 사단법인으로 만들어야겠다고 생각하고는 총력을 기울였다.

나는 각 유관단체를 찾아다니며 사단법인 만드는 것을 도와 달라고 했다. 마주협회는 조금 있으면 마사회가 문체부에서 농림부로 넘어가니 좀 기다리면 그때 도와주겠다고 했다. 한시가 급한 나로서는 언제까지 기다릴 수가 없어서 마사회 간부들을 찾아다녔다. 그러나 대부분의 마사회 간부들도 나를 피했다. 이유는 경마장 내에 조기협회가 있기 때문에 비슷한 단체를 만들면 안 된다는 것이었다.

당시 마사회는 문화체육관광부 산하에 있었다. 그래서 나는 기수협회를 사단법인으로 만들기 위한 서류를 가지고 문체부에 찾아갔다. 문체부도 그리 달가워하지 않았다. 그런데 기수협회 사단법인화는 이미 언론을 타고 있었고, 문체부에서도 뜨거운 감자였다.

누군가 서류를 직접 민원실에 넣으면 어쩔 수 없이 해 준다고 해서 나는 서류를 민원실에 접수했다. 얼마 후 문체부로부터 서류를 보완해 경기도청에 접수하라는 연락을 받았다. 그래서 서류를 보완해 경기도청에 접수하고, 또 도청에서 원하는 서류를 여러 번 보완했다. 결국 1998년 8월 29일 문체부에서 '사단법인 서울경마장 기수협회' 인가가 났다. 갑작스럽게 조기협회에서 탈퇴하고 자금 하나도 없이, 그리고 행정 문외한인 내가 100일 만에 사단법인 인가를 받아낸 것이다.

기수협회를 사단법인화하는 데는 말로 표현할 수 없을 만큼 고생이 이만저만 아니었다. 사실 처음엔 명칭도 '한국경마기수협회'로 만들려고 했는데 문체부에서 반대해 '서울경마장 기수협회'로 사단법인 인가를 받았다.

사단법인 인가를 받는 동안 우리 기수협회는 고전했다. 조기협회에서 단 한 푼의 우리 기수 기금을 주지 않았기 때문에 기수들이 십시일반 모으고, 또 각 동기회 회비를 차용해 어렵게 기수협회를 꾸려나갔다.

나는 기수협회 사단법인을 만들어 놓고도 변변한 회장 취임식을 하지 못했다. 그것보다 더 급한 일이 있었기 때문이다. 우선 조기협회로부터 기수 몫의 기금을 가져와야 했고, 기수만을 위한 사업을 해야 했기에 더욱 바쁘게 움직였다.

마침 기수들만의 공간인 기수회관이 완공되었다. 이제 기수들이 기수들을 위한 최신식 건물에서 생활하게 된 것이다. 조기협회 건물에 조교사, 기수가 함께 있을 때와 달리 이제 조교사들과 부딪치는 일이 적다 보니 한결 편했다.

이 기수회관 건물은 1994년 당시 내가 기수회장을 하던 시절, '한여름 밤 기수 집단 경마장 이탈 사건'으로 마사회와의 합의 조건에 의해 이룬 것이기에 나에게는 의미가 더 컸다. 기수회관은 최신식 건물로, 넓고 크다. 기수들의 숙소, 사우나, 노래방, 당구장, 탁구장, 체육관, 강당 등 없는 게 없을 정도로 잘 되어 있어 우리 기수들이 꿈꾸던 생활 공간이었다. 이곳에서 우리 기수들이 편하게 생활할 수 있어서 참 좋았다.

이제 사단법인 기수협회도 완성되었기에 조기협회로부터 기수들

한국기수협회회관 전경

초대 기수협회장 취임식 및 기수회관 신축 숙소 입주식 후 관계자들과 기념 촬영

의 퇴직금과 기수들의 몫만큼의 경마발전기금, 산재기금 등을 받아 냈다. 이제 기수협회도 기금이 생겼고, 사무국도 갖추었다. 그리고 기수들이 당당하게 기수회관에 입주함으로써 완전체인 '사단법인 서울경마장 기수협회'로 우뚝 서게 되었다.

1999년 2월 11일, 늦게나마 오영우 마사회장님과 지성한 마주협 회장님을 비롯한 300여 명의 경마 관련 인사들이 참석한 가운데 기 수협회장 취임식 및 기수회관 입주식을 성대하게 치렀다. 기수회장 으로서 목숨 걸고 투쟁하여 얻어낸 신식 건물에서 사단법인 서울경 마장 기수협회장 취임식까지 하게 되니 만감이 교차하면서 가슴이 벅차올랐다.

행사가 진행되는 중에 창밖을 보니 갑자기 함박눈이 내리고 있었 다. 그동안 고생했던 일들이 함박눈에 섞여 자꾸 쏟아져 내렸다. 하 늘도 나를 축하해 주는 것만 같았다.

(사)서울경마장 기수협회의 다양한 사업

'사단법인 서울경마장 기수협회' 회장으로 취임하며 나는 세 가지 공약을 걸었다.

하나는, 기수들의 사회봉사 활동

또 하나는, 기수와 경마 팬과의 만남 행사

또또 하나는, 기수들의 학력 증진

나는 누구에게도 간섭받지 않는 기수협회를 잘 이끌어 갈 자신이 있었다. 그래서 위의 세 가지 공약을 잘 실천한다면 기수들의 위상은 높아질 것이고, 그렇게 되면 무엇보다 우리 기수들이 경마 팬들로부터 더욱 신뢰받을 것이라 믿었다.

우리 기수협회는 조기협회 내에 속했을 때 별도로 사용할 수 있는 사업비가 없어서 그저 뭘 하려면 조금씩 걷은 회비로 규모 작게 기수회를 운영했다. 그러나 이제는 기수협회로 단독 독립해 생각한 대로 운영할 수 있게 되어 마음껏 뜻을 펼칠 수 있었다.

우선, 나는 기수들의 사회봉사 활동을 여러 방면으로 다양화시켰다. 그동안 우리 기수들이 찾아다녔던 고아원·양로원·노숙자 시설 등의 봉사활동, 특히 지적·지체 장애인 수용 시설인 '양지의 집', '인강원'에 대한 활동은 그대로 유지한 채 또 다른 봉사 활동 사업을 찾아 나섰다. 그리하여 찾아낸 것이 '그루터기 장애인여가생활학교'다.

장애인 특수학교 변상호 선생님을 우연히 만났는데, 우리나라에서는 좀 생소하겠지만 장애인도 여가가 필요하다는 것이었다. 그래서 장애인과 자원봉사자가 매주 주말마다 도봉산에 등산한다고 했다. 그래서 나는 한라산이나 백두산에도 장애인들이 올라갈 수 있겠냐고 물었다. 변상오 선생님은 산에 오르는 훈련을 자주 하면 할 수 있다고 했다. 나는 바로 같이하자고 결정했다.

우리 기수협회는 1급 지적 장애아동들과 한라산, 백두산, 마라도, 더 나아가 중국의 산까지 오르는 행사를 여러 해에 걸쳐 진행했다. 특히 기수 다섯 명과 장애아동 다섯 명, 그리고 인솔자 등 총 열일곱 명이 함께 백두산에 올랐을 때는 감개무량했다. 알고 보니 '한국 최초 지적 장애 학생 백두산 등반'이었다고 한다.

그리고 또 하나의 공약, 경마 팬과의 만남 행사를 대대적으로 치렀다. 이 행사는 우려가 있다며 반대하는 마사회 임원도 있었지만 무시하고 과감하게 밀어붙였다. 마사회 관람대 시청각실이나 전국 장외 발매소에서 여러 기수가 강의도 해 주고 질의응답도 하며 팬들과 함께 사진도 찍었다. 특히 영등포 장외 발매소에는 우리 기수들이 가장 많이 갔었는데, 평일에도 300~500여 명의 경마 팬이 모일 정도로 반응이 좋았다. 우리 기수들은 경마 팬이 모이는 소규모 모임에도 초청하면 기꺼이 참석해 허심탄회하게 대화를 나누었다.

그 외에도 마사회는 반대했지만, 기수들의 모든 것을 보여 준다는 생각으로 경마장 내 기수회관에서도 팬들과의 만남 행사를 했으며, 경마장 경주로 안 운동장에서 팬들과 체육대회도 했다. 또 홍콩 등 외국으로 경마 관람을 함께 다니기도 했다.

한국 경마의 어두운 시절, 우리 기수들은 이미지 쇄신을 위해 앞장서서 평일에도 경마 팬에게 다가갔다. 우리 기수들의 이런 적극적인 활동이 있었기에 오늘날 우리 경마의 이미지가 많이 좋아졌고, 기수로서 자긍심이 크다.

또 하나의 공약, 기수들의 학력 증진을 위해 적극 독려했다. 우리 기수들은 알다시피 학력이 그리 높지 않다. 어린 나이에 경마장에 들어와 생활하니 학력이 높지 않은 것은 당연하다. 그리고 기수로서 학력의 필요성을 크게 느끼지 못한다. 그런데 나는 마사회 간부 중 '기수들은 키도 작고 못 배웠는데 이 정도 상금이면 많이 주는 것'이라는 말을 제삼자를 통해 종종 들었다. 그래서 나는 능력이 된다면 기수들에게 학업의 문을 열어 주고 싶었다.

우선 나부터 먼저 실천하자는 의미로 1999년 안양의 대림대 체육학과에 입학해 김택수·김옥성 기수와 함께 셋이서 학교에 다녔다. 그리고 기수들에게 기수협회에서 학비를 대 줄 테니 대림대에 다니라고 했다. 그래서 기수들 중에는 매년 3~4명씩 대림대에 입학하고 졸업해 상당수의 기수가 대림대 출신이다.

기수들은 산업체 근무 경력으로 시험 없이 학교에 입학할 수가 있었으며, 체육학과다 보니 국가자격증인 생활체육 3급 승마자격증도 취득했다. 고맙게도 경마장을 떠난 기수 출신 중에는 이 승마자격증으로 취직해 먹고산다는 소식이 종종 들려 보람을 느꼈다.

나도 기수협회 독립 덕분에 김옥성·김택수 기수와 대림대를 졸업하고, 더 나아가 한국체육대학교 대학원에서 석사 논문 「한국 경마 개인마주제 도입과 정책 과정」으로 졸업했다.

기수협회장으로서 기수들과 함께 실천했던 사회적 약자를 위한 봉사 활동이나 경마 팬과의 만남, 그리고 기수들의 학력 증진 공약은 우리 기수들에게도 가슴 뿌듯한 일이지만, 한국 경마 발전에 큰 역할을 했다는 데 긍지와 자부심을 느낀다.

기수와 장애아동 동반 한라산 등반

나는 1998년 사단법인 기수협회를 창립하고 기수들에게 더 넓고, 더 크게 사회봉사 활동을 하자고 했다. 소외되고 어려운 곳을 찾아다니며 봉사하면 우리 기수들도 마음적으로 보람을 느끼고, 또 무엇보다 우리 기수들의 좋은 이미지에 경마 팬들도 기뻐하지 않을까 하는 생각이었다.

이러한 나의 마음을 아는지 1998년 12월, 우연히 변상호 특수학교 선생님을 만났다. 변 선생님은 학교 수업이 없는 주말에 '그루터기 장애인여가생활학교'를 운영하고 있었다. 주말마다 장애아동과 자원봉사자들이 모여 도봉산에 오른다는 것이다. 몇 년째 하고 있는데,

도움이 없다 보니 소규모 학생만 함께할 수밖에 없는 안타까운 현실에 처한 상황이었다.

나는 변 선생님께 앞으로 장애 학생들과 함께 이루고 싶은 꿈이 있냐고 물었다. 변 선생님은 한라산, 백두산, 그리고 외국의 산과 들을 장애아동들과 함께 다니며 그들에게 여가가 뭔지를 알려 주고 싶다고 했다. 나는 우리 기수들도 운동선수이니 장애 학생들과 함께 산에 오르면 좋을 것 같아 기수협회와 함께하자고 했다. 그러고는 다음 해 장애인의 날에 맞춰 함께 한라산에 등반하자고 했다.

모든 경비는 기수협회에서 지원하기로 하고, 변 선생님께는 장애 학생들이 한라산에 등반할 수 있게끔 훈련을 많이 시켜 달라고 했다. 물론 장애 학생들의 훈련 경비도 기수협회에서 지원하기로 했다. 나는 변 선생님께 우선 처음 하는 행사이니 숫자를 최소화해 지적 1급 장애 학생 세 명을 선발해 달라고 했다. 그래서 변 선생님은 여러 명의 장애 학생들을 데리고 겨우내 산악 훈련을 하셨다.

1999년 4월 13일, 드디어 한라산 등반의 날이 왔다. 산악 훈련을 한 세 명의 지적 1급 장애 학생들과 인솔자 한 명, 그리고 기수협회 기수 네 명(김성현, 최봉주, 김택수, 박태종)과 조교사협회에도 알려 김정진 조교사가 참여했다. 총 아홉 명이 4월 12일 서울 출발, 4월 13일 한라산 등반 행사가 시작되었다.

그런데 때마침 불어닥친 기습 추위에 한라산에 눈보라가 몰아쳤다. 한라산 입산이 통제되어 등반을 못 할지도 모른다는 소식이 들렸다. 우리 기수들은 기수사무실에서 초조하게 한라산 날씨 정보에 귀를 기울이고 있었다. 다행히 한라산 통제가 풀려 등반한다는 소식이 왔다. 그리고 우리 기수들과 장애 학생은 눈보라 속에서 입산 금지 지점인 1천750m 고지까지 무사히 등정하고 하산해 무난히 목표를 달성했다.

"장애인을 바라보는 비장애인의 시각은 모든 일을 할 수 없다는 쪽이었는데, 이젠 그렇게 생각하지 말고 장애인도 할 수 있는 일이 있다는 의식을 가져야 합니다."

이번 등반에 인솔자로 참여했던 변 선생님은 이렇게 이번 행사의 의미를 밝혔다.

행사에 참여한 기수들과 김정진 조교사는 "예상치 못한 악천후 속에서도 한 편의 드라마처럼 장애를 극복하기 위해 노력한 장애 학생들의 의지가 어우러져 더욱 큰 감동을 느낀 등반이었다."고 입을 모았다. 나는 이번 행사의 주도자로서 무엇보다도 악천후 속에서 아무 사고 없이 무사히 등반을 마친 것에 감사했다.

이 행사의 일화는 장애 학교에서 교재로 사용할 정도로 장애인들에게 희망이 되었고, 장애아동과 가족들에게도 큰 힘이 되었다. 나는 요즘도 가끔 당시의 눈보라 속에서 등반하는 동영상을 보면서 그때 참 잘했다는 생각을 한다.

한국 최초
1급 지적 장애 학생과 백두산 등반

지난해 한라산 등반에 이어 이번에는 대한민국에서 가장 높은 백두산에 등반하기로 했다. 나는 또다시 변 선생님께 장애아동 다섯 명을 선발해 달라고 했고, 한라산보다 더 높은 백두산이기에 산악 훈련도 꼼꼼하게 준비해 달라고 당부했다.

나는 어떻게 경비를 마련할까 고민하던 끝에 경마인 모두에게서 십시일반 후원금을 모으기로 했다. 마사회 직원 출신 K 임원은 반대했지만, 많은 마사회 직원들과 각 예상지 업체 등 경마 관련 단체에서 관심을 가지고 후원금을 보내왔다. 마사회는 부서별로 후원금을 모아서 보냈는데, 한 사람당 적게는 3천 원에서 많게는 1만 원까지 보냈다. 그리고 '경마코리아(대표 신종관)'에서는 큰 액수의 돈을 후원해 주었다. 이렇게 마련된 후원금은 2천300만 원이나 되었다.

백두산 등반 날짜는 경마 휴장기인 7월 24~28일, 4박 5일 일정으로 잡았다. 참여 인원은 기수 다섯 명(홍대유, 한유영, 안병기, 김재섭, 양희진)과 1급 지적 장애 학생 다섯 명, 그리고 인솔자 세 명으로 정했다. 여기에 '리빙TV' 기자 네 명도 합류해 총 열일곱 명으로 꾸려졌다.

나는 계획은 잡았지만 과연 지적 1급 장애 학생들이 무사히 백두산에 등반할 수 있을지 걱정이 되었다. 그래서 훈련을 일일이 체크했다. 변상호 선생님은 장애 학생들과 수개월 동안 하루 열 시간 이상 버스를 타기도 하고 기차를 타기도 하며, 도봉산·수락산·지라산에 등반하는 등 100km가 넘는 강행군을 했다.

막상 행사 날짜가 다가오니 백두산 쪽에는 비가 많이 내려 등산로가 차단되었다는 뉴스에, 우리가 백두산에 도착할 때쯤이면 기후의 여러 악조건으로 백두산 천지 근처도 못 갈 거라는 등 우려하는 얘기가 난무했다.

2000년 7월 24일, 드디어 백두산 등정 첫날이 밝았다. 우리 일행은 덕수궁 앞에서 버스를 타고 속초항으로 갔다. 속초 국제터미널에서 간단한 수속을 마치고 러시아 연해주로 가는 동춘호를 탔다.

동춘호는 속초항을 출발하여 러시아 연해주 자르비노 항에 도착
했는네, 자르비노 항 청사는 우리나라 시골의 창고와 같은 조립식 건
물이었다. 자르비노 항에서 중국 훈춘까지 산길 들길 비포장도로를
달려왔는데, 훈춘 검문소에서는 경비병들이 통과시켜 주지 않았다.
장애 학생이 몰려다니는 걸 수상하게 생각하는 것 같았다. 나는 이번
행사를 준비하며 들었던 이야기가 떠올랐다. 러시아나 중국 같은 공
산권 국가에서 의외의 장애물을 만났을 때 '돈'이면 다 해결된다기에
초소 경비병에게 얼른 돈을 주라고 했다. 그랬더니 정말 금방 통과시
켜 주었다. 지금 생각해도 웃음이 절로 나온다.

훈춘을 벗어나 두만강 변을 따라 한 시간 정도 달리니 도문시에
도착했다. 도문시는 북한의 남양시와 마주하고 있는 도시로, 북한과
중국을 왕래할 수 있는 육로 다리가 있었다. 다리를 보니 중국 쪽은
빨간색으로, 북한 쪽은 파란색으로 반반 나뉘어 있고 사람들과 차들
이 다리를 오갔다. 우리 일행은 북한 쪽을 배경으로 기념사진을 찍었
는데, 자릿세로 한국 돈 3천 원을 냈다.

버스는 두만강 변을 따라 회령시를 지나 중국 내륙으로 달려 도착
한 곳이 용정시다. 용정시에는 시인 윤동주가 다닌 대성학교와 윤동
주기념관, 해란강, 일송정이 있는 곳이다. 일제 강점기에 독립운동이
매우 활발했던 곳으로, 우리 동포들이 많이 살고 있었다.

홍범도 장군, 김좌진 장군이 일본을 상대로 승리했다는 청산리를

지나니 백두산 아래 첫 동네인 이도백화에 도착했다. 숙소인 백두산 산장에서 짐도 제대로 풀지 않고 너무 피곤해 그대로 쓰러져 잠을 잤다.

다음 날, 우리는 새벽 4시에 기상해 간단한 체조로 몸을 풀고 기수와 장애 학생이 한 명씩 짝을 지어 백두산 등정을 시작했다. 이렇게 세 시간 정도 오르니 햇살이 비치며 청명한 하늘의 백두산이 더욱 웅장하고 아름답게 보였다.

백두산은 2천750m(북한의 공식 자료) 중 1천800m 이상부터는 나무가 자랄 수 없는 수목한계선이다. 이곳부터는 고산지대로, 오직 볼 수 있는 것은 야생화뿐이다. 그리고 기압이 높아 심장 기능이 약한 사람은 어려움을 겪기도 한다. 바람이 세차서 지나가는 차도 날아간다는 해발 1천900m 지점의 흑풍구에 도착하자 멀리 폭포 소리가 들렸다.

심장이 약한 돈녕이가 그만 저체온증으로 탈진하고 말았다. 우리 일행은 비상이었다. 가져온 휴대용 산소와 핫팩으로 응급조치 후 짝꿍인 김재섭 기수가 돈녕이를 업고 등산을 계속하기로 했다. 그런데 계속 힘들어해서 논의 끝에 돈녕이는 차량으로 이동시키기로 했다.

우리는 힘들어도 천지 등정을 강행했다. 기수와 장애 학생은 서로 밀어주고 끌어주며 드디어 백두산 천지에 올랐다. 드넓은 천지는 시퍼런 물을 가득 담은 산정호수였다. 백두산 천지 위로는 눈부신 파란 하늘이 우리를 반겨 주었다. 이렇게 맑고 파란 하늘을 볼 수 있는 날씨는 1년에 한 번 있을까 말까 하다고 한다. 천지를 바라보는 내내 너무 감격스러웠다. 우리는 백두산 천지에서 힘차게 만세를 불렀다. 그리고 백두산 천지를 배경으로 활짝 웃으며 기념사진을 찍었다.

기수와 함께한 이번 등반은 지적 장애인으로서는 최초의 백두산 등정이었다. 가슴이 뿌듯하고 벅찼다. 기쁨을 만끽하고 하산하려는데 비가 내리기 시작했다. 어렵게 어렵게 천지를 향해 올라가는 우리 장애 학생들을 반겨 주려고 하늘도 잠시 비를 멈추고 하늘을 파랗게 물들였다는 생각이 잠시 들었다.

백두산 천지에서 내려올 때는 천지 주차장까지 차량을 준비해 놓았기에 버스로 내려왔다. 버스 안에서 나는 많은 생각이 들었다. 작년 한라산 등반 때도 심한 눈보라에 무산될 뻔했지만 무사히 완등했고, 이번 백두산 등반도 장마철인 데다 서울서 출발할 때부터 등산로가 막히는 등 여러 가지로 상황이 어렵다고 했는데 날씨마저 도와줘 이번에도 무사히 완등했다. 참으로 하늘이 고맙고 감사했다.

우리 장애 학생의 백두산 등반에 십시일반 후원금을 내주신 분들께 진심으로 다시 한번 감사를 드린다.

제주 마라도에서
장애 학생들과 하룻밤을

1999년 4월에 있었던 기수들과 장애 학생들의 눈보라 속 한라산 등반 일화가 장애 학생 교재에 실렸다는 소식에 기분이 매우 좋았다. 또한 2000년 7월에는 한국 최초로 장애 학생과 함께 백두산을 등반해 천지를 보았다. 당시 동행했던 '리빙TV' 기자는 보기 어렵다는 백두산의 파란 하늘과 푸른 물의 천지를 촬영하게 되어 덕분에 방송국에서 중요한 자료로 사용하고 있다며 고마워했다. 백두산 등반은 많은 장애 학생에게 희망과 자부심을 안겨 주어 우리 기수들도 덩달아 좋아했다.

장애우들이 기수들과 함께 한라산, 백두산을 연이이 완등한 소식을 접한 많은 장애 학생 부모님은 더 많은 장애우에게 이런 기회가 왔으면 좋겠다는 소식이 들렸다. 그래서 나는 더 많은 장애우가 참여할 수 있는 행사를 하기로 했다.

　이번에는 제주도 여행으로, 마라도에서 1박도 하고 승마장에 가서 말도 타고 한라산에도 올라가는 관광 프로그램을 짰다. 이번 행사는 제주에서 하는 만큼 제주경마장 기수들에게 행사를 공동 주최하자고 제안했고, 이번 경비도 후원금을 모아 사용하기로 했다.

　이때도 경마인들의 많은 후원금이 있었다. 특히 마주이신 '청호컴넷(지대섭 회장)'에서 거액의 후원금을 협찬해 주셨다. 후원금으로 총 1천700만 원을 모았다. 그리고 제주도청과 제주 개인 승마장에서는 무료 승마를 후원해 주었다.

　2001년 7월 23~25일 2박 3일간 제주도에서 '장애 학생·기수 한마음 국토기행' 행사를 열었다. 참여 인원은 장애 학생 25명과 기수 25명인데, 김옥성 기수를 포함해 서울 기수 아홉 명 그리고 허회창 제주 기수회장을 포함해 제주 기수 열여섯 명이 봉사 활동에 참여했다.

　첫날은 제주 수목원을 둘러보고 승마장에 가서 말을 탔다. 둘째 날은 우리 국토 최남단인 마라도에 갔다. 우리 기수들은 마라도의 마라분교에 컴퓨터와 학용품을 전달했다. 그리고 마라도를 둘러보며 장애 학생들에게 여가를 마음껏 즐기게 했다.

우리 일행은 기자들까지 포함해 60여 명이었는데, 모두 둘러앉아 캠프파이어도 하고 밤늦게까지 흥겨운 시간을 보냈다. 섬사람들은 마라도에서 이렇게 많은 사람이 한꺼번에 숙박하는 것은 처음이라고 했다. 보통 마라도는 배 타고 들어와 섬을 한 바퀴 둘러보고 잠시 쉬었다가 나간다고 했다.

마라도에서 하룻밤을 보내고, 다음 날 한라산 등정에 나섰다. 한라산 정상은 자연휴식년제로 통제된 까닭에 중턱까지 올라갔다. 산길을 오르는 장애 학생들의 발걸음은 더없이 가벼웠다.

제주에서의 2박 3일 빡빡한 일정은 힘든 여정이었지만 학생들은 내내 즐거워했다. 대다수의 장애 학생들은 비행기를 처음 타 봤다며 신기해했다. 이번 여정은 서울과 제주의 기수가 함께 봉사 활동을 해 더 의미가 있었다. 게다가 더 많은 장애 학생과 함께할 수 있어서 행복했다. 제주의 승마장 사장님(사진도 찍어 주시고 무료로 액자까지 만들어 주셨다.) 등 많은 분의 도움은 우리 일행에게 아주 유익한 여행이 되는 데 큰 도움이 되었다. 이번 행사에도 아낌없이 후원해 주신 분들께 더없이 감사를 드린다.

한국 최초 장애인 동반 백두산 등정 출발 전 속초항에서

장애우와 백두산 등정

백두산 정상에서

중국 도문강 앞에서

2001년 기수와 장애학생 단체 제주여행 중 마라도에서

일본 중앙경마 기수와의 축구 교류전

일본 중앙경마(JRA)와 한국 기수가 축구 경기를? 흥미 있는 이야기다.

1997년 남아프리카의 ARC 대회에 참가했던 이성일 기수와 일본 대표 다하라세이키 기수는 한일 간 우호 증진을 위해 기수 교류 축구 시합을 하면 좋겠다는 이야기를 처음 나누었다. 이에 일본 통역관, 일본 중앙회 공정 과장과 한국마사회 석영일 재결 부장이 우리 기수들에게 의사를 타진했고, 나는 기수회장으로서 무조건 '오케이' 했다.

서울경마장 기수회장인 나와 일본 중앙경마회 오카베유키오 회장은 친목 도모를 위한 한일 기수 축구대회를 격년제로 하자는 데 합의했다. 사실 우리 기수들은 모였다 하면 축구 하는 게 보통이었다. 일본 기수들도 1994년부터 체력 단련을 위해 축구동아리를 운영하고 있다니 재미있는 이벤트가 될 것 같았다.

제1회 한일 기수 축구대회는 1998년 3월 23일 서울 잠실올림픽 보조경기장에서 열기로 했다. 일본 경마 기수들은 인기가 대단했는데, 일본 최고의 기수인 다케 유다카가 온다고 하니 한국에 있는 일본 기수 팬과 언론이 난리가 났다.

대회를 앞두고 일본 기수들은 영국이나 일본 황족들처럼 모두 한 비행기에 타지 않고 일행 26명 중 10명, 16명씩 두 팀으로 나누어 타고 왔다. 기수들이 버스나 차로 이동할 때는 절대로 한 차에 타지 말고 나누어 타라고 하셨던 이건영 마사회장님의 말씀이 기억났다.

팬들이 고대하던 일본 최고의 기수 다케 유다카는 일정이 바빠 오지 못했고, 기수들 일행 26명이 한국에 왔다. 중앙경마 기수들이라 경제적 여유가 있어서 그런지 워커힐 호텔에 머물렀다.

드디어 1998년 3월 23일 서울 잠실올림픽 보조경기장, 날씨는 약간 쌀쌀했다. 양국 기수들은 즐거운 마음으로 경기장에 모였고, 경기는 시작됐다. 경기장에는 하이텔 나우누리 경마동우회 등 300여 명의 경마 팬이 모여 열띤 응원을 했다.

경기 결과 한국팀이 4 대 2로 이겼다. 일본팀이 많이 밀리는 형국이었다. 한국팀은 신형철 기수 2골, 우창구 기수 1골, 이정표 기수도

1골을 넣었다. 일본 기수들은 경기 종료 후 한국 기수 중에서 MVP로 이정표 기수를 뽑아 기념패를 주었다.

제2회 한일 기수 축구대회는 1999년 3월 24일 일본 니가타시 그랜드 보조경기장에서 열렸다. 우리 기수들은 자비로 가기로 하고 신청을 받았는데, 나를 비롯해 27명이나 신청했다. 니가타는 이미 우리에게는 친숙한 곳이다. 니가타와 우리 경마는 오랫동안 교류 경주를 했기 때문에 한국 기수라면 대부분 니가타경마장에서 경주를 해 봤을 것이다.

우리와 친숙한 니가타에서 드디어 한일 기수 축구 경기가 시작되었다. 경기는 시작하자마자 한국 기수들이 우세를 보였다. 아무래도 우리 기수들은 한데 모여 있다 보니 연습도 자주 하고 팀워크도 좋았다. 그런데 일본 중앙경마 기수들은 축구를 좋아해 운영하는 동아리다 보니 다들 바빠서 연습할 시간도 부족하고, 또 일주일에 한 번 모이기도 어렵다고 했다. 매일 모여서 축구 하는 한국 기수들과는 실력이 차이 날 수밖에 없었다. 경기는 일방적인 한국 승리였다.

한일 기수 축구대회는 두 번 모두 한국이 우승하면서 실력 차이가 커 흥미가 없었는지 일본 기수회 측은 더 이상 교류에 응하지 않았다. 기수들이 축구로 민간 외교도 할 수 있어 좋았는데, 아쉽게도 한일 기수 축구대회는 2회로 막을 내렸다. 오늘날까지 계속 이어졌더라면 하는 아쉬움이 크다.

한국 경마 사상 최초
'기수와 경마 팬의 축구대회'

나는 기수협회장으로서 기수들의 이미지 쇄신을 위해 많은 활동을 했다. 그중 하나가 경마 사상 최초 기수와 경마 팬의 축구대회다.

2000년 10월 13일(수) 경주로 안에서 기수와 경마 팬이 최초로 축구 시합을 한다고 홍보했다. 그랬더니 평일임에도 300명이 넘는 경마 팬들이 모였다. 대부분 월차, 휴가를 내 참석했다고 했다. 이 행사에는 우리 조교사들이나 마필관리사도 관람차 왔는데, 그러다 보니 대략 400명이나 되는 사람들이 모였다. 축구공 하나로 기수와 경마 팬이 서로를 이해하며 친선을 도모하고, 페어플레이 정신을 함양하는 데 이 행사의 초점을 맞췄다.

오전 10시 30분부터 시작된 경기는 팬들이 모두 참여하는 기회를 주기 위해 전후반 구분 없이 20분씩 했다. 팬들은 기수들과 함께 축구 하며 몸을 부딪치고 뛰어다니는 것이 매우 즐거웠다고 한다.

과거에는 경마장 경주로 안에 푸른 잔디 축구장이 있었다. 이곳에서 기수들은 체력 단련 겸 축구 연습을 많이 했다. 그리고 위례여상 여자 축구부를 후원했는데, 우리 기수들은 함께 수시로 경기를 할 정도로 축구를 좋아했다. 그래서 그런지 이번 경기에서도 우리 기수들은 비록 체구는 작지만 날쌘돌이마냥 공을 잘 몰고 다녔다. 승리는 2승 2무 1패로 기수들이 우위였다. 경기를 진행하는 동안 경마 팬들은 자유로운 분위기에서 경기도 관람하고 좋아하는 기수들과 대화를 나누었다.

마지막 빅 경기로, 경마 팬 대표와 기수 대표들이 치른 최종 경기는 전후반 30분씩 치러졌다. 전반은 쌍방이 서로 밀고 밀리는 접전을 벌였으나 후반에 들어서면서 경마 팬들이 기선을 제압했다. 결국 5 대 2로 경마 팬 대표의 승리로 끝났다.

모든 경기가 끝난 후 시상식에서 경마 팬 대표팀에게는 우승 상금을, 기수 대표팀에게는 준우승 상금을 각각 전달했다. 경마팬과 기수들은 이 상금 또한 모두 기수협회가 꾸준히 후원해 주고 있는 군포의 '양지의 집'에 전달하고 싶다고 해 불우이웃돕기 성금으로 기탁했다.

그동안 우리 기수는 경마 팬과의 만남, 사인회, 강의, 기수회관(통제 지역)에서의 정보 대토론회 등을 통해 경마 팬과 기수와의 불신의 벽을 허물고 공정하고 깨끗한 경주를 위해 노력했다. 이런 행사를 통해 많은 경마 팬은 기수들에게 사인을 요청하고 사진도 함께 찍으며 기수들을 많이 이해하게 되어 즐거웠다면서 좋아했다.

이날 지용철 조교사는 축구 경기에 직접 선수로 뛰었으며, 최혜식 조교사님 등 다수의 조교사도 참석했다.

나는 기수협회의 이러한 열린 행사가 언젠가는 우리 경마문화를 한층 더 밝게 할 것이라 믿었다. 기수와 경마 팬의 축구대회 행사는 매년 개최하기로 했다. 이 행사는 우리 경마를 투명하게 하는 데 일조했다.

'기수'라는 직업의
세 가지 어려움

기수 생활하면서 어려운 점을 말하라면 대부분 이 세 가지를 뽑는다. 기수 생활은 위험하고, 체중 조절하느라 먹지 못하고, 사회생활을 제대로 할 수가 없다.

기수는 정말로 위험한 직업이다

누구나 기수는 위험한 직업일 거라고 생각들 한다. 새벽 훈련 중에도 사고가 발생해 순직하는 경우도 있고, 크게 부상을 입는 경우도 많다. 기수는 새벽 훈련 시간에 보통 600두 전후의 말들을 훈련시키는데, 훈련 중 말들이 서로 부딪혀서 또 말이 까불어서 낙마할 때도 있다. 의외로 기승자들은 새벽 훈련 중에 부상을 많이 입는다.

기수는 경기 중 말 무리 속에서 낙마라도 하면 아주 충격이 크다. 나는 기수 시절에 경주 중 낙마로 순직한 기수들의 장례를 안타깝게도 여러 번 치른 경험이 있다. 그러니 기수는 목숨 걸고 하는 직업이다. 말 타는 기수라는 직업이 얼마나 위험한지는 아마 일반인들도 잘 알 것이다.

기수들이 많이 다치다 보니 그의 가족들은 앰뷸런스 사이렌 소리만 들어도 놀라 심장이 뛴다고 한다. 휴대폰이 없던 시절에는 경마 경기가 있는 날 경마장에서 전화가 오면 가족들은 덜컥 겁부터 났다고 한다. 보통 그런 날 경마장에서 오는 전화는 사고 전화였기 때문이다.

기수는 체중 조절이 생명이다

기수는 자신이 기승하는 말에 부여된 중량보다 체중이 조금이라도 넘으면 경주에 출전할 수 없다. 그래서 기수의 생명은 '체중 조절'이라고 한다. 보통 스포츠에서 체급별 선수들은 계체량을 통과하면

뭐라도 먹을 수 있는데, 우리 기수들은 경기 뛰기 전에 '전 검량'하고 경기 후에 '후 검량'을 해 절대 먹을 수가 없다. 또 우리 경마는 1년 365일 매주 개최되며, 하루에도 몇 번씩 경주를 펼치다 보니 1년 내내 항상 체중을 조절해야 한다.

체중 조절을 심하게 하는 기수들과 함께 있어 보면 옆에 있는 사람도 고통을 느낄 정도로 혹독하다. 그의 가족들까지 집에서 음식을 제대로 먹지 못한다. 맛난 음식도 기수가 없을 때 얼른 먹고 집 안의 냄새를 없앤다.

인생사 다 먹고살자고 하는 일인데 기수는 굶어야 사는 직업이다. 음식 알기를 돌같이 알아야 하는 직업이다.

'기수'라는 직업은 사회생활을 할 수가 없다

'기수'라는 직업! 경마라는 속성상 유혹이 많은 직업이다. "눈 뜨고 있어도 코 베인다."는 말은 이 기수라는 직업을 두고 하는 것일 수도 있다.

나는 기수 생활하면서 일반인이 보면 아무것도 아닌 일로 우리 기수가 사직하는 경우를 많이 봤다. 일단은 기수로 있으면서 일반인을 만나다 보면 사고가 터지는 경우가 많다. 보통은 어릴 때 고향 친구가 몇십 년 만에 찾아온다고 하면 많이 반가운 게 사실이다. 그런데 우리 기수들은 전혀 반갑지 않다. 오랜 기간 소식 없다가 찾아온다면 혹시 경마 정보 염탐하려는 건 아닌지 의심부터 한다. 실제로 기수들은 오랜만에 찾아오는 지인이나 친구 그리고 친척 중에는 경마로 돈 좀 따게 해달라는 경우가 많았다고 한다.

이 직업을 가진 이상 항상 일반 사람들을 조심하고 경계하며 살다 보니 경마와 관련된 사람 아니면 친한 사람이 없다. 소위 떼돈 버는 직업도, 명예가 특별히 있는 것도 아닌데 힘든 직업은 맞는 것 같다.

우리 기수들은 기수로서 직업의식을 갖고 지키기 위해 많은 것을 버리며 인생을 산다. 수십 년을 기수, 조교사로 사는 우리네 인생은 때론 그 자체가 대단하지 않나 생각이 든다. 기수, 조교사는 그냥 말이 좋아서 말 타는 일에 미쳐서 사는 게 아닐까?

한국 경마 최초의 기수 은퇴식, 윤치운·최상식·권승주 기수

나는 1984년에 기수로 경마장에 들어왔는데, 한동안 조교사는 기수 출신만 하는 줄 알았다. 조교사 중에는 교관 출신이나 마필관리사 출신도 몇 명 있었지만 대부분 기수 출신이었기 때문이다. 보통 기수들은 30대 전후에 조교사로 데뷔했는데, 가장 어린 나이인 스물여섯 살에 조교사로 데뷔한 선배도 있었다. 현재 현역으로 있는 13조 이희영 조교사는 기수 4기 출신으로, 스물일곱 살에 조교사로 데뷔했다. 지금 생각하면 어린 나이인데, 그때는 그랬다. 이렇게 기수들은 조교사로 수월하게 승진했다.

그런데 1987년에 갑자기 '조교보'라는 제도가 도입되었다. 이 제도는 일반 마필관리사도 관리사로 일을 하다가 기간이 되어 조교보를 거치면 조교사가 되는 것이었다. 그리하여 마필관리사들이 대거 조교사로 데뷔하는 현상이 벌어졌다. 기수들만이 조교사가 되던 시절은 가고 마필관리사 출신들이 조교사가 많이 되다 보니 우리 기수들은 미래가 걱정이었다. 기수 하면서 체중 빼느라 고생하고, 말 타면서 뼈 부러져 온갖 부상으로 힘들었는데, 이제는 조교사 되는 길마저 좁아진 것이다. 선배 기수들이 조교사로 나가지 못하니 기수 내부도 혼란스럽고 문제가 많이 생겼다.

이때 1992년 한국 경마 최대의 부정 경마 사건이 마무리되면서 마사회 성용욱 회장님이 취임하셨다. 성 회장님은 취임 후 분야별 대표와 간담회를 가졌다. 특히 우리 기수들과의 간담회는 별도로 하셨는데, 간담회 중 일리 있는 건의사항이면 바로 그 자리에서 즉시 개선시키라고 지시하셨다.

한번은 성 회장님께 기수들만의 간담회를 요청했고, 바로 오케이하셔서 성사되었다. 1993년 1월 10일, 기수 22명과 성 회장님 그리고 비서실장만이 참석한 가운데 간담회는 시작되었다. 회장님은 자리에 앉자마자 술이나 먼저 들자며 한 잔씩 잔을 채우라고 했다. 그리고 다 함께 건배했다. 회장님은 우리를 편하고 부드럽게 대해 주시면서 대화를 이끌어 가셨다.

우리는 '기수의 조교사 승진 건'에 대해 이야기했다. 성 회장님은 우리의 이야기를 경청하시더니 일리가 있다며 앞으로 조교사 시험에서 기수가 60% 이상은 되게끔 해 주신다고 약속하셨다. 이날의 간담회는 우리 기수들에게 희망적이었다.

그리고 몇 달 후, 성용욱 회장님은 약속을 지키셨다. 아홉 명의 조교사 시험 합격자 중 우리 기수가 다섯 명이나 합격한 것이다. 이때 합격한 기수는 윤치운, 김문갑, 김명국, 최상식, 권승주였다.

조교사면허를 취득한 윤치운·최상식·권승주 기수는 한국 경마 역사상 최초로 '기수 은퇴식'을 했다. 단일마주제하 마지막 경마 날인 1993년 7월 11일(일) 경마 관람대 앞 위너서클에서 경마 팬들의 뜨거운 박수를 받았다. 프로야구 선수 은퇴식처럼 팬들 앞에서 치러진 그날의 아름다운 기억들은 감동으로 밀려온다.

미국의 거대한 경마 세계

2005년 초 기수 시절, 나는 조교사 대부 마방 순위가 3순위여서 앞으로 1년 조금 지나면 조교사로 데뷔할 수 있었다. 그래서 다음 해 7월이면 조교사 데뷔 예정이었다.

당시 우리나라에 들어오는 말들을 보니 미국산이 많았다. 나는 생각나면 그냥 일을 저지르는 스타일이라 '미국산 말'을 생각하기 무섭게 미국으로 갔다.

미국에 도착한 나는 한국에 말을 공급하는 메릴랜드에 사는 신 씨 형제를 만났다. 한때 한국 국회의원 출신이신 아버지와 두 형제가 한국에 말을 많이 공급했다고 한다. 현재는 많지 않은데, 부탁하는 한국 조교사에게만 간간이 말을 보내 주고 있다고 했다. 신 사장 형제는 미국에서 마주도 하고, 동부 쪽 경마장이나 말 목장에 돌아다니며 좋은 말을 찾아다니는 게 일이었다.

나는 숙소를 신 씨 형제 집으로 정하고, 말 목장이나 경마장에 따라다녔다. 미국은 내가 생각했던 것보다 넓었으며, 농부의 나라라는 걸 느꼈다. 말 목장은 가는 곳마다 100만 평, 200만 평 크기였다. 우리나라같이 2만 평, 10만 평하는 목장은 목장 축에도 끼지 못했다. 목장에는 경마장 같은 큰 트랙이 있었는데, 말들은 그곳에서 훈련을 받고 있었다. 대단한 규모에 나는 그냥 입이 떡 벌어졌다. 한국의 말 목장은 미국의 말 목장 크기에서 일단 상대가 되지 않았다. 그 넓은 공간에 말은 서너 마리씩 있으니, 얼마나 마음껏 뛰어놀며 풀을 뜯어 먹고 살까 싶었다. 미국 말이 한국 말보다 더 튼튼할 수밖에 없겠다고 생각했다.

미국은 세계적인 말 생산국으로, 1년에 3만 두가 넘는다고 한다. 목장을 찾아가는 데도 차로 보통 다섯 시간 전후로 달려갔다. 나는 말 한 마리를 볼 때마다 사고 싶다는 생각뿐이었다. 3만 두가 넘게 생산될 정도면 말로 먹고사는 사람은 얼마나 많을까?

내가 거주지로 택한 신 사장님 집은 메릴랜드주다. 메릴랜드에는 볼티모어에 핌리코 경마장과 새로 지은 로렐 경마장이 있었다. 오래된 핌리코 경마장에서는 미국의 3대 더비 경주인 프리크릭스 스테익

미국의 로렐 경마장에서 우승마와 함께한 필자.
미국의 경마는 우승마가 되면 마주 가족이 함께 기념 사진을 찍는다.

스 경기가 5월에 열리는 것으로 유명하다. 미국의 3대 더비(켄터키, 프리크릭스 스테익스, 벨몬트 스테익스)는 켄터키주·메릴랜드주·뉴욕주에서 열리는데, 메릴랜드에서 열리는 더비 경주를 보러 갔다. 그야말로 경마 축제였다. 경주로 안에서는 군데군데 젊은이들이 무리 지어 술을 마시며 경마를 즐기고 있었다. 오늘 같은 더비 대회가 있는 날은 미리 입장권을 예약해야만 경마장에 들어갈 수가 있다. 우리 일행은 입장권을 미리 사놨기에 무난히 입장했다.

있으면서 동부 쪽에 있는 모든 경마장을 돌아다녀 봤는데, 외관상 시설은 한국이 최고인 것 같다. 그런데 미국은 말이 움직이는 동선이나 경기의 흐름이 뭔가 자연스러웠다. 경마장은 세계 어디나 새벽에 훈련한다. 새벽 훈련이 하루 일과의 80~90% 차지하기 때문에 이때 일손이 가장 많이 필요하다. 미국은 새벽 훈련 시에 말을 타는 라이더나 말을 워밍업해 주고 씻겨 주는 일반 관리사들이 아르바이트 형태로 많이 일하고 있었다. 라이더는 말 한 마리당 기술력에 따라 차등 페이를 받고 있고, 일반 관리사는 시간당 보수를 받고 있었다. 새벽 훈련이 끝나니 알바 형태로 왔던 라이더나 관리사는 모두 떠나고 월급 받는 정직원 몇 명이 하루 종일 말을 관리하고 있었다. 매우 효율적인 인력 관리인데, 우리나라 경마장에서는 할 수 없는 인력 시스템이다.

경마장에서 베팅을 하는데, 마권 종류는 우리같이 여덟 개 정도가 아니라 몇십 종류는 되는 것 같았다. 우리 경마에는 삼쌍승식(1·2·3위를 순서대로 맞추는 것)까지는 있는데, 이곳 미국은 사쌍승식(1·2·3·4순위를 순서대로 맞추는 것) 등 맞추기 어렵고 재미있는 베팅 방법이 다양화되어 있었다. 경주 예시장에서 말을 끌고 윤승했던 마필관리사가 말 등에 기수를 태워 주고는 관람대에 올라와서 자기가 끌고 왔던 말에 1~2불 정도 단식 마권을 사는 것을 보니 신기했다. 자기 말 응원차 1~2불 마권을 사기도 하는 것이다. 미국은 조교사나 마필관리사 등 마필 관계자도 아무 곳에서나 마권을 살 수가 있다. 하물며 마필관리사 구내식당에도 자동 마권 발매기가 있어서 누구나 마권을 구매할 수 있다. 나는 '아, 이것이 세계적인 경마구나!' 하면서 모든 게 오픈되고 자연스러운 미국 경마가 부러웠다.

미국의 경주를 보면 경마장마다 잔디 주로와 모래 주로가 있다. 하루 여덟 개의 경기를 하면 잔디 주로에서의 경기가 한두 개 열릴까 말까 하고, 나머지 대부분 경기는 모래 주로에서 열린다. 미국은 말이 출전하는 경기에서 말이 팔리는 클레이밍 경주가 있다. 하루 8경기가 있으면 한두 경기 빼고 나머지는 클레이밍 경주다.

클레이밍 경주는 경기 시작 몇 분 전까지 출전한 말 중 내가 사고 싶은 말이 있으면 그 말 이름을 써서 통에 넣으면 내가 사는 것이 된다. 예를 들어, 클레이밍 경주에서 내가 1번 말을 샀으면 경주 스타트하면서부터 그 말은 나의 말이 된다. 그러니까 결승선에 골인하면 내가 가져가면 되는 것이다. 단, 그 경기에서 1번 마가 번 상금만은 원주인의 것이다.

매 경주에 출전하는 말의 수도 두 마리 이상이면 경주가 성립된다. 한 경주에서 세 마리가 경기하는 것도 여러 번 봤다. 그리고 말을 경기에 출전시켰다가 취소시키고 싶으면 그냥 자연스럽게 취소하면 된다. 우리같이 복잡한 게 없다.

미국 경마 시스템을 자유분방한 것이라고 본다면 우리 경마 시스템은 뭐가 두려운지 규제와 통제 속에 가둬 두는 경마다. 선진 경마가 되려면 모든 것을 오픈해야 한다. 한국 경마, 무엇이 그리 두렵냐! 과감히 규제를 풀고 오픈 마인드 했으면 좋겠다.

'밸리브리'와의 인연,
나의 은퇴 경기

미국에서 목장과 경마장을 6개월 정도 돌아다녔더니 경마장의 조교사들이 반갑게 맞아 준다. 하루는 생산자 겸 조교사와 함께 있다가 맘에 드는 말을 보았다.

"저 말, 잘생겼다! 튼튼하게 생겨서 우리 경마에 잘 어울릴 것 같은데?"

내 말을 들은 조교사가 2만 불에 사가라고 했다.

당시 한국은 외국산마를 구매해 들여올 때는 조건이 있었다. 경기에 출전한 적이 없으며, 2만 불 이하의 말만 사 올 것. 나는 며칠 있으면 한국으로 돌아가기에 얼마 전 마주가 된 친구에게 이 말을 추천해 구매해 주었다. 이 말이 그 유명한 '밸리브리'다.

미국에서 생활한 지 6개월이 조금 지나 나는 밸리브리와 함께 귀국했다. 그리고 김명국 조교사와 기승 계약을 해 밸리브리는 42조 김 조교사의 관리하에 들어갔다.

나는 앞으로 6개월 정도만 지나면 조교사로 데뷔하기에 기수로서는 경주하지 않고 새벽 훈련이나 하며 조교사 준비를 하고 있었다. 그런데 밸리브리를 훈련하면 할수록 느낌이 좋았다. 그래서 밸리브리의 주행 검사에서 내가 직접 기승해 보았다. 생각한 대로 주행 검사 기록이 좋았다. 밸리브리는 네 살이어서 부담 중량은 56kg, 체중을 어느 정도 빼면 경주에서 내가 기승해도 되겠다는 생각이 들었다. 난 과감히 체중을 뺐다.

그리고 나는 오랜만에 밸리브리 데뷔전에 출전해 경마 팬들을 놀라게 하며 여유 있게 우승했다. 기수로서 얼마 만에 맛보는 우승인지 모른다. 너무나 기분이 좋았다. 밸리브리의 두 번째 출전 1천700m 경기에서도 나는 멋지게 결승선을 통과하며 우승했다. 기수 은퇴를 준비하던 내가 밸리브리 덕분에 다시 영웅이 된 것 같았다. 매스컴에서는 괴물이 나타났다고 난리였다.

당시 나는 6월 30일에 은퇴 날짜가 잡혀 있었다. 밸리브리를 타고 한 번 더 경주에 출전하고 싶어 김명국 조교사와 그리고 김인호 마주

2006년 6월 24일 홍대유 기수와 밸리브리가 1천800m 경기에서 우승하며 멋지게
은퇴 경기를 장식했다.

와 상의했다. 그리고 6월 24일 경주에 출전하기로 했다.

　6월 24일, 나는 은퇴 경기로서 밸리브리와 1천800m 경주에 출전했다. 그 어느 때보다도 긴장된 시간이었다. 이번에도 밸리브리와 나는 결승선을 여유 있게 통과하며 우승했다. 나 홍대유와 밸리브리는 혼연일체가 되어 쇼킹하게도 3전 3승을 기록했다. 밸리브리는 나의 은퇴 경기를 우승으로 멋있게 장식해 주며 큰 영광을 안겨 주었다. 밸리브리가 너무나 고마웠다. 미국에 말 공부하겠다며 무모하게 훌쩍 떠났던 내게 밸리브리가 그런 나의 용기를 알아줘 이런 기쁜 상을 주지 않았나 하는 생각이 들었다.

　"밸리브리, 고마워!"

풍운아 홍대유,
기수 생활을 되돌아보며

　매스컴에 나의 은퇴 기사가 실렸다. 기사 제목은 대부분 "풍운아 홍대유 기수 은퇴"라고 쓰여 있었다. 그리고 "영원한 회장"이라는 닉네임도 사용하며 나의 기수 생활을 조명했다.

　홍대유인 내가 봐도 나의 경마장 기수 생활은 이해할 수 없을 정도로 '회장'이라는 자리에 앉아 내 자신을 너무 힘들게 했던 것 같다. 나는 은퇴를 하면서 22년간의 기수 생활을 되돌아보았다.

　아무런 인연 없이 정말 우연하게 발을 들여놓은 '경마장'이라는 세계! 나는 뚝섬 경마장에서 기수를 시작했다. 이유 없는 구타가 난무하는 속에서 생활했고, 그리고 경기에 출전해 기승해서도 내 마음대로 최선을 다해 기승할 수 없는 제도, 열악한 경마 환경에 수많은 어린 기수들이 잘리는 모습도 봤다. 또한 경마장 안에서 즐길 수 있는 오락이라고는 하나도 없이 금, 토, 일 3일간 경마가 있는 날에는 꼼짝 없이 3박 4일 갇혀 지냈다. 그러다 보니 스트레스가 쌓여서 그런지 우리 기수들은 이유 없이 선배들한테 맞아서 고막이 터지고, 뼈가 부러지고, 엉덩이에 피멍이 들도록 마포 자루나 몽둥이로 맞는 경우가 허다했다. 후배들은 엉덩이가 아파 의자나 바닥에 앉을 수도 없었고, 피멍이 든 엉덩이는 기수들의 가족들에게 눈물을 흘리게 했다.

무차별 구타에 후배 기수들은 어느 날 쿠데타를 일으켰다. 그리고 그 쿠데타 현장에서 막내 기수인 내가 몽둥이를 들고 후배들이 가장 무서워하는 선배들에게 "엎드려 뻗쳐!" 하고 큰소리쳤다. 이제 1년 차인 후배가 당돌하게도 나서서 몽둥이를 휘둘렀고, 오히려 이것이 기수들의 쿠데타가 성공하는 데 일조했다. 그 뒤로부터 어느 선배도 나에게는 함부로 하지 않았다.

뚝섬 경마장 시절을 회상해 보면 경마장 주위 환경은 경마 정보가 소스로 존재할 수밖에 없는 현실이었다. 마사회는 경주마를 오랫동안 활용하려고 '강급제'라는 제도를 시행했다. 우리 기수들은 상금을 벌기 위해 강급제를 요령껏 이용할 수밖에 없었다. 그러다 보니 기수들은 경기에서 우승하려고 열심히 기승할 때도 있었고, 때론 열심히 기승하지 말아야 할 때도 있었다. 이것이 소위 경기에서 '가고, 안 가고'의 소스로 통했다. 이런 환경이다 보니 경마장 안의 기수, 조교사, 마필관리사뿐만 아니라 마사회 직원들까지 서로 경마 정보를 물어보곤 했다. 그리고 외부인을 시켜서 마권을 사는 게 비일비재했다.

어느 기수가 이런 말을 한 적이 있다.

"내가 기수가 돼서 말을 타니까 기수 양성소 때 교관이 경마 정보를 물어봐서 가르쳐 줬지. 얼마 후 교관이 베팅해서 맞췄다고 봉투를 줘서 받은 적 있었지."

그렇다. 어느 기수가 이야기했듯 그 당시는 주위 환경이 그렇고 그랬다. 경주에서 가고(능력껏 최선을 다함), 안 가고(능력을 은폐하기 위해 적당히 말을 몲.) 하며 말을 타는 상황이다 보니 기수들은 경주 끝나면 경마과(현재의 심판)에 자주 불려가곤 했다. 경마과 재결(심판)위원은 기수들을 사무실에 불러 놓고 발로 차고 뺨을 때리기도 했다. 또 기수들 비리를 파헤치는 보안과(공정실) 직원 중에는 기수들과 어울리며 나쁜 짓을 함께한 직원들도 있었다.

뚝섬 경마장에서의 경마 환경은 열악함을 넘어 최악이었으니 기수로 데뷔해 잘리지 않고 남아 있다는 것 자체가 행운이었다고 말할 정도였다. 그 시절 경마 환경은 나빴지만, 그래도 우리 기수들은 경주에 한 번이라도 더 출전해 우승하려고 체중을 빼며 열심히들 살았다.

나는 기수로서 운도 많이 따른 편이다. 1993년 개인마주제 전까지는 1년에 대상 경주가 몇 개 없었다. 그런데 나는 기수 2년 차인 1987

년에 일간스포츠배 대상 경주에 우승하는 영광을 안았다. 당시로서는 가장 짧은 경력의 대상 경주 우승이었다. 1988년에는 스포츠서울 배에 우승했다. 그리고 1989년에는 한 해 일곱 개의 대상 경주 중 무궁화배, 일간스포츠배, 마사회장배, 그리고 그랑프리까지 우승하며 '한국 경마 역사상 전무후무한 대상 경주 4관왕'이라는 기록을 남기기도 했다(당시에는 전무후무한 기록이었다.).

좋은 말들을 많이 만나 덕분에 우승도 많이 해 기수로서 승승장구하던 나는 1991년 11월에 갑자기 기수 부회장직을 맡게 되었다. 그리고 부회장을 하면서 마사회 기수를 관리하는 직원이 우리 기수를 많이 무시한다는 것을 새삼 느꼈다.

우리 기수회는 기승 경력 7년 이상이면 회장 출마 자격이 있었다. 나는 기승 경력 7년이 되는 1992년 11월에 기수회장 선거에 출마했다(당시 회장 선거를 한 달 앞당김.). 최고참 선배와 경선했는데 결과는 90%의 지지를 얻어 내가 기수로서 가장 짧은 경력에 기수회 회장이 되었다.

내가 기수회장이 되었을 때는 대한민국 최대의 부정 경마 사건이 우리 경마계를 휩쓴 직후여서 경마장이 무척이나 어수선했다. 당시 부정 경마 사건에 도의적인 책임을 진 류승국 마사회장님이 물러나고 성용욱 회장님이 취임했다. 나는 성 회장님께 기수들의 애로점을 거침없이 말했다. 그 결과 우리 기수에게도 일주일에 하루 쉬는 날이 생겼고, 언제부터인가 기수들이 조교사 되기가 어려웠는데 그것도 성 회장님과의 간담회를 통해 한 번에 다섯 명의 기수를 합격시키기도 했다. 성용욱 회장님이 부임해 우리 기수, 조교사, 마필관리사의 복지적인 부분이 많이 개선되었다.

O 마사회장님 시절인 1994년 한여름은 폭염으로 난리였다. 폭염 속 기수 숙소가 엉망이었는데, 여러 번 요청해도 개선해 주지 않아 나는 기수들을 데리고 경마하는 날 경마장을 탈영했다. 그리고 합의 사항으로 기수들의 상금도 대폭 인상하고, 기수회관 건립을 약속받아 지금의 기수회관이 있게 되었다.

이렇게 나는 기수회장으로서 마사회와의 협상에서 늘 우위를 가지며 기수 권익을 위해 최선을 다했다. 그러나 곧 개최된 1994년 12월, 기수회장 선거에서 떨어졌다. 나는 목숨까지 걸고 과감히 마사회와 싸워 기수들의 복지와 권익을 많이 찾아 주었다고 생각했는데 의외의 많은 표차로 떨어진 것이다. 나는 당황했다. 그리고 기수들에게 회의를 느꼈다.

나는 모든 것을 빨리 잊고 조용히 기수 생활이나 열심히 하며 살고자 했다. 그 결과 1995년 기수 성적은 대상 경주 우승 하나에 47승으로, 다승 3위를 했다.

회장 선거 낙선 후 이제 기수회 일은 절대 하지 않겠다고 다짐했는데, 기수들의 요청으로 1996년 12월에 다시 기수회장 선거에 단독 출마해 추대 형식으로 회장에 취임했다. 회장 임기가 끝날 무렵인 1998년 5월, 기수와 조교사의 도청 테이프 사건을 계기로 나는 기수들을 데리고 조기협회에서 탈퇴했다. 과거에도 선배 기수들이 기수회를 독립시키려다 실패했고, 또 현 기수들도 독립을 많이 원했기에 나는 앞장섰다.

기수협회독립추진위원장을 맡아 1998년 8월 29일 '사단법인 서울경마장 기수협회'를 문체부로부터 정식 인가를 받아냈다. 이것으로 기수협회는 완전히 독립된 단체가 되었고, 나는 초대 회장에 취임했다.

사단법인을 만들고 기수들과 많은 활동을 했다. 기수협회가 독립되었으니 자체 사업 활동비나 기금이 있었기에 우리 기수들과 함께 사회봉사 활동을 더 적극적으로 했다. 그리고 경마 팬들과의 만남 행사도 다방면으로 하는 등 우리 기수들이 앞장서서 한국 경마의 이미지를 투명하고 밝게 만드는 데 일조하려고 노력했다.

나는 기수 생활 7년 차부터 기수회 부회장을 시작해 사단법인 기수협회장까지 하는 동안 우리 기수들의 복지와 권익 신장을 위해 온 힘을 다했고, 이룬 것도 많다. 그러나 나는 개인적으로는 마사회와 맞서다 보니 조교사면허 합격도 취소된 적이 있었고, 마사회 재정위원회(상벌)에 여러 번 불려가 세 번의 경고장을 받기도 했다. 그리고 1998년 기수협회가 독립하고부터는 오랫동안 기수로서 경주에 출전하지 못했다. '기수 독립 선언'을 하는 순간부터 나는 조교사협회와의 전쟁이었기에 기수 은퇴할 때까지 조교사들이 말을 잘 태워 주지 않아, 8년 동안 경주 출전을 거의 할 수 없었다. 당연히 8년 동안 기수 성적은 우승 9회로 꼴찌였다.

기수 생활 22년을 돌아보며 나는 기수협회장으로 한국 경마 발전을 위해 많은 일을 했다고 자부한다. 기수가 경마 팬을 만나면 부정 경마로 치부되던 과거 한국 경마 시절, 난 과감히 기수들과 경마 팬의 만남 행사를 추진했고, 기수들과 사회봉사 활동 그리고 기수들의 학력 증진 사업에 열을 올리며 우리 경마의 이미지를 투명하고 밝게 했다.

기수협회 독립 이후 꼴찌의 성적인 나는 은퇴 시점에 밸리브리를 만났다. 미국에서 데려온 밸리브리는 나의 기수협회장 시절 고생했다고 위로도 해 주는 듯 기수로서 몸이 엉망인 나를 태우고 데뷔전에서 대차로 우승했다. 두 번째 출전에서도 우승했고, 그리고 세 번째 출전 나의 은퇴 경기에서도 여유 있게 갈기를 멋지게 휘날리며 우승해 주었다. 나는 은퇴 직전에 밸리브리를 타고 3전 3승을 하며 다시 기수로서 스포트라이트를 받았다. 꿈 같은 피날레였다.

나의 22년 기수 생활을 돌아보니 처음과 끝은 화려했다. 지금 마방 주위에는 함박눈이 내리며 하얗게 쌓이고 있다. 나는 조교사로서 '섬싱로스트'를 끌고 뚜벅뚜벅 걷고 있다. 기수 하기를 참 잘한 것 같다.

말과 함께 4년
용대유 의
경마장 해방일지

2장

홍대유 조교사 이야기

경마장에만 있는 '조교사'라는 직업

경마장에서만 들을 수 있는 '조교사'라는 생소한 용어! 일반인을 만나 조교사 명함을 주면 뭐 하는 직업이냐고 묻는다. 경마장에서나 통하는 용어니 당연하다. 쉽게 말해 스포츠계에 운동선수가 있고 감독이 있다면 경마장에는 운동선수인 기수와 경주마가 있고 조교사가 있다. 그러니까 그냥 '감독'이라고 보면 된다고 말해 준다.

우리나라에 조교사는 많지 않다. 제주경마장은 조랑말 경주를 하는데, 이곳에는 조랑말 조교사 29명이 있다. 그리고 부산과 서울은 큰 말인 더러브렛종 말로 경주하는데 부산 경남경마장에는 29명의 조교사가, 서울경마장에는 42명의 조교사가 있다.

보통 조교사라고 하면 세계 어느 나라나 경마장에서 활동하는 경주마 품종인 더러브렛 조교사를 말한다. 우리나라의 더러브렛 조교사는 부산과 서울을 합쳐서 총 71명이 활동하고 있다. 대한민국에 조교사라는 직업을 가진 사람이 100명 안팎의 71명밖에 안 되니 얼마나 귀하고 소중한 직업인가.

그런데 조교사라는 직업도 그리 편안하고 쉽지만은 않다. 현직에 있는 조교사들은 스트레스를 많이 받아 힘들다고 심경을 토로한다. 기수를 은퇴하고 막상 직접 해 보니 매우 고달프고 힘든 직업인 것은 맞는 것 같다. 그래도 어쩌랴, 내가 선택한 직업이고 말을 좋아하는걸.

"대한민국에 몇 안 되는 특수 직업 조교사들이여, 자부심 가집시다!"

차 한잔 마시며 나의 조교사 생활은 어떤가 생각해 보니, 나는 그리 스트레스를 받지 않으며 생활하는 것 같다. 그냥 말이 좋고, 또 말이 경주에서 우승하면 그냥 행복하고 즐거울 뿐이다.

절대적이었던 조교사 권위와
나의 조교사 데뷔

    기수 생활하면서 느낀 것은 조교사는 선배고 스승이다 보니 '절대적인 신'이었다고 생각했다. 1993년 개인마주제 전까지만 해도 기수에게 조교사는 경주에 기승하는 '기승권'을 가지고 있었기에 소속 조교사에게 미움을 샀다가는 절대로 경주에 출전할 수가 없었다(지금도 조교사가 기승권을 가지고 있다.). 기수 시절 K 기수는 소속 조교사한테 찍혀서 다른 조교사한테로 소속 조를 옮기지도 못하고, 전전긍긍하며 수년간 경주에 출전하지도 못한 채 생활했다. 이것이 우리 경마의 기수와 조교사의 실상이었다.

1991년, 마사회를 9년간 이끄시던 이건영 회장님이 이임하시고 후임으로 류승국 회장님이 취임하셨다. 하루는 류 회장님이 기수, 조교사를 모아 놓고 무기명으로 소원 수리를 쓰게 했다. 이때 기수들의 조 배치에 대한 불만 사항이 제일 많았다고 한다.

그래서 류 회장님은 조 배치를 공정하게 하고자 기수들을 조기협회 2층 교육장에 모아 놓고 통 속의 조(조교사)가 쓰여 있는 쪽지를 기수들 각자가 자기 손으로 뽑으라고 했다. 자신이 뽑은 조(조교사)가 앞으로 자기가 소속하게 될 조교사였다. 추첨으로 기수가 조교사를 선택한 것인데, 내가 봐도 역대 기수의 가장 공평한 인사이동이었던 것 같다(지금의 기수는 완전 프리제로, 소속(계약) 기수가 없으니 옛날 계약 기수 시절 이야기다.).

나는 한동안 조교사는 기수 출신만 되는 줄 알았는데, 1987년에 조교보 제도가 생기면서 일반 마필관리사 출신도 조교사가 많이 되었다. 그러다 보니 상대적으로 기수들의 조교사 되기가 어려워졌다. 그래서 나는 당시 기수회장으로서 이 문제를 어떻게 풀어 내야 할지 고민했다. 마침 새롭게 성용욱 회장님이 부임하셨고, 기수들만의 간담회를 요청해 애로사항을 말씀드렸다. 그때 성 회장님은 우리 기수들의 가장 큰 고민을 해결해 주셨다.

사실 나는 당시에 조교사 시험 1차, 2차를 잘 보았지만 기수회장으로서 고민 끝에 선배들을 위해 면접을 포기했다. 그때 조교사 시험에서 우리 기수들이 다섯 명이나 대거 합격했다. 수년 만의 경사였다. 1993년, 당시 기수회장일 때 나는 첫 조교사 시험을 이렇게 포기하고, 1998년도에 두 번째로 시험을 봐서 합격했다. 그러나 도청 테이프 사건으로 부정 경마를 은폐시켰다는 이유로 조교사면허를 취소당했다. 그리고 2004년에 세 번째로 시험을 봐서 합격해 2006년도 7월에 조교사로 데뷔, 오늘에 이르고 있다.

경마장에서 조교사가 되는 것은 그리 쉬운 일이 아니다. 조교사로 살기 또한 쉬운 일이 아니다. 더구나 조교사로서 명예롭게 은퇴하는 것은 더더욱 어려운 일이다. 그런데도 언제부터인가 명예롭게 은퇴하시는 선배 조교사들이 많아졌다. 온갖 어려움을 이겨 내고 은퇴하시는 선배님들이 자랑스럽다. 이제 나도 은퇴 시기가 서서히 다가오고 있다.

조교사 데뷔하니 생고생, 마방엔 말이 없네?

우리가 살다 보면 "줄 잘 서야 한다."는 얘기들을 한다. 경마장도 예외는 아니다. 줄을 잘 서야 잘 풀리는데, 조교사란 직업은 더욱 그런 것 같다.

나는 기수 하면서 신인 조교사들이 고생하는 것을 많이 보았다. 은퇴한 박대홍 조교사도 그렇고, 박종곤 조교사협회장도, 전 임봉춘 조교사도 조교사 데뷔 당시의 고생담을 가끔 얘기한다. 희망을 품고 조교사 데뷔해 마방도 대부받고, 함께 일할 마필관리사도 발령받아 와 기분 좋은데, 정작 가장 중요한 경주마가 마방에 한 마리도 없는 경우도 있었다는 것이다. 조교사는 말이 있어야 말을 훈련시켜 경주에 출전시킨다. 그런데 마방에 경주마 한 마리도 없으니, 조교사는 할 일이 없다는 뜻이다. 그러니 마방에 말이 없는 조교사들은 새벽같이 일찍 출근할 일이 없다. 말 없는 마방에 나가봐야 자존심만 상하고 상처만 입다 보니 경마장이 아닌 관악산이나 청계산으로 출근했다고 한다. 관악산을 오르내리며 무너지는 자존심을 소주 한잔으로 달랬다고 한다. 조교사 중에는 개업하고 말 한 마리 없이 3개월 이상을 그냥 보낸 경우도 있다. 그때 그 조교사의 심정은 어땠을까?

나도 처음에 조교사 데뷔하면서 운이 따르지 않았다. 소위 줄을 잘못 섰다. 6조에 발령받았는데, 은퇴하시는 6조 조교사님 마방에는 말들이 몇 마리 없었다. 게다가 능력 있는 말도 없었고, 하물며 마방에서 사용하는 장구들도 쓸모 있는 게 거의 없을 정도로 모든 조건이 좋지 않았다.

조교사로서 줄도 잘 서지 못한 나는 고생고생해 데뷔 후 7개월 만에 '지구상위력'으로 첫 우승을 했다. 지구상위력은 내가 조교사 데뷔하고 경주마로는 처음 구매해 데려온 말이었기에 기쁨은 두 배였다.

요즘은 시대가 많이 변하고 경마장에 말도 많아서 신인 조교사가 데뷔하면 대부받은 마방에 금방 말이 꽉 찬다. 시대적인 줄을 잘 섰기에 옛날 조교사 시절보다 고생이 덜하다.

조교사는 능력 있는
말(선수)을 데려와야 성공

일반적으로 스포츠 감독은 능력 있는 선수를 스카우트해 오거나 발굴해내서 훌륭한 선수로 키우면 능력을 인정받는다. 경마 조교사도 그렇다. 경마장에서는 기수와 말이 선수인데, 기수는 조교사가 발굴해내는 것이 아니고 현역 기수 중에서 기용하고 싶은 기수를 선택해 나의 말에 기승시키면 된다. 그래서 기수에 대한 것은 그리 신경 쓸 게 없고, 경주마 발굴에만 신경 쓰면 된다.

마주들이나 주위에서는 좋은 말, 능력 있는 말을 구해 달라고 한다. 좋은 말, 능력 있는 말을 어떻게 찾아낼까? 경주마는 더러브렛 품종으로, 혈통 게임이라고 한다. 일단 좋고 능력 있는 말을 찾으려면 혈통을 먼저 찾아본다. 그리고 혈통이 좋으면 말의 체형·체구를 관찰하는데, 혈통 좋고 체형·체구가 좋으면 말값이 비싸진다. 혈통은 좋은데 체형·체구가 별로면 그만큼 가격이 낮아진다. 그러니 말이 혈통 좋고 체형·체구도 좋으면 가격은 자연히 높아지기 때문에 아무나 그런 말을 살 수는 없다. 돈을 많이 투자하는 마주만 구매하게 된다.

　말을 구매하는 방식에는 생산자와 직접 거래하는 개별 거래가 있고, 경매장에서 경매로 낙찰받아 구매하는 방식도 있다. 하지만 우리 경마 세계에서 모두가 좋다고 하는 말은 돈 많이 투자하는 마주가 가져가게 되어 있다. 대체로 비싸게 구매한 말들이 좋은 성적을 많이 내고 있는 편이다. 그러므로 능력 있고 우수한 말을 나의 마방으로 데려오기 위해서 조교사는 고가의 말을 구매할 수 있는 마주를 먼저 영입해야 한다. 그것이 최고의 조교사가 되는 지름길이다.

　나는 조교사로서 영업력이 부족해 고가의 말을 빵빵 사주는 마주가 없다. 경매에서 보면 억대 전후의 말들이 많이도 팔리던데……. 그런 말을 나의 6조 마방에는 영입해 오지 못했기에 나는 조교사로서, 감독으로서 최고가 될 수 없다는 것은 자명하다.

　하지만 나는 내가 관리하는 말들의 수준을 잘 알고, 비록 몸값은 비싸지 않더라도 어느 정도 능력을 발휘할 수 있게끔 최선을 다해 잘 관리하고 있다. 그래서 나의 6조 마방에는 고가의 경주마는 없어도 경주에서 말들이 열심히 뛰어 주어 상위의 성적을 올리고 있다.

　나는 아직도 조교사가 사업가라는 것을 깨닫지 못하고 있는 것 같다. 사업가는 철저한 비즈니스 정신을 발휘해야 한다는데 그러지를 못하고 있으니…….

조교사와 마주는 마필위탁관리계약 관계, 상금을 벌어야 산다

경마장에서 말을 몇십 마리 관리하는 조교사라고 직업을 얘기하면 일반인들은 조교사 소유의 말인 줄 안다. 결론부터 말하면 조교사, 기수는 절대로 경주마를 소유할 수 없다. 과천 서울경마장이나 부산 경남경마장에 있는 모든 경주마는 말의 주인이 따로 있으며, 경마장에서는 말의 주인을 '마주'라고 한다.

마주 중에는 말에 대한 지식을 갖고 있어서 직접 말을 구매하기도 하지만, 대부분 말에 대해 잘 모르기 때문에 전문가인 조교사에게 추천해 달라거나 구매해 달라고 한다. 그래서 조교사들은 좋은

말을 찾기 위해 수시로 목장에 말들을 보러 다니거나 말 경매장에
돌아다닌다.

　말을 개인 목장이나 경매에서 구매하면 마주는 조교사한테 위
탁, 관리를 맡긴다. 그러면 조교사는 자기가 데리고 있는 마필관리
사들과 함께 잘 관리해 경주에 출전시켜 상금을 벌어오는 것이다.
말이 경주에 출전해 상금을 벌어오면 그 상금에는 마주, 기수, 조
교사, 마필관리사의 몫이 각각 비율로 분배되어 있어 자기 몫만큼
분배받는다.

　이렇게 마주로부터 위탁받은 마필이 경주에 나가 우승을 하고 상
금을 벌어오면 마주도 좋고 조교사도 좋고 모두가 좋다. 그런데 말
중에는 상금을 벌어오지 못하는 말도 있고, 능력이 없어서 상금을 벌
기는커녕 하숙비만 축내는 말도 있다. 능력 없는 말을 소유하고 있을
경우 마주는 말값에, 말 위탁 관리비에 손해가 이만저만이 아니다.

　조교사는 대체로 말이 잘 뛰어 상금을 벌어오는 마주와는 문제가
별로 없는데, 상금을 못 벌어 적자가 나는 마주와는 갈등을 겪게 된
다. 조교사와 마주가 서로 신뢰가 두텁지 않으면 마주는 조교사와 결
별하게 되고, 말은 다른 조교사한테 이적시키기도 한다.

　말 위탁 관리는 보통 1년 계약이다. 1년 계약이 끝나면 말을 다른
조교사한테 이적시킬 수도 있고, 또는 계약 중이라도 조교사와 마주
가 서로 틀어지면 다른 조교사한테 옮길 수 있다. 단, 이때는 조교사

와 마주가 합의하에 매달 열리는 마필조정위원회에 상정, 회의를 거쳐 다른 조교사한테 말을 옮길 수 있다.

분명한 것은 조교사와 마주와의 관계는 말이 무조건 잘 뛰어 상금을 많이 벌어와야 불화가 없다. 그러다 보니 관리하고 있는 말들이 잘 달려 상금을 잘 벌어와야 조교사의 마음도 편하다.

"나의 말들이여, 부상당하지 말고 잘 달려다오!"

마방이 상승세를 타면
다른 말도 덩달아 춤을 춘다

2006년 7월 1일 조교사 데뷔 후 오랫동안 첫 우승을 하지 못해 신경이 많이 쓰였다. 그런 중에 '지구상위력'으로 7개월 만인 2007년 1월 14일에 첫 우승을 했다. 무척 기뻤다. 지구상위력이 우승의 물꼬를 터서 그런지 나의 6조 마방의 다른 말들도 덩달아 컨디션이 좋아지며 우승을 하기 시작했다.

이런 와중에 나의 6조에 경사스러운 일이 생겼다. 경마장 당대 최고의 명마인 밸리브리가 2007년 2월 10일부로 나의 6조에 이적한 것이다. 밸리브리가 어떤 말인가. 2006년도에 데뷔해 '괴물'이라는 소리를 들으며 당해 연도 대표마로 선정되었던 말 아닌가! 경주마는 조교사와 마주가 1년 위탁관리계약으로 체결한다. 밸리브리의 주인인 김인호 마주는 계약이 만료되어 김명국 조교사와 재계약하지 않고 나의 6조와 계약을 체결한 것이다. 밸리브리가 얼마나 유명했으면 나의 6조 마방으로 이적할 때 매스컴의 스포트라이트를 받았겠는가!

밸리브리가 이적해 들어옴으로써 나의 6조 마방은 금방 굵직한 마방으로 거듭나 든든해 보였다. 밸리브리의 위풍당당함에 나의 6조 말들은 경주에 나가면 덩달아 우승했다. 1승 한 번 못하다 겨우 7개월 만에 우승을 냈던 나의 6조는 갑자기 인기 마방으로 변신했다. 밸리브리가 옴으로써 상승세를 타 나에게 우승을 선사해 준 말들은 세븐스타·소망·멀리셔스·삼손에코스·위그·서울축제·지구상위력 등이 있으며, 타 조에서 이적해 온 '속도보은'도 잘 뛰어 주며 동착 우승까지 해 기쁨은 더했다. 속도보은을 빼고는 모두 내가 직접 구매해 온 말들이다. 이후 삼손스에코, 위그, 서울축제, 지구상위력 등은 1군으로 승군해 뛰었다. 그러다 보니 나는 말들이 경주에 나가면 괜히 신이 났다. 여기에 우리의 터줏대감 밸리브리까지 경주에 나가 상을 휩쓸고 있으니, 나의 마방은 소위 '똥말' 없이 모두가 잘 뛰어 주었다.

조교사들은 말한다. 마방이 상승세를 타면 이말 저말 할 것 없이 모두 잘 뛰어 준다고. 요즘 우리 6조 마방은 상승세를 타고 있다. 말들이 훨훨 날아다니고 있다. 경주마는 운동선수다. 조교사뿐만 아니라 일하는 마필관리사도 최선을 다해 관리해야 하는 것은 물론, 마방 분위기 또한 유쾌하고 쾌활하게 운영되어야 한다.

말의 부상은 조교사 가슴 '철렁'

　말들의 새벽 훈련을 지켜보고 있는데 빠른 구보로 달리던 말 한 마리가 갑자기 멈추며 기승자가 말에서 내린다. 그리고 말이 다리를 제대로 내딛지 못하고 있다. 이를 지켜보는 조교사들은 어느 소속 말에 상관없이 그저 가슴이 철렁 내려앉는다. 아마 말의 다리가 잘못되었다는 것을 직감한 순간일 것이다.

　조교사들은 말한다. 경주마는 부상당하지만 않는다면 능력 있는 말은 지금 당장 성적을 내지 못하더라도 언젠가 좋은 성적을 낼 것이니 다치지 않게 하라고. 모든 운동선수가 그렇듯 경마에서는 경주마가 운동선수이므로 말이 부상당하지 않아야 선수 생활을 하며 좋은 성적도 낼 수 있다.

어느덧 기수, 조교사로 41여 년을 생활했으니, 내가 기승해서 훈련받다가 또는 경주 중에 부상으로 내 곁을 떠난 말도 많다. 특히 능력 있고 좋은 말이 부상으로 경주로를 떠날 때는 정말 피눈물 나는 심정이다.

기수 시절, 부상으로 떠난 말 중 오랜 세월이 지난 지금도 생생하게 기억에 남는 말이 있다. 그만큼 진심이었고, 또 거는 기대가 컸기에 안 잊히는 것 같다.

1986년에 '소망'이라는 말을 만났다. 흑갈색의 작은 암말이었는데, 내가 기승해 경주에 데뷔하자마자 여유 있게 우승했다. 그리고 내리 6연승을 했다. 소망은 자갈 감각도 좋고, 항상 경기 중에는 중간 무리에 뭉쳐 가기 때문에 기수가 기승하기 편한 말이었다. 이런 소망이 6전 6승으로 우승을 하고 마방으로 들어오는데 뭔가 다리에 이상이 있는 것 같았다. 시간이 조금 지나니 무릎이 부었다. 무릎에 문제가 생긴 것이었다. 6전 6승으로 여유 있게 우승을 해 기대가 크고, 많은 이들의 사랑을 받는 관심마였는데 안타까웠다. 소망은 어느 정도 부상이 완쾌됐다고 보고 일곱 번째 경기에 출전했다. 그리고 2등을 왔다. 다리에 약간 어색함이 있었지만 잘 뛰어 주어 2등을 온 것이다. 이후 소망은 무릎 부상이 더 악화되어 경주에 몇 번 나가 꼴찌를 오고는 경주로를 떠났다. 당시 대성할 말로 기대가 컸던 소망은 끝내 부상을 이기지 못했다. 나의 신인 기수 시절 함께했던 소망이었기에 더욱 애착이 가고 헤어지기 싫었지만 어쩔 수 없었다.

또 나와 함께 JRA 대상 경주에서 우승했던 '남부군'도 잊을 수 없는 말이다. 남부군은 다음 대상 경주 출전을 위해 훈련 중이었다. 스피드를 내며 결승선을 조금 지나는 순간 남부군한테서 "딱!" 하는 소리가 크게 들렸다. 그러더니 갑자기 스피드가 줄었다. 나는 순간 말이 잘못됐구나 싶어 말에서 내렸다. 역시 남부군이 다리를 많이 절고 있었다. 엑스레이를 찍어 보니 '종자골 골절'이었다. 한창 힘이 넘쳐나서 앞으로의 미래가 기대되던 말이었는데, 이렇게 남부군은 경주로를 영영 떠났다.

또 내 곁을 떠난 말 중 '밝은전망'은 1군 강자였다. 어느 경기에서 밝은전망은 인기마로 1.5배의 배당이었다. 최고의 인기마인 밝은전망을 내가 기승하고 장거리 경주를 펼치고 있었는데, 1~2코너 중간 지점에서 선행 가던 중 순간 "뚝!" 소리가 났다. 아차 싶어 스피드를 줄이며 말을 세우고 보니 밝은전망의 오른쪽 앞다리 건이 툭 튀어나왔다. 병원에 가서 엑스레이를 찍어 보니 건이 엉망진창으로 파열되어 있었다. 밝은전망이 말 차에 실려 경마장 밖으로 나가는데, 얼마나 눈물을 많이 흘렸는지 모른다. 당시 조교사님은 자동차 안에서 밝은전망이 실려 나가는 것을 한동안 멍하니 보고 있었다. 지금 내가 조교사를 해 보니 그때 조교사님의 심정이 어땠을지 이해가 된다. 너무나 안타까운 밝은전망이었다.

조교사가 되고 관리하던 말 중 부상으로 경주로를 떠난 말에는 '플레잉폴리틱스'가 기억에 남는다. 플레잉폴리틱스는 명마 밸리브리의 친동생인데, 데뷔전부터 밸리브리 못지않게 잘 달려 우승했다. 6전 5승으로 1군에 올라와서는 1군 승군전에서도 우승을 했다. 1군 2천m 경기에서 김옥성 기수가 타고 선행으로 여유 있게 우승한 후 마방으로 올라오는데, 뭔가 걸음걸이가 어색했다. 크게 저는 것도 아니었기에 대수롭지 않게 여기고 보건소에서 엑스레이를 찍었다. 그랬더니 무릎뼈에 크게 금이 갔다는 것이다. '무릎뼈 판상 골절'이라고 했다. 순간 하늘이 무너지는 것 같았다. 밸리브리보다 은근히 더 기대하며 관리하던 말이었는데……. 플레잉폴리틱스는 나에게 안타까움과 아픔을 주고 7전 6승의 성적만을 남기고 경마장을 떠났다.

기수, 조교사를 하면서 내가 기승했거나 조교사로서 관리하던 말이 부상으로 경주로를 떠나는 경우, 감정과 입장은 그때그때 내 신분에 따라 차이가 크다. 기수 신분일 때는 마음이 무척 아프고, 조교사에게 죄송하면 됐기에 마음에 어떤 큰 부담은 없었던 것 같다. 그런데 조교사가 되고 보니 또 다른 입장이다. 이런 상황이 발생하면 조교사는 멘붕에 빠진다. 한마디로 말이 부상이라도 입게 되면 걱정으로 숨이 콱 막히고 답답하다. 말의 주인인 마주에게 이 상황을 어떻게 설명해야 할지 난감하기 때문이다. 조교사로서 가장 힘든 일은 이렇게 부상으로 말이 잘못되는 경우다.

"말들아, 제발 좀 부상당하지 말아다오!"

경주마의 평균 수명은 2년 정도다. 부상으로, 또는 능력이 없어서 경주로를 떠나는 말이 많기 때문에 그렇게 잡는 것 같다. 그런데 내가 기수로서 기승했던 명마 차돌은 열 살까지 경주로를 누볐고, 두발로는 열두 살까지 경기를 뛰었다. 그리고 나에게 큰 사랑을 주었던 유명한 명마 밸리브리도 열 살까지 현역에 있었다.

말들의 숙소 '마방'

말을 치료하는 동물병원

새벽 훈련을 하러 가는 말과 기수

1989년 차돌과 2007년 밸리브리, '그랑프리' 우승

나는 한 해 최고의 말을 뽑는 '그랑프리 대회'에서 기수로서는 '차돌'에 기승해 우승했고, 조교사가 되어서는 '밸리브리'를 출전시켜 우승했다. 이렇게 기수, 조교사로서 두 번의 그랑프리 우승을 한 사람은 나밖에 없다. 스스로도 자랑스럽다.

나의 그랑프리 첫 도전은 1988년에 차돌에 기승해 출전한 경기다. 당시 차돌은 최고의 인기마였다. 그런데 마침 경기 전날 산통(배앓이)에 걸려 아팠다. 그랑프리 경기에 출전해야 하나 취소해야 하나 고민했는데, 모두가 경기 뛰는 데는 지장 없을 거라고 해서 출전

1989년 차돌에 기승해 그랑프리 우승을 차지했던 당시의 필자

했다. 막상 경주를 펼쳐보니 차돌은 힘을 제대로 쓰지 못했고, 3등을 왔다. 이후 과천 서울경마장으로 이사 와서 치러진 1989년 그랑프리 대회에서 차돌에 기승해 우승했다. 당시 차돌은 부담 중량 67kg을 달고 뛰었다. 역대 가장 무거운 부담 중량을 달고 차돌은 그랑프리 대회에서 우승한 것이다. 이때 차돌의 기록은 앞으로도 영원히 깨지지 않고 남을 것이다.

한편, 그랑프리 대회가 2006년까지는 핸디캡 경주여서 그해 밸리브리는 부담 중량 57kg을, 플라잉캣은 53kg를 짊어지고 경기를 펼쳤다. 결승선 직선주로에서 밸리브리와 플라잉캣 두 마리만이 바짝 붙어 치열하게 경쟁했다. 결국 부담 중량을 적게 짊어진 인기 없던 복병마인 플라잉캣이 밸리브리를 머리 차이로 이기며 결승선을 먼저 통과했다.

이날의 그랑프리 대회 결과를 보고는 말들이 많았다. 한 해 최고의 말을 뽑는 그랑프리 대회가 핸디캡 경주로 열려서 진정한 챔피언을 뽑는 그랑프리가 아니라는 인식에 공감하며 대회의 의미는 퇴색했다. 그래서 마사회에서는 2007년부터 그랑프리 대회를 핸디캡 경주가 아닌 별정 경주로 바꾸었다. 말 그대로 실력대로 능력 있는 말이 우승하는 제도인 것이다. 이 제도의 첫 수혜자로 지난해 그랑프리에서 머리 차이로 아깝게 2등을 한 밸리브리가 여유 있게 우승하며 트로피를 높이 들었다. 2007년 그랑프리 대회에서 밸리브리는 문세영

2007년 문세영 기수가 밸리브리에 기승하여 조교사 2년 차인 필자에게 그랑프리 우승의 영광을 안겨 주었다.

기수를 태우고 우승함으로써 2년 차 조교사인 나에게 그랑프리 우승의 영광을 안겨 주었다.

이제 나의 은퇴도 몇 년 남지 않았다. 욕심 같지만, 그랑프리 우승할 말이 나에게 한 번 더 와 주는 행운이 따랐으면 좋겠다. 매일 그랑프리 대회 우승 꿈을 꾸며…….

"가 보자!"

'말을 사랑하는 남자 홍대유' 카페

    나는 기수협회장을 하면서 우리 경마의 부정적인 이미지를 없애자는 생각으로 기수들과 함께 경마 팬을 위한 행사를 많이 했다. 그당시 기수들이 팬들과 함께 사인회, 강연, 체육대회 등을 했다는 것은 매우 획기적인 일이었다. 기수 시절부터 나는 우리 기수, 조교사는 팬과 어떻게든 어울려야 우리 경마 풍토가 좋아진다는 확신이 있었다.

    나는 조교사가 되어서도 팬들과 어울릴 수 있는 방도를 생각해 보았다. 그래서 시작한 것이 포털 다음(Daum)에 〈말을 사랑하는 남자 홍대유〉 카페를 개설한 것이다. 보통은 팬들이 자기가 좋아하는 기수나 조교사를 위해 카페를 만들어 운영하는데, 나는 내가 카페지기로서 직접 운영한다. 이유는, 첫째는 나의 개인 기록들을 자유스럽게 정리해 놓기 위함이고, 둘째는 다른 사람이 나의 카페를 운영하다 보면 오해의 소지나 혹시 모를 잡음을 차단하기 위해서다.

나의 카페 〈말을 사랑하는 남자 홍대유〉에는 나에 대한 자료가 많이 있다. 특히 '마방일지' 코너에는 조교사를 하면서 벌어지는 에피소드를 하루하루 일기 쓰듯 써 놓은 것이다. 조교사로서 경마장 내에서 벌어지는 일, 내가 관리하는 말의 상태나 경주 전후 전반적인 일들을 솔직하게 글로 써 소통하면 팬들이 즐거워한다. 그리고 나는 카페 회원들과 한 달에 한 번은 만남의 행사를 했다. 회원들과 같이 산과 들로 돌아다녔는데, 이는 팬들과 소통해서 좋았고 또 나의 건강을 위해서도 좋았다. 나는 기수 시절부터 많은 팬을 만났고, 조교사가 되고서도 카페를 운영하며 수많은 팬과 어울렸다. 그래도 잡음 하나 없이 잘 운영되어 우리 경마 발전을 위해 잘한 일이라고 생각하고 있다.

조교사로 데뷔하면서부터 시작한 카페 운영을 나는 조교사협회장에 취임하면서 잠시 접었다. 이유는 일반 조교사 신분일 때는 카페에 아무 글이나 자유스럽게 써도 부담이 없었지만, 회장을 맡고부터는 어쩌면 나의 말이나 글 한 마디가 큰 파장을 일으킬 수도 있겠다는 생각 때문이다.

〈홍대유TV〉 유튜브를 운영 중인 필자

요즘은 시대가 변해 유튜브가 대세다. 나는 조교사로서 2020년 4월에 유튜브 채널을 개설해 〈홍대유 TV〉를 운영하고 있다. 유튜브 〈홍대유 TV〉는 일반인이 접할 수 없는 많은 것들을 촬영해서 올리고, 나의 경마 인생 41년의 노하우 속에 보고 듣고 경험한 것을 사실 그대로 올려 주고 있다. 생각보다 많은 팬이 〈홍대유 TV〉를 구독, 즐겁게 시청해 주어 기분이 좋다. 앞으로도 은퇴할 때까지 〈홍대유 TV〉를 운영할 계획이다.

유튜브 〈홍대유 TV〉를 운영하면서 가장 안타까운 것은 경마 시행 체인 마사회의 통제였다. 예시장을 비롯해 후 검량 등은 야외이기에 일반인들에게도 공개되어 있는데, 이런 곳에서 말 관계자는 유튜브용 촬영을 하지 말란다. 하등 문제가 될 것도 없는데 무조건 촬영하지 말라는 마사회의 행정이 안타깝다.

마사 대부,
전쟁 같은 조교사들의 복마전

　경마장에서만 필요한 기수, 조교사라는 직업! 기수, 조교사는 한국마사회에서 면허를 발급해 주고, 또한 한국마사회에서 면허를 취소시키기도 한다. 기수, 조교사는 면허 시험에 응시할 수 있는 자격을 취득하면 시험을 봐서 합격하면 면허가 나온다.

　기수는 기수면허를 받으면 곧바로 경마장에서 기수로 데뷔해 경주로에서 활동한다. 지금은 기수협회가 별도 조직이다 보니 기수면허를 취득하고 기수협회에 가입 후 기수 활동을 한다.

　그런데 조교사는 다르다. 조교사는 조교사면허 취득 후 곧바로 조교사 활동을 하는 게 아니다. 한국마사회로부터 경주마가 기거할 수 있는 마방을 대부받아야 비로소 조교사로 활동할 수가 있다. 즉 조교사는 마사 대부를 받아야 조교사로 데뷔하는 것이다.

그런데 '마사 대부' 받기가 쉬운 일이 아니다. 한마디로 말해 조교사면허 소유자가 마사 대부를 받기 위해서는 피 말리는 전쟁을 해야 한다. 그러니까 마사 대부를 빨리 받으려면 마사회 최고의 힘 있는 실세를 잡아야 한다. 마방을 대부 받기 위해서는 완전 전쟁 같은 복마전이 펼쳐진다. 그러다 보니 매번 조교사의 마사 대부 심사가 끝나면 소위 '백(빽)은 누구를 동원했냐'는 이야기가 심심찮게 흘러나왔다. 한마디로 다소 누군가가 도움을 줬을 것이라는 생각들이다.

내가 신인 기수 시절만 해도 마필관리사 출신은 조교사가 되기 어려웠다. 당시 마필관리사 출신이 마방을 대부받아 조교사가 되려면 의외로 비용이 만만치 않게 들어간다는 이야기도 들리곤 했었다. 처음 경마장 생활할 때는 이해하지 못했는데, 경마장에 오래 있다 보니, '아! 그럴 수도 있겠구나.' 하는 생각이 들었다.

이렇게 조교사의 마사 대부가 치열한 싸움일 수밖에 없는 이유는 조교사면허 소유자는 여러 명인데 자리는 부족해 언제 자리가 날지 모르기 때문이다. 그러므로 조교사 자리 하나 났을 때 수단과 방법을 가리지 않고 마방을 먼저 대부 받으려고 할 수밖에 없는 게 현실이다.

당시 마사회는 조교사의 마사 대부 심사를 공정하게 한다고 했지만 그걸 믿는 사람은 거의 없었다. 뒷배 없고 힘없는 사람은 마냥 밀리게 되어 있다는 게 당시 경마장의 현실이었음을 부정할 순 없다.

이러한 마사 대부 문제점은 결국 부산 경남경마장에서 터지고 말았다. 고 문중원 기수가 조교사면허를 취득한 지 7년이 되도록 마사 대부를 받지 못하고 마냥 후배들에게 밀렸던 것이다. 결국 문중원 기수가 자살하는 안타까운 사건이 일어나고 말았다. 이 일로 경마장 내에서 자행되던 마사 대부의 문제점이 백일하에 드러났고, 마사회는 그동안 갑질로 얼룩졌던 '마사 대부 심사 제도'를 폐지했다.

조교사의 마사 대부 심사 제도가 없어진 지금은 조교사면허를 취득한 순서대로 공정하게 마사 대부를 하고 있다. 요즘 데뷔하는 조교사들은 외부 조력자가 필요 없기에 마사회 직원들에게 로비하거나 아부할 일이 없어서 좋다고 한다. 문중원 기수의 희생은 조교사가 되는 후배들에게 공정과 상식이라는 길을 만들어 주었다.

말도 받고, 마필관리사와 팀워크를 구성해야

조교사는 마사 대부를 받으면 조교사로 데뷔하게 된다. 신인 조교사로 데뷔하면 경마장 안에 있는 마방 24칸을 받는다. 조교사는 24칸의 마방에 말을 채우며 관리하는데, 말을 관리할 마필관리사를 채용해야 한다. 부산 경남경마장과 달리 과천 서울경마장의 마필관리사는 모두 조교사협회 직원이다. 조교사는 자기가 함께 일할 마필관리사를 선택해 서로 마음이 맞으면 조교사협회의 인사 발령을 받아함께 일을 하게 된다.

지금 나는 6조 홍대유 마방을 운영하고 있다. 우리 마필관리사들이 나와 한배를 타고 함께 일은 하지만 마필관리사 월급은 내가 주는 게 아니고 조교사협회 직원이므로 조교사협회에서 준다. 마필관리사의 인사권은 조교사협회 회장이 갖고 있기에 아주 특이한 구조로, 서울경마장만의 고유 시스템이다.

조교사는 마주를 만나 말을 구해 와야 하고, 그리고 마필관리사도 데리고 와서 팀워크를 이루어 한 조(마방)를 운영한다. 말은 마주가 조교사에게 위탁시키는 것으로, '마필위탁관리계약'을 체결한다. 말 위탁관리계약은 1년 단위로 하는데, 1년 안에 한 번 정도는 마주협회와 조교사협회 간의 구성된 조정위원회를 거치면 말을 다른 조교사한테 이적할 수도 있다.

말은 3두 관리에 마필관리사 한 명이 배치되어 '3두1인 관리'로 운영된다. 가령 6조 조교사인 내가 말 30두를 관리하면 일하는 마필관리사 10명이 나에게 배치되어 일하게 되는 것이다.

조교사로서 마사 대부를 받고 마주와 위탁 관리를 체결해 말을 나의 마방에 데리고 오면 나와 함께 일하는 마필관리사들과 열심히 말을 훈련시켜 우승해 상금을 버는 시스템이다. 매 경주에 걸려 있는 상금에는 마주, 조교사, 기수, 마필관리사 몫이 각각 비율로 정해져 있기 때문에 상금을 벌면 자동으로 조교사인 나의 몫이 한 달에 한 번씩 통장으로 들어온다. 그러기에 우리 조교사, 기수, 마필관리사는 최선을 다해 우승을 목표로 말을 잘 관리해야 한다.

조교사 데뷔 3년 만에 우뚝 서다

2006년 7월 1일, 나는 조교사로 데뷔했다. 데뷔하는 조교사 중에는 처음부터 좋은 말을 많이 확보해서 수월하게 잘나가는 부류가 있는가 하면, 말 자원이 없어서 어렵고 힘들게 출발하는 부류도 있다. 나는 후자에 속했다.

나와 비슷한 시기에 데뷔한 조교사들이 전임 조교사로부터 좋고 능력 있는 말을 많이 물려받아서 출발했기에 잘나가고 있는 데 반해, 나는 아홉 마리의 말을 받아 어렵게 데뷔했다. 그래도 나는 말 한 마리도 없이 몇 개월씩 빈 마방만 지키고 있던 과거의 조교사들에 비하면 고마운 일이라 생각하며 나 자신을 위로했다. 특히 서상주 마주님이 나를 믿고 말 다섯 마리를 맡겨 주셨는데, 신인 조교사로서 무척 고마웠다.

7월 1일, 나는 조교사로서 6조 마방에 첫 출근을 했다. 그리고 아홉 마리의 말을 점검해 보았다. 경주마로서 좋은 성적을 올릴 만한 말이 보이지 않았다. 게다가 그중에서 두 마리는 더 이상 데리고 있으면 안 될 정도로 상태가 나빴다. 나는 조교사로 첫 출근 한 날부터 몇 안 되는 말 중 그 두 마리를 구조조정하는 힘든 결정을 내렸다. 그리고 마주님과 상의해 도태시켰다.

이제 남은 일곱 마리를 분석했다. 이 말 또한 성적 내기가 쉽지 않을 것 같았다. 데뷔 시기가 7월이라 시기적으로 국산 말을 구해 오기도 어려웠다. 외국산 말은 구해 올 수 있었는데, 당시 외국산 말은 티오제로 운영되어 한 명의 조교사가 1년에 3두만을 받을 수 있게 되어 있었다. 외국산 말을 구해서 데려오려고 했더니 전임 6조 조교사한테 있는 세 마리 티오를 다른 조교사가 활용해 버려 이것도 뜻대로 되지 않았다. 나한테 놓여 있는 여러 가지 여건이 조교사로서 말을 영입할 수 없는 악조건만 남아 있는 상황이었다. 시간이 흘러야 말 수급 문제가 풀릴 수밖에 없기에 나는 매일 6조 마방에 출근해 "시간아 가라, 시간아 가라." 주문만 외웠다.

조교사란 직업이 경쟁의 세계이다 보니 성적이 뒤처지면 스트레스가 이만저만이 아니다. 당시 나와 비슷한 시기에 데뷔한 조교사들이 모두 잘나가고 있었기에 나의 초라한 성적은 나를 많이 힘들게 했다. 비슷한 시기에 데뷔한 조교사들은 우승을 여러 번 했지만, 난 한 해가 넘어가며 7개월이 되어서야 '지구상위력'으로 첫 우승을 맛보았다. 조교사로서 7개월은 인고의 시간이다.

조교사 데뷔 첫해 2006년 성적은 완전 제로였다. 2007년에 들어서야 비로소 내가 구매해 온 말들이 서서히 두각을 나타내기 시작했다. 첫 우승을 안겨 준 지구상위력을 위시해 세븐스타, 소망, 달리는 행운, 속도보은, 삼손스에코, 서울축제, 승리용사, 그리고 한 해의 대표마로 선정된 밸리브리까지 나의 조에 합류하면서 6조 마방은 막강 팀으로 우승 행진을 만들어 갔다.

나는 신인 조교사이기에 마방 칸수가 적어서 말 두수를 적게 운영했다. 그런데도 2007년에 25회나 우승을 했다. 데뷔 후 7개월 동안 1승도 못하고 헤맸던 우리 6조에게는 상당히 경이로운 성적이었다. 게다가 밸리브리가 2007년 최고의 말을 뽑는 그랑프리에 우승해 나는 대박을 터뜨렸다.

2008년, 새해를 맞으면서 나의 말들은 날아다니기 시작했다. 나의 애마들이 서로 우승을 하고, 최고의 등급인 1군에는 우리 6조 말이 여러 마리나 올라왔다. 데뷔 3년 차인 2008년에는 총 34회 우승을 하며 10위 안에 들었다. 나는 신인 조교사가 아닌 용이 되었다.

마방 운영은 저돌적, 한동안 실패한 나의 마방

2008년, 성적이 좋다 보니 여기저기서 말을 받으라고 했다. 그런데 3년 차인 나의 6조는 마방 칸수가 다른 조교사에 비해 적어서 말을 마음대로 받을 수 없었다. 마방 칸수가 모자라면 말들을 외부 휴양을 돌리며 운영하면 되는데, 마주들은 외부 휴양을 좋아하지 않았다. 그리고 나 또한 외부 휴양까지 돌리고 싶지 않았다. 그러다 보니 자연히 마주의 말을 받지 못하고 거부하는 상황이 되었다.

이런 와중에 나의 말들은 관리 두수의 반 이상이 1~2군에 올라갔고, 마방이 부족해 나는 신마를 받지 못했다. 우리 마방 말들은 대부분 상위군에 올라가 있고, 그렇다고 상위군에 올라가 있는 말을 함부로 은퇴시킬 수도 없고 하다 보니, 나의 6조는 신마 교체를 제대로 하지 못해 어느 시기부터 정체 상태에 놓여 우승하지 못하는 어려운 상황에 직면했다.

마사회에서는 경주마의 원활한 편성을 위해 '외부 마사 제도'를 만들어 말들이 경기하고 나면 외부에 나갔다 오게 하라고 했다. 그리고 마방의 말 활용도를 매년 마방 심사 점수에 반영해 외부 마사 제도, 즉 휴양을 잘 활용하는 조교사가 유능한 조교사가 되었다. 그런데 나는 외부 마사 제도인 휴양의 활용을 잘못해 성적이 뒤질 수밖에 없었다.

몇 년 전부터 나도 정신 차리고 외부 마사 제도를 잘 활용하고 있다. 지금은 말들의 휴양을 자주 보내고 있는데, 이렇게 외부 휴양을 보내다 보니 오히려 나의 6조 마방 성적이 많이 좋아졌다. 조교사는 마방 운영이 경영인데, 나는 공격적으로 마방을 운영하지 못해 한동안 실패한 경영을 했다.

공부할 것이냐, 협회 임원을 할 것이냐 기로에 서다

당시 기수 세계는 고학력자들이 별로 없었다. 그러다 보니 말은 누구보다도 잘 탔지만 학력 콤플렉스가 있어서인지 사회 생활하는 데는 좀 위축된 감이 있었다. 나는 1998년에 기수협회를 독립시켜 자체적으로 이끌면서 기수들에게 대학에 다니도록 유도했다. 학벌도 높이고, 무엇보다도 갇혀 지내시다시피 하는 경마장 세계를 벗어나 좀 더 넓은 세상을 만났으면 하는 소박한 생각에서였다. 그래서 회장인 내가 먼저 본보기로 대학에 다니기로 하고, 1999년도에 김옥성·김택수 기수와 함께 셋이서 안양에 있는 대림대학 체육학과에 다녔다.

2006년 어느 날, 조교사에 데뷔해 마방에 앉아 있는데 구자홍 조교사가 학점은행제를 이용하면 대학교 학사학위를 받을 수 있다고 했다. 그래서 나는 곧바로 구자홍 조교사를 따라가 건국대학교에 입학하고는 학점은행제로 체육학 학사를 취득했다. 조교사를 하면서 시간 내기는 어려웠지만 야간학교에 다니듯 짬짬이 공부했다. 학사학위를 받고 나니 참 뿌듯했다.

내친김에 공부를 더 하자는 생각으로 한국체육대학교 대학원에 들어갔다. 그리고 생활체육을 전공으로 대학원 석사학위를 취득했다. 이때 논문을 승마나 경마에 대한 것으로 할까 생각하다가 다소 의외로 「한국 경마 개인마주제 도입과 정책 과정」이라는 논문을 써서 대학원을 졸업했다.

대학교, 대학원 진학으로 한 5년간 야간 시간을 공부에 많이 할애하다 보니 조교사로서 말 수급에 문제가 생겨 성적이 저조했다. 박사 과정까지 공부하고 싶었지만 조교사인 본업이 흔들리는 것 같아 공부는 잠시 접고 당분간 나의 6조 마방을 부흥시키는 데 신경 쓰기로 했다.

그러던 어느 날 김점오·지용철 조교사가 나를 만나자고 했다. 소주 한잔 마시며 이야기를 들어보니 김점오 조교사가 조교사협회장에 출마한다며 선거를 도와 달라는 것이다. 나는 기수협회장을 한 10여 년간 하면서 별의별 경험을 다 해 봤기에 선거에는 절대 참여하지 않는

한국체육대학교 대학원 석사학위 졸업식에서의 필자

다고 잘라 말했다. 사실 기수후보생 시절 나는 6개월간 김점오 기수 밑에서 실습했고, 또 신인 기수 시절에는 지용철 조교사의 후임 기수로 있었다. 그래서 두 분 모두 아주 오래된 인연이다. 하지만 나는 모든 걸 거절했다.

며칠 후 김 선배님이 다시 찾아와 도와 달라고 했다. 그렇다면 나는 어떤 임원도 하지 않겠다 하고는 이번 선거만 도와주기로 했다. 그리하여 나는 선거운동에 관여하게 되었다. 막상 선거를 돕다 보니 김점오 조교사가 회장에 당선되면 내가 부회장을 해야 도와주겠다는 조교사들이 많았다. 이왕 선거에 돌입했으니 어쩔 수 없이 나는 그렇게 하겠다고 약속했다.

김점오 조교사는 선거에서 한 표 차이로 회장에 당선되었다. 나는 조교사들과의 약속대로 졸지에 계획에도 없던 조교사협회 부회장에 취임하게 되었다. 어느덧 김점오 회장의 3년 임기가 끝나면서 나는 자연스럽게 조교사협회장에 출마하게 되었고, 당선되어 3년간 회장으로 활동했다.

나의 6조 마방을 다시 일으켜 세우고 나서 박사 과정 공부를 할까 생각했던 게 뜻하지 않게 조교사협회장 선거에 관여하면서 부회장, 회장으로 어느덧 6년을 보냈다. 시간이 참 빠르다. 이제 다시 박사 학위를 받아야 할 텐데⋯⋯. 하지만 6조 마방을 더 활성화시키기 위해 당분간 박사 공부는 접기로 했다.

기수협회와 조교사협회의 차이

사단법인 서울경마장 기수협회는 기수들만의 단체로, 사무국 직원 몇 명과 기수들로만 구성되어 있다. 기수들은 선후배 사이이고, 회원인 기수와 사무국 직원들 합쳐봐야 100명도 안 되는 작은 단체다. 그래서 통솔하기가 한결 수월하다. 회장이 올바른 방향으로만 이끌어 간다면 흐트러짐 없이 즉시 움직일 수 있는 규모의 단체다.

그런데 사단법인 조교사협회는 그리 간단한 조직이 아니다. 조교사는 개인사업자로 협회 회원이고, 사무국 직원과 마필관리사가 직원으로서 기수협회보다 몸집이 크다. 사무국 직원은 회장을 보좌하는 역할을 하기에 사 측인 데 반해, 마필관리사는 협회의 직원으로

500여 명(요즘은 숫자가 줄었다.) 정도 되고, 노조가 있다. 그러다 보니 조교사협회 회장단이 주로 하는 일은 마필관리사 노조와 협상하는 일이다.

나는 김점오 회장 체제에서 협회 부회장으로, 어느 조직에서나 '부' 자가 들어가면 실권이 없기에 별로였는데 우리 조교사협회에서는 의외로 할 일이 많았다. 부회장은 직원들의 승진과 징계를 다루는 인사위원장이기도 했다. 직원인 마필관리사들을 만나면 인사에 불만이 많았는데, 그래서 나름대로 인사문제를 공평하게 정리하고 싶은 생각에 인사위원장 자리가 마음에 들었다. 김점오 회장 체제에서는 특별한 사건 사고 없이 조용히 3년이 지나갔다. 그래서 우리 임원들은 김점오 회장님을 '복 회장님'이라고 불렀다.

김점오 회장 체제에서 마필조정위원회를 마주협회와 협의해 만들었는데, 나는 이 마필조정위원회는 상당히 효율성이 있어서 좋은 제도라고 생각한다. 조정위원회가 생기기 전에는 마필위탁관리계약 기간은 1년으로, 경마장의 모든 말은 마주와 조교사 간에 계약하면 1년 동안은 절대로 다른 조교사한테 옮길 수가 없었다. 그런데 이 제도는 계약 중 1년에 1회에 한해 조교사가 합의만 하면 조정위원회를 거쳐 이적할 수가 있다. 이 제도에 불만 있는 조교사도 있겠지만 조교사와 마주 간 갈등 시 말이 이동할 수 있는 통로를 만들어 놓아 좋은 점이 더 많다.

조교사 데뷔 10년 만에
조교사협회장 취임,
그리고 마사회장의 고소

조교사협회 김점오 회장님의 3년 임기가 끝나면서 나는 차기 회장 선거에 출마했다. 나에게는 조기협회에서 기수협회를 분리시킨 아킬레스건이 있기에 조교사협회 회장 출마 시 반대세력이 분명히 많을 것 같아서 고민을 많이 했다. 하지만 여러 조교사님의 적극적인 지지를 등에 업고 출마를 강행했다. 그리고 제10대 회장에 전폭적인 지지로 당선되는 영광을 안았다. 2006년 7월 1일, 조교사 데뷔하고 10년 만에 조교사협회 회장에 취임한 것이다.

2016년 제10대 조교사협회장 취임식장에서의 필자

2016년 4월 6일, 나는 조교사협회장 취임식에서 내외 귀빈과 500여 명의 직원 앞에서 취임사를 했다. 참 많은 생각이 떠올랐다.

그중 하나가 1998년 기수협회 독립 사건이다. 이전까지만 해도 조교사와 기수는 함께 '사단법인 조기협회'를 만들어 운영했으며, 나는 조기협회 임원이자 기수회 회장이었다. 이후 나는 기수들과 조기협회를 탈퇴하고 독립된 '사단법인 서울경마장 기수협회'를 만들었다. 이때 조기협회 임원들과 상당한 갈등으로 인해 개인적인 고초가 많았고, 또 나로 인해 조기협회는 직원을 구조 조정할 정도로 어려움이 있었다. 그런데 내가 조교사가 되어 조교사협회(당시 기수 단체가 탈퇴하면서 조기협회에서 '조교사협회'로 명칭 변경) 수장인 회장이 되었으니, 만감이 교차했다.

나는 회장 업무를 하며 여러 가지 공약 중 협회 사무국 구조조정부터 했다. 사무국 직원들에게는 인간적으로 미안하지만, 젊은 직원은 없고 고참 직원만 있다 보니 사무국의 임금이 비효율적으로 방만하게 운영되었고, 또 신인 조교사들이 사무국에 가면 안내를 제대로 못 받는다며 불평이 많았다. 그래서 구조조정을 통해 어느 정도 직원의 세대교체를 해 주고 싶었다. 나는 사무국 컨설팅을 한 후 사무국장을 비롯해 다섯 명의 명예퇴직을 받았다.

회장 임기 중 왜 이리 많은 일이 생기는지 나는 3년 내내 마사회와의 소송이나 법적인 문제를 해결하느라 숨 가쁘게 뛰어다녔다. 한때 우리 경마계는 마사회 H 회장님 부임 이후 각 유관단체에 고발이나 소송이 남발해 자주 시끄러웠다.

한 가지 예를 들면, 전임 김점오 조교사협회 회장 임기 중에 있었던 일이다. 마사회는 A 조교사가 관리하는 말에 경주 중 안장 없는 실수를 했다고 A 조교사에게 조교사면허 정지 1년의 중징계를 주었다. 게다가 그 경기에서 손해 본 것을 모두 A 조교사에게 손해 배상을 청구했다. 시행체인 마사회가 유관단체의 업무상 과실을 가지고 개인에게 손해 배상을 청구한 것은 경마 사상 처음 있는 일이었다. 이렇게 실수할 때마다 손해 배상을 청구하면 앞으로 겁나서 어떻게 기수를 하고, 조교사를 하라는 것인지 납득할 수 없었다. 그런데 어쨌든 마사회는 손해 배상을 청구했다.

난 조교사협회 회장으로서 마사회 H 회장님을 만날 때마다 손해 배상 청구 소송을 취하해 달라고 했다. 나는 이번 소송이 A 조교사 개인의 문제만이 아니라 앞으로 모든 조교사에게도 생길 수 있는 소지가 있다고 생각했다. 그래서 'A 조교사 소송 건'을 안건으로 조교사협회 총회를 열었다. 그리고 총회에서 이 소송 건은 조교사협회 차원에서 대응하기로 했다. 그리고 재판에 지더라도 모든 비용뿐 아니라 피해액에 대해서도 협회가 책임지기로 했다.

법원에서는 우리에게 손해액의 10% 정도인 3천만 원에 마사회와 합의를 보라고 했다. 나는 합의하면 선례가 되기에, 또 앞으로 마사회는 무슨 일만 생기면 소송부터 걸 것이기에 합의를 볼 수 없다고 했다. 그러고는 계속해서 마사회에 소송을 취하해 달라고만 요구했다.

회장인 나는 매번 재판 때마다 직접 재판장에 가서 재판의 흐름을 파악했다. 판사는 재판에서 우리 쪽에 유리하게 이야기하는 것 같았는데, 결론은 양쪽이 합의를 보는 게 좋겠다는 것이었다.

이렇게 재판이 2년간 진행되는 와중에 소송을 좋아하는 H 회장님은 마사회를 떠나고 김양호 회장님이 새로 취임했다. A 조교사 소송 건은 계속해서 재판 중이었는데, 나는 김양호 회장님을 만날 때마다 소송을 취하해 달라고 재차 요청했다. 김 회장님은 마사회 직원들의 보고에 따르면, 고소 취하 시 회장 자신이 배임죄에 해당된다고 해 곤란하다고 했다. 여러 대형 로펌에 자문해 봐도 배임죄가 성립된다고 하니 자신도 어떻게 해야 할지 당혹스럽다고 했다.

그래서 나는 제안을 했다. 법원의 합의 제안대로 우리가 마사회에 합의금 3천만 원을 줄 테니 소송을 취하하자고 했다. 우리는 소송만 취하하면 됐지 돈은 문제가 되지 않았다. 그런데 마사회 직원들이 이것 또한 나중에 배임죄가 될 수 있다고 한단다. 하지만 김양호 마사회장님은 고민 끝에 나에게 합의를 보자고 하셨다. 그래서 우리도 변호사 자문을 얻어 합의서를 작성하고 합의하게 되었다. 우린 돈과 관계없이 소송만 취하하면 되는 것이었으니, 우리 조교사협회로서는 목적을 이룬 셈이었다. 어려운 결정으로 소송을 취하해 준 김양호 회장님께 감사를 드렸다.

직전 H 회장이 마사회장으로 재직 시 자주 소송을 벌여 피곤했다. 고소와 소송이 자주 남발하다 보니 조교사협회장인 나에게도 수사기관에 민사, 형사로 고소를 한 적이 있었다. 나에 대한 고소행위를 보면서 참 황당하다는 생각이 들었다. 우리는 말(horse)로 먹고살며 경마장이 삶의 터전이다. 이런 우리를 상대로 경마 시행체인 마사회 회장이 사태를 원만히 해결할 생각은 하지 않고 우리를 상대로 고소를 하다니, 아무리 생각해도 H 회장은 마사회장님으로서 자격이 없는 사람이라는 생각이 들었다.

조교사협회장인 나를 고소한 이유는 이렇다. 지금 과천 서울경마장 경주로 안을 보면 알겠지만 작은 건물들이 있다. 그곳을 '위니월드'라고 하는데, 이 위니월드를 만드느라 새벽부터 경주로 안에서 공사를 했다. 사실 그 시간은 말들의 새벽 훈련 시간이어서 소음 때문에 훈련하던 말들이 놀라 사고가 날 뻔도 했다. 새벽 말 훈련 시간에 공사하는 것도 모자라 공사 차량은 막무가내로 말 훈련 중에 경주로를 막고는 지나갔다. 우리는 마사회에 새벽 훈련이 끝나면 공사해달라고 수없이 요청했다. 처음에는 우리의 요청을 어느 정도 들어주는가 싶더니, 어느새 공사가 우선이지 말 훈련은 모르겠다고 했다. 말과 기수가 다치면 누가 책임지려는 것인지 참으로 어처구니가 없었다.

하루는 한창 새벽 훈련 중이었는데 경주로 안으로 레미콘 차량이 들어오고 있었다. 우리로서는 황당한 일이었다. 더 이상은 말로 할 수가 없다고 판단해 나는 우리 안전요원 직원에게 지시했다. 말들의 새벽 훈련을 마칠 때까지는 레미콘 차량이 경주로로 지나가지 못하게 입구를 막으라고 했다. 경주로 입구를 막으니 레미콘 차량을 비롯한 공사 차들이 들어오지 못하고 길게 줄지어 밀렸다. 나는 새벽 훈련을 모두 마치고 시간에 맞게 통제했던 입구를 해제해 주었다.

얼마 후 마사회 측에서는 아무런 대화도 없이 나를 민사, 형사로 수사기관에 고소했다. 나는 고소장을 받고는 어이없어 마사회에 고소를 취하하라고 했다. 그런데 마사회는 절대 취하할 수 없다는 것이다. 나는 마사회 H 회장님을 만날 때마다 고소를 취하하라고 요구했다. 그랬더니 어느 날부터는 행사장에서도 조교사협회장인 나를 H 회장 옆에 접근도 못 하게 했다. H 회장이 나를 보면 짜증을 내니 직원들은 당연히 그럴 수밖에 없었을 것이다.

이번 마사회 고소 건에 대해 변호사들에게 자문을 구해 보니 민사, 형사 모두 내가 진다고 했다. 또한 마사회는 절대로 고소를 취하하지 않겠다고 해 답답한 노릇이었다. 더 이상 해결 방법이 진척될 수 없어 나는 나의 고소 건으로 조교사협회 이사회를 개최했다. 그리고 이사회에서 우리도 새벽 훈련장에 공사 차량이 드나들어 위험했고 말 훈련을 제대로 못 했다면서 똑같이 마사회 H 회장을 업무방해로 고소하기로 했다.

마사회에 우리 조교사협회 이사회에서 H 회장을 민사, 형사로 고소하기로 결정했으니 알아서 하라고 통보했다. 마사회는 깜짝 놀라는 듯했다. 내가 H 회장을 고소할 것이라고는 상상도 못 했는지 난리가 났다. 순간, 주도권이 나에게 왔다는 판단이 들었다. 그야말로 신의 한 수였다.

얼마 후 시간이 흐르자 마사회의 고발 건으로 수사기관에서는 나에게 조사를 받으러 오라고 했다. 하지만 나는 여러 차례 통보에도 출두하지 않았다. 이렇게 조사받으러 가지 않고 버티면서 H 회장을 우리가 고소하기 전에 빨리 먼저 고소 취하하라고 마사회에 강력하게 전했다. H 회장에 대해 업무 방해로 고소장을 제출하는 순간 우리는 서로 돌아오기 어려운 강을 건너는 것이라는 사실을 양측은 서로 잘 알고 있었다. 그래서 나는 최대한 고소장 제출을 압박용으로 제시하고는 기다렸다. 어쨌든 나에 대한 고소만 취하하면 되기에 마사회 측에 일이 더 복잡하게 꼬이기 전에 고소를 취하하라고 계속 종용했다.

마사회와의 한 치 물러섬 없이 신경전이 계속되던 어느 날, 마사회 측으로부터 제안이 왔다. 마사회 H 회장님의 자존심도 있으니 나보고 수사기관에 가서 한 번만 조사를 받으면 고소를 취하하겠다는 것이다. 그래서 나는 수사기관에 자문을 구했다. 내가 출두해서 조사를 한 번 받고 상대가 고소를 취하하면 어떻게 되느냐고 물었다. 이런 경우는 입건되는 것이라고 했다. 그러나 별문제 없이 사건은 종료된다는 것이다.

나는 여러 곳의 자문을 얻어 마사회에 통보했다. 수사기관에 조사받으러 가겠으니 조사받고 나면 곧바로 고소 취하하라고 했다. 그리고 난 오전에 수사기관에 가서 조사를 받았다. 오후에는 마사회 측에서 고소를 취하했다고 연락이 와 고소 사건은 이렇게 마무리되었다.

H 마사회장님의 소송 건에 대하여 나는 조교사협회 회장의 직분이 있었으므로 경마장 공사 차량을 막은 것은 말과 기수 그리고 우리 직원들을 보호하기 위한 행동이었고, 그것은 곧 한국 경마를 위한 일이었다. 그렇기에 H 회장이 고소를 취하하지 않는 한 나도 한 치도 물러설 수 없는 명분이 있었다. 마사회가 기수, 조교사를 상대로 하는 소송은 한마디로 갑질 중 최고의 갑질 행위다.

마사회에서 분리되며 받은 '제도전환합의서'

1984년 내가 경마장에 기수로 입사할 때 기수, 조교사, 마필관리사는 마사회 직원 신분이었다. 그리고 마사회 내에 속한 이들의 조직을 '조기단'이라고 했다. 조기단에는 단장님, 부단장님, 총무 등 임원이 있었다.

조기단은 직원이고, 모든 경주마는 마사회 소유였기에 조교사는 말 수급을 걱정할 필요가 없었다. 마사회에서 외국이나 국내에서 말을 구매해 오면 조교사들에게 공평하게 나누어 주어 관리하라고 했다. 추첨은 통 속에 번호 쪽지를 집어넣고 각자가 제비 뽑기식으로 뽑으면 그 말이 앞으로 자기가 관리하는 말이 되는 것이다. 조교사는 말 수급하기가 가장 어려운 일이다 보니 조교사 중에는 마사회에서 똑같이 분배해 주던 시절이 그립다고도 한다.

개인마주제는 1993년 8월 14일 시행되었다. 개인마주제가 시행되면서 마사회가 소유하던 모든 경주마는 개인이 소유하게 되었으며, 우리 마필 관계자(조교사, 기수, 마필관리사)는 마사회를 퇴직하고 조교사, 기수는 개인사업자로서 '조기협회'라는 단체를 만들었다. 마필관리사는 조기협회 직원으로 되어 있다.

개인마주제가 시행되면서 마사회는 경마를 시행하는 시행체로서 역할을 하고, 마주는 말의 주인으로서 말을 수급했으며, 우리 마필 관계자는 자기가 관리하는 말을 잘 관리해서 우승하여 상금으로 수입을 얻고 있다. 개인마주제 이후에는 각 단체가 서로의 위치에서 열심히 하니 우리 경마도 투명하고 공정한 경마장이 되었다.

1993년 개인마주제가 시행될 당시 우리 마필 관계자는 마사회에서 분리된 적이 없었기 때문에 상당히 불안하고 두려워했다. 그래서 마사회와 우리 조기협회(조교사, 기수 모임)는 불안을 해소하기 위해 '제도전환합의서'를 작성했다. 합의서의 주 내용은 우리 조기협회가 마사회에서 분리 운영되어도 앞으로 마사회 직원들이 받는 급여나 복지 등 모든 것을 마사회 직원과 똑같이 지급한다는 것이다. 그래서 수년간 경마 매출이 많이 올라 마사회 직원이 수당을 받거나 복지 혜택 등 새로운 제도가 만들어지면 우리 조기협회도 모두 똑같은 혜택을 받았나. 콩 하나를 먹더라도 마사회와 우리 조기협회가 똑같이 나눠 먹었으니 불평불만이 없었다.

그런데 우리의 생명줄과도 같았던 이런 제도전환합의서가 언젠가 우리 마필관리사 노조의 실책으로 폐지되었다. 제도전환합의서가 폐지된 과정은 이렇다. 1995년 어느 경마 날, 마필관리사들이 경기를 하기 위해 말을 끌고 관람대 지하 마도 예시장에 집결하고 있었다. 그런데 노조 집행부의 혼선으로 마필관리사들이 우왕좌왕하며 말들을 예시장 집결 시간에 맞추지 못하는 사태가 벌어졌다. 그로 인해 마사회는 신속하게 경마 중단을 선언했다. 그러고는 이 경마 중단의 모든 책임을 조교협회에 전가해 상당한 액수의 피해 보상을 요구했다. 이 사건으로 우리 조기협회와 마필관리사 노조는 피해액을 보상해 주지 않는 대신 우리의 제도전환합의서를 폐기하는 데 합의했다.

우리 조기협회(현 조교사협회)는 제도전환합의서를 폐기하는 바람에 너무 많은 것을 잃었다. 매출이 올라 마사회 직원들이 성과금을 듬뿍 받았다고 자랑할 때 우리는 손가락만 빨고 있다. 누구를 원망하랴!

우리들의 안전판
'부가순위 상금(경주 협력금)'

　우리 조기협회는 개인마주제가 되면서 기수와 조교사는 개인사업자로 신분이 바뀌었고, 마사회로부터 분리되어 나오며 제도전환합의서를 작성했다. 우리는 이렇게 신분이 바뀌면서 급여를 상금으로 받게 되었다. 마사회에서 경주 출마표에 상금을 걸어 놓으면 성적에 따라 마주협회로부터 조기협회가 넘겨받는다.

　이 상금에는 각각의 명칭이 있다. 그 명칭에 따라 경쟁성 상금과 비경쟁성 상금으로 나누어져 있다. '경쟁성 상금'은 경주 출마표에 보면 상금이 걸려 있는데, 이것을 '순위 상금'이라고 한다. 말이 출전하면 받는 경주 출전료와 기수가 매 경주에 출전할 때마다 받는 기승료도 경쟁성 상금이다. 이런 경쟁성 상금은 많이 출전하고 상금을 많이 획득하는 기수나 조교사가 가져가는 것으로, 상금을 많이 벌면 수득 금액이 상당히 크다.

이에 반해 우리 마필 관계자에게 '부가순위 상금'이라는 비경쟁성 상금이 있다. 과거에는 '경주 협력금'이라고 했다. 부가순위 상금은 조교사협회(과거의 조기협회) 직원인 마필관리사의 급여를 보전하기 위한 것으로, 부가순위 상금이 우리 조교사협회에 넘어오면 협회에서 일괄 공제하여 각 개인(조교사, 기수, 마필관리사)에게 각각의 몫으로 나누어 준다. 부가순위 상금은 직원인 마필관리사의 안정적인 급여인 것이다.

개인마주제를 시행하면서부터 약속하에 경쟁성·비경쟁성 상금을 유지해 왔는데, 어느 순간부터 마사회는 이런저런 이유를 대며 우리들의 비경쟁성 상금인 부가순위 상금을 없애려고 했다. 이 문제로 마사회와 마주협회를 비롯한 마필 관계자 단체는 매번 치열한 싸움을 해야 했다.

2008년도 마사회 경마 혁신안에 부가순위 상금을 대폭 삭제하는 내용이 포함된다고 했다. 그래서 서울마주협회를 비롯해 조교사협회, 기수협회가 똘똘 뭉쳐 '부가순위 상금 폐지' 저지 운동을 했다. 우리 조교사협회와 기수협회는 마주협회가 강력하게 반대하고 나가기에 마주협회를 믿고 따랐다. 마주협회는 강력한 회장단에 의해 2007년 12월 15~16일 경마를 중단시키는 힘을 발휘했다. 결국 마사회의 부가순위 상금 폐지안은 무산되었다.

우리 조교사협회와 기수협회의 큰집은 마주협회로, 그렇게 든든할 수가 없다. 말의 주인은 마주이기에 말을 관리하는 우리 기수·조교사·마필관리사를 위해서도 그렇고, 이 또한 마주를 위한 길이기에 마사회의 이런 정도의 외풍은 막아 주어야 한다. 마주협회는 우리 조교사협회, 기수협회의 맏형이라고 보면 된다.

마사회는 호시탐탐 우리의 부가순위 상금 제도를 폐지하려고 했다. 이 문제는 2007년 이후 10년만인 2018년에 또다시 '경마 개혁 혁신안'의 일환으로 들고나왔다. 일방적으로 우리 조교사협회와 기수협회에 이 상금을 점차적으로 없앤다는 것이다. 2007년에는 마주협회가 앞장서서 방어해 주어 큰 힘이 되어 무산시켰는데, 이번에는 마주협회가 마사회와 한패가 되어 우리를 죽이고 있었다.

나는 조교사협회 회장으로서 마필관리사 노조 그리고 기수협회와 함께 2018년 1월 8일 마사회의 '혁신안 무효화 비상대책위원회'를 구성했다. 큰집이라 믿었던 마주협회의 변신에 '역시 우리를 지키는 것은 우리밖에 없다.'며 마사회와 전면 투쟁을 벌였다.

새벽 훈련을 하다가도 우리 조교사, 기수 그리고 마필관리사는 마사회 직원 출근 시간에 맞춰 정문 앞에 나가 투쟁 집회를 했다. 그 추

2018년 1월 20일, 마사회 정문 앞에서 기수·조교사·마필관리사 등 400여 명이 모여
눈보라 속에서 집회했다.

위에 새벽 훈련도 힘든데, 우리는 매일 아침 정문 앞에서 집회했다.

1월 20일, 정문 앞에서 400여 명이 모여서 목청껏 구호를 외치는데, 눈보라가 세차게 내리쳤다. 우리는 더욱 힘을 냈다. 우리는 '우리만이 우리 자신을 지킬 수밖에 없다.'는 것을 새삼 깨달았기 때문에 그런지도 모른다.

우리의 압박에도 마사회는 꿈쩍도 하지 않았다. 마사회 이양호 회장은 얼굴 한번 보이지도 않고, 또 볼 수도 없었다. 당시 마사회를 지휘하고 있는 마사회 본부장한테 계속 이렇게 가면 경마가 파행될 수도 있다고 했다. 그러나 마사회 본부장은 경마를 중단하든지 파행을 하든지 알아서 하라며 회의장을 나가버렸다. 마주협회가 마사회 편에 서 있다 보니 우리를 더 가볍게 보는 것 같았다.

1월 20일 오후, 우리 조교사협회와 마필관리사 노조는 대의원 대회를 하기로 했다. 그리고 21일에 마필관리사 총회에서 파업인준을 받기로 했다. 노조 총회에서 파업인준을 받으면 합법적으로 파업을 할 수 있게 된다. 1월 21일 오전 11시, 마필관리사 노조 파업 찬반 투표 결과 90% 이상 찬성이 나왔다. 솔직히 나는 회장으로서 천군만마를 얻은 것 같아 투표 결과를 보고 받으며 쾌재를 불렀다.

마사회는 비상이 걸려 다시 우리와 협상을 했다. 우리의 요구를 들어주며 더 이상 물러날 곳이 없다고 했다. 나는 고민 끝에 각 단체가 원하는 것을 정리하고, 그것을 제시해 받아들이면 어느 선에서 마무리하려는 마음으로 마주협회를 끌어들였다. 나는 이대로 가면 경마 중단밖에 없다며 마주협회에 중재를 서라고 했다. 우리의 요구 건을 마주협회가 마사회에 전달하면서 어느 정도 실마리가 풀렸다.

이참에 우리는 이번 건에 대해 TF를 구성하자고 했다. TF에는 반드시 마주협회를 넣는다는 전제하에서 구성하자고 했다. 그래서 마사회, 마주협회, 조교사협회, 기수협회, 마필관리사 노조 등이 참석하는 TF가 구성되었다. 이 TF에서 2018년 이후의 부가순위 상금, 상금 책정 방식, 상금 지급 방식, 면허 등 모든 혁신안에 대하여 앞으로는 충분한 협의 후 시행한다는 문구를 작성했다. 이 합의문을 마사회에서 각 단체에 보내 주면서 2018년 마사회 혁신안은 일단락 지며 급한 불은 껐다.

우리들의 부가순위 상금은 안정성 급여다. 이런 안정성 급여가 없으면 기수와 조교사뿐 아니라, 특히 직원인 마필관리사에게는 생계보장 복리후생이 보장되지 않는다. 그렇게 되면 급여가 들쑥날쑥해 직장으로서 불안하게 된다. 마필관리사들의 급여가 안정되지 않으면 이직률이 높아지고, 이는 말과의 생활이 밀접한 우리 모두에게는 큰 문제가 된다. 마사회는 이제 더 이상 부가순위 상금 문제로 시끄럽게 하지 않았으면 좋겠다.

조교사협회의
10일간 노동부 특별 감사

　　일복이 많은지 나는 회장직을 수행할 때마다 할 일이 왜 이리 많이 생기는지 모르겠다.

　　부산 경남경마장 마필관리사의 자살로 부산 경남경마장 조교사협회가 노동부 특별 감사를 받더니 서울경마장인 우리에게도 불똥이 튀었다. 웬만하면 근로감독관이 잘 나오지 않는다는데, 부산 경남경마장 사태가 심각하다 보니 우리 서울경마장 조교사협회도 노동부에서 대대적인 특별 감사가 내려온 것이다.

　　2017년 11월 8~17일 10일간, 20명이 넘는 노동부 직원들이 사무실을 마사회 본관 회의실에 차려 놓고 우리 조교사협회를 감독했다.

감독하는 게 아니라 무슨 점령군처럼 조교사협회의 자료를 모두 거둬 가서는 소사했다.

조교사협회가 수십 년간 관행으로 알고 있었던 대부분의 일들이 불법이라고 했다. 우리 협회는 모든 게 마비되었고, 나는 회장이라는 죄로 감독관 앞에서 조사를 받았다. 황당했다. '황당해도 어쩌랴. 조사 잘 받고 마무리해 큰 피해 없게 잘 해야지.'

감독관은 우리 조교사협회를 조사하면서 크게는 다섯 가지를 처벌받을 수 있다고 했다. 첫째는 조조 출근에 대한 것으로 임금 미지급 건, 둘째는 최저임금법 위반, 셋째는 통상임금법 위반, 넷째는 산재 은폐 위반 등 줄줄이 나왔다. 하지만 우리는 그동안 법을 위반했는지도 모르고 운영해 왔던 것들이다.

감사 결과 조기협회에 부과되는 벌금과 과태료가 생각보다 많았다. 다행히 단장으로 오신 분이 그럴 수밖에 없는 마필관리사들의 직업 특성을 잘 이해했다. 그래서 조교사협회에 부과할 상당의 과태료를 적게 해 줘 많은 도움이 되었다.

몇 가지 위반사항을 살펴보면 다음과 같다.

첫째는 조조 출근에 따른 임금 미지급 건이다. 우리 조교사협회는 관행으로 새벽 일찍부터 말 훈련을 한다. 마필관리사들이 보통 새벽 6시부터 일을 하도록 되어 있는데, 각 조교사에 따라서 새벽 4시나 6시 사이부터 말 훈련을 하는 조들이 있다. 이런 조들은 조교사들이 먼저 나와서 일을 하라고 해 일찍 출근하는 경우도 있을 수 있고, 또는 마필관리사들이 자발적으로 나와 일하는 조들도 있다. 대부분 자발적으로 나와서 일하는 경우가 많은데, 문제는 강압에 의해 나와서 일하든 자발적으로 나와서 일하든 우리 조교사협회 마필관리사들의 출근 기록 카드를 모두 회수해 새벽 6시 이전에 출근한 직원들은 초과 근무한 것으로 보고 급여를 줘야 한다는 것이다. 그것도 3년 치를 줘야 한다고 했다. 우리 마필관리사 직원이 500여 명이다 보니 그 돈이 150억 원대가 넘었다. 그런데 우리는 출근 카드를 올해 것만 남기고 모두 없앤 상태였다. 3년 치를 조사해야 하는데 1년 치만 있으니 폐기한 2년 치 출근 카드에 대해서는 과태료를 부과하고, 자료가 남은 1년 치 기록만으로 미지급 임금을 지급하라고 했다. 지나간 출근 카드를 없앤 게 천만다행이었다.

둘째는 최저임금법 위반이다. 우리 직원인 마필관리사 월급은 주로 수당 위주로 되어 있다 보니 월급이 상당히 많음에도 최저임금법 기준에 미달한다는 것이다. 그래서 마필관리사들에게 미달하는 금액에 따른 보상을 즉시 처리해 주었다. 그러나 최저임금법은 보상해 줘도 입건되어 형사 처벌을 받아야 한다는 것이다.

우리 조교사협회는 경마 역사상 처음으로 10일간의 노동부 근로 감독을 아주 철저히 받았다. 긴장되고, 완전 죄인이 되어 숨 막힐 정도였다.

노동부 감사 결과 우리 조교사협회는 운영을 잘하고 있다면서, 그런데 지금과 같이 조교사협회에서 각 개인의 조교사에게 마필관리사를 파견하는 식으로 일하는 것은 자체가 불법이라고 했다. 하지만 관행적으로 이루어진 이 불법이 근로자를 위해서는 최고의 좋은 형태라며 근로감독관들도 이해를 못 하는 특수한 형태라고 했다. 최종적으로 임금 미지급 56억 원을 관리사들에게 지급, 조교사협회 과태료 5억 원 부과, 그리고 회장인 나는 세 건(통상임금법, 최저임금법, 임금 미지급 건)의 위반으로 조사받으라는 명령이 떨어졌다.

나는 이 모든 것을 조교사협회에서 해결할 능력이 없기에 회장으로서 우리 마필관리사 직원들 모두를 대강당에 불러 놓고 난상 토론을 했다. 여러 차례 질의응답과 토론한 결과 나는 우리 마필관리사들과 합의점을 찾았다. 56억 원의 임금 미지급 건은 5억으로 합의하고, 나에 대하여 조사 중인 세 건에 대해서는 우리 마필관리사 직원 개개인이 합의서, 탄원서, 고소 취하서를 만들어 노동부에 넘겼다.

나는 세 건의 입건으로 1년에 걸쳐 검찰 조사를 받았다. 이후 우리 직원들이 힘을 모아 제출해 준 합의서, 탄원서, 고소 취하서의 도움으로 하나는 공소권 없음, 두 건은 기소유예 처분을 받았다. 이번 사건을 놓고 변호사들에게 문의하니 너무 많은 수임료를 달라기에 변호사 없이 대처했는데, 사건이 잘 마무리되어 홀가분했다. 우리 마필관리사 직원들이 참 고마웠다.

우리에게 어울리지 않는
주 52시간 근무제

동물인 말과 생활하는 우리에게 정부에서 주 52시간 근무를 맞추라고 한다. 2024년부터 우리 조교사협회도 주 52시간 근무제를 맞추지 않으면 처벌한다고 하는데, 우리는 어떻게 해야 할지 답이 나오지 않았다. 마사회에 도움을 요청하니 마사회는 시간을 줄여서 일을 시키라고만 하고는 관심이 없다. 마주협회는 걱정이라면서 특별히 도와줄 게 없다고 했다. 마사회, 마주협회가 도와줄 대안이 없다고 하니 우리 조교사협회 자체적으로 해결하는 수밖에 없었다.

우리 조교사협회 마필관리사는 지금껏 주 68시간 일을 해 왔으며, 그에 맞게 수당을 합쳐 급여를 지불했다. 정부에서 말하는 대로 우리 직원들을 주 68시간에서 주 52시간만 일을 시키게 되면 마필관리사들의 임금이 그만큼 줄어든다. 큰일이다. 근로자가 갑자기 주 16시간의 수당을 덜 받게 되면 그만큼 가정 생활하는 데도 문제가 있을 수 있는데, 정부에서는 워라밸(일과 삶의 균형)이 더 중요하다고 판단하고 있는 것 같다.

주 52시간 근무제 시행 전에 안양노동청에서 오라고 해 청장과 면담을 했다. 주 52시간 근무제를 지난 6개월간 지키지 못한 회사들을 점검하면서 우리 조교사협회도 문제가 있어 청장이 직접 챙기는 것 같았다. 지청장과의 면담에 불려온 모든 회사가 주 52시간 근무를 맞출 수 있다고 했다. 그런데 나는 맞출 자신이 없다며 여러 가지 복잡한 현실을 얘기했다. 청장도 어렵겠다며 수긍하면서도 2024년 1월 1일부터는 지켜야 한다고 했다. 위반하면 기소시킬 수밖에 없다는 것이다.

마사회도, 마주협회도 마필관리사들의 정부 방침 주 52시간 근무제에 대한 해결 방법이 딱히 없기에 우리 조교사협회는 자체적으로 주 52시간 근무제를 만들기로 했다.

우리 조교사협회 직원은 사무국 직원과 마필관리사 등을 합쳐 500여 명이다. 법은 이 중 한 명의 직원이라도 주 52시간 근무 위반 시 처벌받는다는 것이다. 그래서 우리는 자체적으로 위반하지 않기 위한 시뮬레이션을 여러 번 돌려보며 연구했다. 결론은 각 조교사들의 마방 칸수를 먼저 조정하고, 그리고 배치시키는 방법이 최선인 것이었다.

우선 마방 칸수를 각 조교사에게 최대 35칸, 최저 24칸으로 설계했다. 그리고 법을 위반할 소지가 있는 최저 24칸의 마방에는 여덟 명의 관리사를, 최대 35칸에는 열 명의 관리사를 배치하는 마방 배치 방식을 만들어 마사회에 전달했다.

지금까지는 신인 조교사가 데뷔하면 마방 18칸을 주고 1년 후 네 칸을 더 주어 22칸을 운영했기에 신인 조교사는 마방 칸수 늘리기가 어려웠다. 그런데 주 52시간 근무제 덕분에 신인 조교사들은 24칸을 받아 좋은 여건에서 데뷔하는 행운을 얻게 되었다. 그리고 조교사마다 마방 칸수가 적게는 24칸에서 많게는 35칸으로 조정되다 보니 마방 칸수 보유가 항아리형으로 됨으로써 조교사들의 경쟁이 완화되는 효과도 얻었다.

아무튼 마방 칸수를 조절하고 관리사를 배치한 후 한 명도 주 52시간 근무제에 위반하지 않게끔 출퇴근을 정확히 관리하다 보니 서류상으로는 위반 사례가 한 건도 나오지 않았다.

결국 우리에게 주 52시간 근무제는 관리사들의 임금을 줄이는 안타까운 현실에 놓이게 되었으며, 우리의 말들은 그 만큼 마필관리사들의 손길이 덜 갈 수밖에 없는 상황이 되었다. 워라밸도 좋지만 먹고 사는 것이 더 중요하지 않나 생각해 본다.

마필관리사들의 '직급별 직함 부여 공표식'

조교사협회 부회장일 때 나는 아침 식사를 주암 구내식당에서 자주 먹었다. 식당에서 밥을 먹으며 관리사들의 이야기를 들어 주기도 하고, 밥을 먹고 나오면서 2주에 한 번씩은 관리사 노조사무실에 들러 차를 마셨다. 그러다 보니 노조 간부들도 나에게 많은 얘기를 하기도 하고, 건의도 했다. 그럴 때마다 내가 해결해 줄 수 있는 일이면 적극적으로 해결해 주려고 노력했다. 부회장으로서 한계가 있었던 일은 기억했다가 회장을 하면서 해결해 주었다. 내가 그만큼 노조와 가깝게 지냈기에 노동부 특별 감사 시 선뜻 우리 직원들이 탄원서,

합의서, 고소 취하서 등을 작성해 주어 심각한 일들이 기소유예로 마무리된 것이다.

우리 조교사협회에서 조교사는 개인사업자지만, 사무국 근무자나 마필관리사는 직원이다. 우리 직원인 마필관리사는 500여 명이나 되는 큰 조직인데도 직급이 없었다. 그간 직급을 만들어 달라고 했지만 실현되지 않았다. 내가 부회장일 때도 관리사 직급 문제를 해결하려 했는데 무슨 영문인지 실현되지 못했다. 나는 회장이 되고서 관리사들의 소원인 직급제를 강력히 밀어붙였다. 사무국 직원들에게는 노조의 의견을 많이 참조하라고 했다.

드디어 2017년 2월 20일, 우리 조교사협회 임직원이 모두 모인 가운데 기수협회 대강당에서 마필관리사들의 오랜 숙원인 '직급별 직함 부여 공표식'을 했다. 관리사들이 모두 감사해했다. 나는 인사를 받으며 오랜 염원이 해결되어 가슴이 뿌듯했다.

우리 마필관리사들은 직급 없이 일하다 보니 모두가 형, 동생, 아저씨 또는 이름에 '씨'를 붙여 불렀다. 아무리 오래 근무했어도 회사 내에서 '형'이나 '홍길동 씨'일 뿐이다. 함께 일을 하면서 그렇게 부르면 친근감이 있어 좋을지는 몰라도 몸으로 일하는 우리에게는 위계질서가 없어 보였다.

2017년 2월 20일, 직급 공표식에서 1급은 '기장'이라고 부르고, 2급은 부장, 3급은 차장, 4급은 과장, 5급은 대리, 6급은 사원 그리고 계

마필관리사 직급별 직함 부여 공표식에서 발표하는 필자와 마필관리사들

약직 직원으로 나누어 공표했다. 일반인이 들으면 지금은 직급을 파괴하는 시대인데 무슨 직급이냐 할지 모르지만 우리 마필관리사들에게는 필요했고, 소중한 것이라고 나는 생각했다.

사실 마필관리사들은 수십 년간 일하고 퇴직할 때 가족이 모두 모인 자리에서 직급이 없어 이름에 '씨'라고 부르며 행사를 했다. 먼저 퇴직한 마필관리사 선배들의 이야기를 들으니 평생을 경마장에서 일하고 퇴직하는데 직급도 없이 그렇게 이름을 불러 가족들 앞에서 좀 그랬다는 것이다.

직급 선포식 후 우리 관리사들은 팀장님, 부장님 등 직급을 부르며 근무하고 있다. 그리고 퇴직하는 마필관리사들도 자신의 직급인 부장님, 차장님을 불러 주어 가족들 앞에서 자랑스러웠다고 한다. 나는 마필관리사들의 소원인 직급제 실시는 아주 잘 한 것 같다.

경주로에서의
안전 장구 착용

경주로에서 새벽 훈련을 하다 보면 기승자들이 낙마하는 바람에 말 혼자 방마되어 뛰어다니는 것을 하루에도 몇 번씩 보게 된다. 주로에서 날뛰다가 말은 귀속성이 있어서 자기 마방으로 돌아가는데, 마방으로 뛰어가다가 미끄러지거나 다른 말에 부딪혀서 부상당하는 경우가 많다. 방마된 말 중에는 심하게 다쳐서 경주마로서 안타깝게 도태되는 경우도 종종 있다.

하루는 새벽 경주로에서 안전을 지키는 조교사협회 직원인 장정식 안전관리사가 말이 방마되어 뛰어다녀도 주로를 이탈하지 못하도록 경주로 입구에 큰 문을 설치하자고 했다. 말이 다닐 때는 문을 열어 놨다가 방마된 말이 달려오면 빨리 그 큰 문을 닫자는 것이다. 현실성이 있긴 하지만 과연 가능할까 싶었다. 그렇지만 일단은 실행해 보기로 했다.

장정식 안전관리사의 주문대로 말이 나오는 주로 입구에 큰 문을 설치했다. 주로에서 말이 방마되어 뛰어다니다가 주로 입구 쪽으로 달려오면 훈련을 보고 있던 사람들은 소리를 친다. 그러면 누구나 할 것 없이 주로 입구의 큰 문을 닫는 형식인데, 이렇게 문을 닫고 나면 말은 문 주위에서 사람들에게 잡히게 된다.

그동안 말은 경주로를 뛰어나와 자기 마방 쪽으로 달려가다가 주로 사고가 났는데, 이 큰 문 설치로 말들이 다칠 일이 거의 없어졌다. 제안했을 당시에는 큰 기대 없이 일단 한번 해 보자고 한 것이 큰 성과를 거두었다. 장정식 안전관리사의 아이디어가 우리 경주마들의 안전에 오늘도 아주 큰 역할을 해 주고 있다.

나는 회장으로서 직원들이나 말에 대한 안전에 신경을 많이 쓴다. 새벽 훈련 시 기승자가 낙마해 말이 방마되어 뛰어다니다 보면 말 안장이 돌아가 말의 배 밑에서 배를 치다 보니 말이 더 날뛰었다. 경주 때는 안장이 돌아가지 않게 말의 목과 안장 앞부분을 연결하는 '안장 고정대'를 사용한다. 그런데 새벽 훈련 시에는 이 고정대를 사용하는 말들이 없다. 바쁘다 보니, 또 매번 하기가 귀찮기도 해서 사용하지 않고 있다.

그리고 새벽에 주로에서 신미들을 훈련시키다 보면 신마들은 길을 잘 몰라 우왕좌왕하는 경우가 많다. 경주로에서는 말 등에 얹는 번호 잭킹 색깔로 신마인지 아닌지를 구별하는데, 신마는 검정 번호 잭킹을 하고 훈련한다. 이 번호 잭킹이 말 옆에서는 검정인지 잘 보이는데 뒤에서는 잘 보이지 않는다. 그러다 보니 앞에 가던 신마가 옆으로 사행할 경우 뒤에 따라오던 말이 놀라는 경우가 종종 있다. 앞서가던 신마의 사행으로 뒤의 말이 사고 날 뻔했으니 기승자가 쌍소리를 한다. 목숨과도 연결된 위험한 순간이다 보니 여기저기서 쌍소리에 큰 소리까지 치는 것은 어찌 보면 당연하다.

나는 '신마 훈련'이라는 표시를 뒤에서 오는 기승자가 잘 볼 수 있게 할 방법을 우리 직원들에게 연구해 보라고 했다. 여러 안건 중에 신마를 훈련시킬 때는 기승자가 노란색 가벼운 조끼를 입으면 어떻겠냐고 했다. 어두운 밤길에 노란색 조끼를 입으면 눈에 확 띄듯이 입어 보자는 것이다. 노란색 조기를 매번 신마 기승할 때마다 입었다 벗었다 하면 기승자의 불편함으로 불만이 있지 않을까 싶었지만 일단 시행해 보자고 했다.

그래서 새벽 훈련 시에 안장 고정대 매는 것과 신마 기승자는 노란색 조끼 입는 것을 임원 회의를 거쳐서 실행하도록 했다. 안장 고정대는 각 마방에 가지고 있는 숫자가 많지 않기에 한 달간의 유예

과천 서울경마장의 경주로

기간을 두고 이후부터는 미착용 훈련 시 인사상 불이익을 주기로 했다. 인사상 불이익을 준다고 해서 그런지 한 날도 안 되어 모두 안장 고정대를 착용해 훈련했다. 이후 새벽 훈련 시 방마된 말의 안장이 돌아가 있는 것을 거의 볼 수 없게 되었다. 신마 기승 시 노란색 조끼 입고 기승하는 것도 염려와는 달리 의외로 반응이 좋았다. 매번 옷 갈아입기 불편한데도 규정을 지키니 시끄러웠던 새벽 훈련 현장이 조용해졌다.

그리고 새벽 경주로 활용에 있어서도 안전에 대한 변화가 있었다. 부산 경남경마장에서 올라온 전승규 조교사가 과천 경주로에서 조교를 하면서 경주로 4코너 지점 내측에서 외측으로 펜스 없이 뻥 뚫려 있는 것을 지적했다. 그러면서 그 지점에 안쪽 주로에서 바깥 주로로 나가지 못하게 하면 좋겠다고 제안했다. 과천 서울경마장에서 말을 타는 우리는 그 생각을 한 번도 하지 못했기에 한번 해 보자고 했다. 전승규 조교사 의견대로 임시 펜스를 설치했더니 말을 훈련시키는 기승자들이 좋다고 했다.

경마는 말과 기수에게 사고가 많은 편이다. 사고를 줄일 수 있는 방법이 있다면 무엇이든 해야 한다. 사고 없는 경마장을 만들기 위해서는.

팬데믹 코로나19에도 우리 경주마는 달렸다

　　전 세계적으로 불어닥친 코로나19 팬데믹으로 2020년 연초부터 나라가 어수선했다. 조교사로서 말 목장에 다녀야 하는데 사람을 만날 수가 없으니……. 코로나19 속에서도 사람들이 많이 모이는 우리 경마장은 아슬아슬하게 운영되고 있었는데, 언제 중단될지 모른다고 했다. 토요일 경마를 하면서도 불안불안해하며 마무리했다.

　　TV에서 경북 대구가 코로나19로 심각하다고 하더니 기어코 우리 경마장에도 우려하던 것이 현실이 되었다. 2020년 2월 23일 일요일 아침, 일요일 경기를 취소한다는 뉴스가 나왔다.

일요일 경마가 취소되었지만 한 주, 두 주 연기하며 곧 재개할 것 같은 희망을 가졌는데, 곧 '무기한 경마 중단'을 발표했다. 경마를 해야 먹고사는 우리들에게는 충격적인 소식이었다. 경주가 중단되었기에 말 훈련을 건성으로 했는데, 4개월 만인 6월 20일(토) 경주가 재개되었다. 그리고 또다시 경주가 중단되었다를 반복하다가, 10월 10일에 또다시 우리 경마는 재개장했다. 세상이 코로나19로 인해 미래가 불투명해지다 보니 일시적이지만 개장한다는 자체가 고마울뿐이었다.

우리나라 경마는 코로나19로 휴장하면 아무것도 할 수가 없었다. 그런데 홍콩이나 일본, 미국 같은 나라는 마권을 온라인으로 발매할 수 있기 때문에 무관중으로 계속 경기를 했다. 외국은 코로나19 상황에 오히려 경마 매출은 더 올랐다고 했다. 하지만 우리 한국은 온라인 마권 발매가 불가능해 경마를 중단했다. 이렇게 되면 우리 말들의 사료비나 기수, 조교사, 마필관리사 들의 생활비는 어쩌란 말인가! 마사회 직원들은 월급을 받을 수 있지만 우리는 경기를 하지 않아 상금을 주지 않으면 먹고살 수가 없는 아주 심각한 상황이 되었다.

결국 우리도 무관중 경마를 하기로 했다. 코로나19로 관중을 불러 모을 수가 없으니 무관중 경마를 하는 것인데, 실제와 같이 상금을 걸어 놓고 전력 질주하는 경기를 했다. 관중이 없어서인지 똑같은 경기인데도 조교사 입장에서 강압감이나 스트레스가 덜 쌓였다. 매번 경주 때마다 승패에 따라 조교사는 천당과 지옥을 몇 번씩 오르내렸다. 무관중 경마에서는 이상하게 그런 스트레스가 없었다.

코로나19 상황에서 무관중 경마를 했기에 말들의 컨디션도 유지되었고, 상금도 받아 생활할 수 있어서 다행이었다. 마사회에서는 매출이 없어서 그동안 적립해 놓은 비축금을 모두 소진했다고 한다. 그렇게라도 했으니 지금의 우리 경마가 다시금 관중들을 불러 놓고 개장하는 데 지장이 없는 것이다. 감사할 따름이다.

우리는 코로나19라는 복병으로 경마장의 존폐 위기까지 경험했다. 그런데 이렇게 다시 정상적으로 경마가 시행되어 참으로 감사하다. 만약 영원히 경마장을 폐쇄했다면 지금의 우리는 어떻게 되었을까? 우리는 경마를 공정하고 투명하게 잘 진행해 팬들로부터 사랑받는 한국 경마가 되도록 부단히 노력해야 한다.

기수·조교사의 승수 쌓기, 400승은 언제?

2024년 새해 첫 주 경주가 시작되었다. 나는 작년 연말에 399승으로 마감해 1승만 더하면 400승을 할 수 있다. 우리 기수, 조교사는 우승으로 먹고사는 직업이다 보니 승수에 민감하다.

1월 첫 주(6~7일)에 출전하는 나의 6조 애마들을 보니 6일(토)에 출전하는 다섯 마리의 말 중 우승 가능성이 있는 말들이 몇 두 보였다. 내심 나는 우리 6조 직원들과 '못해도 1~2승은 하겠지' 하면서 기대에 부풀어 경주를 지켜보았다. 1경주에서 '금악명장'이 3등을 왔다. 생각보다는 못 뛴 것 같아 아쉬움을 남기고, 다음 3경주 '금악진주'의 경기를 지켜보았다. 금악진주가 선행을 수월하게 나간다면 우승을 기대할 수 있는데 선행을 못 가 3등을 오고 말았다. 4경주에 출전한 '차돌런'은 우승을 기대하지 않던 말인데 5등을 왔다. 우승마와 별 차이 없이 의외로 잘 달려 주어 5등을 왔기에 오히려 아쉬움이 남는 경주였다. 조금만 더 행운이 따랐으면 우승도 할 수 있었다는 생각이 들었다. 5경주에 '금악다이아'가 출전했다. 금악다이아는 6군에서 2등 두 번의 성적으로 5군에 승군해 이번 경기가 승군전이었다. 새벽 훈련을 하는데 많이 좋아졌기에 내심 우승도 기대하며 출전시킨 말인데, 금악다이아마저 실망을 주며 허우적거리다 5등을 왔다.

오늘의 경주에서 나의 6조 말 중 이제 남은 경기는 7경주 '문학이글'이다. 우승을 가장 기대하는 말이다. 문학이글이 안쪽 게이트이고 무난히 선행 가서 우승할 것이라고 믿으며 지켜보고 있었다. 문학이글은 발주대에 먼저 들어가서 오랫동안 있었는데, 마지막 말이 너무 늦게 발주기에 들어오고 있었다. 발주기에 먼저 들어가 있는 경우, 다른 말이 너무 늦게 들어오면 먼저 들어가 있는 말들은 멍하니 있다가 늦발주하는 경향이 있기에 나는 불안함을 느꼈다. 이제 말들이 모두 들어오고 게이트문이 열리는데, 맨 마지막에 들어간 말이 쏜살같이 앞으로 튀어 나가고 문학이글은 약간 스타트가 늦었다. 결국 문학이글은 선행도 가지 못하고 3등을 왔다. 경주 후 기수에게 물어보니 발주대에 먼저 들어가 오래 있다 보니 스타트 나올 때 문학이글이 맹했다는 것이다. 발주기에 너무 오래 있다 보니 맹해졌는데, 우리 기수들은 이럴 때 말이 졸고 있다가 스타트했다고 말한다. 속된 말로 문학이글은 먼저 들어가서 졸고 있다가 스타트 한 것이다.

6일(토) 경주에서 우승을 하나도 하지 못해 나의 400승 달성은 날아가고, 나의 새해 첫 경주는 완전 폭망했다. 기대가 너무 컸기에 실망도 두 배로 큰 것 같았다. 다음에 어느 말이 400승을 달성해 줄지 기대하면서 기수 시절 또는 조교사 하면서 첫 승이나 100승, 200승, 300승을 달성해 주었던 말들의 자료를 찾아봤다. 이러한 승수에서의 우승마는 영원히 기록에 남기 때문이다.

기수로서 첫 우승마는 1985년 10월 13일 데뷔하고 2주 만인 1985년 10월 27일에 기승해 우승한 '은반계'였다. 은반계는 작은 암말로 소위 꼴통 말이어서 나를 주로에서 많이도 내팽개친 말인데, 영광스럽게 첫 우승을 안겨 주었다.

그리고 견습 기수로서 딱지를 하나씩 떼어주는 21승은 '소망'이 1986년 9월 7일 해 주었고, 31승도 또한 1986년 10월 24일 소망이 해 주었다. 견습 기수에서 기성 기수가 되는 마지막 단계인 41승은 1987년 3월 1일 '노들강변'이 해 주었다. 1985년 10월 13일 기수로 데뷔하고 1년 5개월 만에 41승을 달성해 그래도 빠르게 견습 기수에서 벗어나 기성 기수가 되었다. 기성 기수가 되면 이제는 경기에서 핸디를 받지 않다 보니 대부분 기수가 고전할 때 나는 오히려 우승을 많이 하며 기수로서 잘나갔다.

100회 우승은 1988년 5월 21일 밤색의 예쁘장한 말인 '성춘'이 해 주었다. 그리고 200승은 1992년 10월 31일 '전위대'가 해 주었고, 300 승은 1군 말로서 능력 있는 '밝은전망'이 해 주었다. 우승 횟수를 올려 가며 잘나가다가 360승에서 나의 우승 행진은 멈췄다. 그 이후 나의 기수 성적은 안타까웠다. 그 모든 것이 기수협회 독립 때문이었다.

1998년 5월, 나는 앞장서서 기수협회 독립을 추진했다. 기수협회 를 독립시킨 결과 조교사들과 척을 지게 되어 기수로서 거의 경주에 출전할 수가 없었다. 1998년 5월부터 기수 은퇴하는 2006년 6월 30 일까지 약 8년간 기수 성적인 우승을 아홉 번밖에 하지 못했다. 8년 간 기수라는 직업을 폐업한 것이나 마찬가지다. 그래서 난 아쉽지만 22년간 기수 하면서 총 369회 우승 기록을 남기고 은퇴했던 것이다.

2006년 7월 1일, 조교사로 데뷔했다. 조교사 데뷔하고 첫 우승을 7 개월 만인 2007년 1월 14일 '지구상위력'이 해 주었다. 100회 우승은 전혀 생각지도 않은 '제트삭스(기수 부민호)'가 해 주었으며, 200회 우 승 또한 생각지도 않은 2016년 1월 9일 '이글삭스(기수 박태종)'가 해 주었다. 300회 우승은 2022년 2월 21일 '그레이스퀸(기수 유승완)'이 인기마로서 멋지게 달성해 주었다.

나는 운 좋게도 40년을 넘게 경마장 생활을 하면서 100승, 200승, 300승을 달성할 때마다 아홉수에 걸려 헤매지 않고 무난히 통과했 다. 조교사로서의 400승도 어느 말이 우승해 줄지는 모르겠지만 수 월하게 달성해 줄 것이라고 믿어 의심치 않는다.

400승을 안겨 준
'차돌다이아', 멋져부러!

2024년 1월 첫 주 경기에서 나의 400승 달성은 무난할 것이라 기대했지만 최악의 성적으로 400승 달성은커녕 머리만 띵하게 아프고 마음만 썰렁했다.

2024년 1월 13일 토요일 경마 날, 매번 느끼지만 경마 날은 참 빨리 다가오는 것 같다. 이번 주에 출전하는 나의 말들을 보니 수월하게 우승할 수 있는 말이 눈에 띄지 않았다. 그래도 조금 우승 가능성을 보이는 말은 오늘 토요일 출전하는 '차돌다이아'와 일요일 출전하는 '강한퀸'이다. 지금껏 차돌다이아나 강한퀸은 선행으로만 우승했다. 이번 경기는 선행 가기도 어려운 경기지만 그래도 나의 말들이니까 혹시나 하며 기대해 보는 것이다.

드디어 9경주 1천200m 발주기 문이 열렸다. 차돌다이아가 쏜살같이 튀어나와 수월하게 선행을 갔다. 나는 막상 차돌다이아가 선행 가는 것을 보면서도 우승한다는 자신보다는 초조하게 4코너 돌 때까지 응원을 했다. 차돌다이아가 라스트에 접어들었는데 자세가 흐트러짐 없이 잘 달리고 있었다. 결승선 전방 300m 지점에 다다르며 나는 차돌다이아의 우승을 예감했다. 그리곤 힘껏 차돌다이아를 외쳤다.

"차돌다이아, 차돌다이아!"

차돌다이아는 여유 있게 다른 말들을 따돌리며 결승선을 가장 먼저 통과했다. 이번 경기는 차돌다이아한테는 4군 승군전이기 때문에 힘든 경기였는데, 다른 경기 때보다 더 잘 달려 주어 진짜 실력으로 우승해 준 것이다.

나의 조교사로서의 400승은 이렇게 차돌다이아가 감동을 주며 달성해 주었다. 차돌다이아의 전은영 마주님도 앞에서 우승 장면을 보고는 나에게 축하를 해 주었다. 400승을 달성해 준 차돌다이아가 너무나 고마웠다.

그리고 다음 날 일요일 8경주에는 강한퀸이 출전했다. 강한퀸도 선행만 잘 나가 준다면 우승 가능성을 볼 수 있는데, 강한퀸의 안쪽 게이트에 있는 말들이 스타트가 더 빠른 것 같아 숨죽이며 지켜보았다. 역시 외곽 번호인 강한퀸이 선행을 나가지 못하고 중간 무리에서 경기를 펼치고 있었다. 나는 속으로 '5위 안에 들기도 어렵겠구

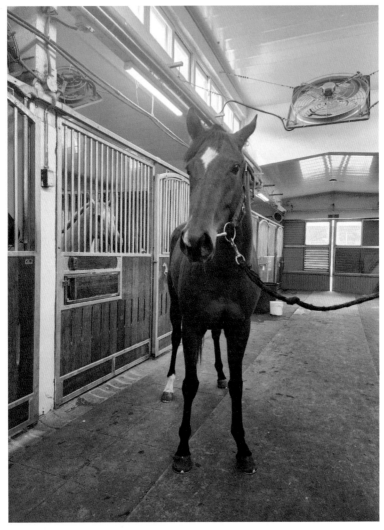

조교사 400승을 안겨 준 차돌다이아(마주 전은영)

나.' 하며 실망감으로 경기를 지켜보았다. 강한퀸은 추입으로 우승을 한 적이 없었기 때문이다. 그런데 4코너를 돌아 라스트에서 조금씩 앞으로 치고 나오고 있었다. 강

한퀸이 조금씩 치고 올라오는 것을 보면서도 우승에 대한 기대는 없었는데, 결승선 전방 300m 지점에서부터 치고 올라오는 탄력이 예상치 않았다. 순간 나는 "왔구나!" 하는 소리가 절로 나왔다. 앞의 말들은 서서히 서고 있고, 강한퀸은 탄력을 받아 제일 먼저 결승선을 통과했다. 강한퀸이 중간 무리에 따라가다가 라스트에서 모두의 예상을 깨고 멋진 추입으로 우승한 것이다. 강한퀸의 멋진 '추입 우승'은 경기 내용이 좋아서 3군에 승군해서도 좋은 성적을 낼 것 같다는 생각에 더욱 기분이 좋았다.

솔직히 이번 주는 우승을 확신한 말이 없었는데 어제는 차돌다이아가 우승을 해서 400승을 달성해 주었고, 오늘은 강한퀸이 우승하여 401승을 달성해 주었다. 승부의 세계는 우승만이 살길이다. 우승은 나에게 엔도르핀이 팍팍 돌게 해 준다. 차돌다이아와 강한퀸은 나의 가슴을 뻥 뚫어 주었다.

태어나 육성 심사를 거쳐 경마장에 입사하는 경주마

과천 서울경마장에는 1천400여 마리의 말이 경주마로 활동하고 있다. 외부 마사 제도를 활용하기 위해 휴양마로 돌리는 말까지 합치면 1천700마리 정도가 된다.

사람들은 대부분 경마장 말들이 외국산 말인지 알고 있는데, 실제로는 대부분 국산마다. 과천 서울경마장의 말들을 보면 국산마가 75%, 외국산마가 25%의 비율로 운영되고 있다.

경마장의 경주마들은 육지에서도 태어나지만 대부분 제주도에서 생산된 말들이다. 말은 커다란 동물이어서 임신 기간이 11개월이

전북 장수 육성 목장 마방. 어린 말들은 육성 목장에서 훈련 받고 심사 후 합격하면 경마장에 입사한다.

다. 사람보다 한 달 더 엄마 배 속에 있다가 11개월 만에 세상으로 나온다. 이렇게 태어나 6개월 전후의 밀들을 '딩세마'라고 하고, 18개월 전후의 말들은 '1세마'라고 한다. 말의 나이는 우리나라 같은 북반구의 말들은 매년 1월 1일부터 한 살 더 먹고, 남반구의 말들은 7월 1일이 지나야 한 살 더 먹는다.

경마장에서 활동하는 말들의 품종을 '더러브렛'이라고 하는데, 더러브렛은 빠르면 18개월령부터 장구순치, 환경순치, 기승순치 등 훈련에 들어간다. 경마장에는 만 24개월이 지나야 입사할 수가 있기에 들어오기 전에 훈련을 받아야 한다. 우리나라에는 제주와 전북 장수 두 곳의 마사회 육성 목장에서 어린 말들을 조련사들이 훈련시킨다. 사람으로 치면 유치원에 다니는 것이라고 생각해도 좋을 것 같다.

제주나 장수의 육성 목장에는 조련사들이 활동하고 있으며, 나의 말들은 장수 육성 목장에서 김용선·서보엽 조련사가 관리하고 있다. 어린 말들이 육성 목장에서 훈련을 받고 육성 심사에 합격하여 경마장에 입사하면 우리는 관리가 한결 안전하고 편해서 좋다. 훈련이 전혀 되지 않은 생망아지를 경마장에 들여오면 기초부터 가르치는 것이 쉽지도 않을뿐더러 우리 직원들의 사고율도 높기에, 이렇게 육성 심사에 합격해 들어오는 게 여러 가지로 좋다.

오늘은 눈발이 날리는데 문금철 마주님, 송한우 마주님과 함께 마사회 장수 육성 목장에 갔다. 그리고 두 분이 위탁해 놓은 말들과 만났다. 어린 말들이 훈련받으며 잘 자라고 있어 기분이 좋았다.

　이제 말들이 육성 심사에 합격하면 과천 서울경마장으로 올라올 텐데, 우리의 어린 말들을 훈련시키는 김용선 조련사와 서보엽 조련사에게 망아지들 잘 부탁한다며 장수에서 유명한 한우에 소주 한잔을 곁들였다. 창밖에는 포근한 눈이 내리고 있다.

말따 함께 4년 롱대우의 경마장 해방일지

3장
나의 사랑하는 애마,
그대가 있었기에

회색 신사 최고의 추입마, 999배당 터트린 '두발로'

두발로는 키가 늘씬한 회색 말이며, 귀공자 스타일로 아주 잘 생겼다. 뚝섬 시절 단일마주제일 때는 경주마가 모두 마사회 소유였다. 당시 고 박원선 조교사님이 호주로 경주마를 구매하러 갔을 때 마사회에서 승용마도 한 마리 사 오라고 해 경주마와 함께 들여온 말이 두발로다.

경마장에는 경주마만 있는 게 아니다. 한쪽에 승마 훈련원도 있어서 승용마도 있다. 호주에서 함께 온 말들은 모두 경주마 마방으로 갔지만 두발로는 승마용으로 들여왔기에 외로이 승마 훈련원으로 갔다.

두발로가 머리를 높이 들어서인지 승마 훈련원 원장은 "승마용 말을 구해 오랬는데 머리도 높고 허리도 나쁜 못 쓰는 말을 사 왔다."고 불평불만이었다. 그러고는 승용마로 적합하지 않으니 폐마시키는 게 좋겠다고 했다. 이에 두발로를 직접 구매하신 박원선 조교사님은 화가 나서 경주마로 활용하자고 제안했다. 그래서 두발로는 졸지에 경주마로 변신하게 되었다(단일마주제하에서는 승용마나 경주마 모두 마사회 소유이기에 가능했다.).

내가 두발로를 처음 만난 건 2년 차의 신인 기수로 박원선 조교사님 소속 조에 발령을 받으면서다. 그 당시 두발로는 10군에서 1승을 하고 있었는데, 9군으로 승군하고는 경주에 나가면 인기는 좋았다. 그런데 고참 지용철 기수가 타고 늘 4등이나 5등을 오고 있어 능력 없는 말인가 하는 생각이 들게 했다.

좋은 성적을 내지 못하는 말이다 보니 조교사님은 후임 기수인 나에게 두발로를 태웠다. 나는 두발로와 새벽 훈련을 했다. 훈련하면서 보니 두발로는 키도 멀대같이 큰데 머리를 하늘로 높이 쳐드는 나쁜 버릇이 있었다. 머리 쳐드는 말은 훈련하기도 까다롭고 잘 뛰지도 못하는데, 어쨌든 나는 두발로를 타고 경주에 출전하게 되었다.

경주에 출전하기 전 조교사님에게 작전 지시를 받으러 가니 조교사님은 특별한 지시 없이 그냥 열심히 타라고 하셨다. 지용철 선배에게도 찾아가니 두발로에게 기대하지 않고 있는 눈치였다(그 당시는 후배 기수가 경주에 출전할 때는 조교사님과 선임 기수를 만난 후 출전하러 가야 했다.)

1천200m 경주, 게이트를 출발했다. 그런데 두발로는 다른 말을 따라가지 못했다. 나는 두발로와 맨 뒤에서 열심히 몰고 가고 있을 뿐이었다. 그러던 두발로가 4코너를 도는데, 갑자기 힘이 생겼는지 앞으로 쭉쭉 치고 나갔다. 나는 뭐가 뭔지도 모르고 말 위에서 채찍질을 열심히 했다. 그리고 두발로는 팬들의 환호성 속에서 결승선을 먼저 통과하며 우승했다. 두발로의 깜짝 우승에 기대 없이 기승한 나도 놀라고 모두가 놀랐다. 인기마가 아니었기에 배당을 보니 소위 999배당(99배 이상을 말함.)이 터졌다.

경주마는 보통 4~5세가 전성기인데 그때 두발로의 나이는 여섯 살이었다. 경주마로서도 노년기에 접어든 나이이다. 이렇게 깜짝 우승하고 난 후, 멋진 추입마 두발로는 기수인 내가 조정하는 데로 말도 잘 들었다. 경주에서 꼴찌 오고 싶으면 수월하게 꼴찌를 오고, 입상하고 싶으면 또 입상도 수월하게 했다. 소위 우리 기수들은 이런 말을 승부기가 아주 좋은 말이라고 하는데, 정말로 두발로는 내가 기승하고부터 나와 호흡이 착착 잘 맞았다. 어찌 보면 나와 찰떡궁합이었다.

당시에는 경주 출전 시 말 등급을 10군부터 시작했다. 그런데 두발로는 어느새 3군, 2군에서 우승하고 1군으로 승군하고 난 후 1군에서도 거침없이 내리 3연승을 했다. 이렇게 두발로는 강자들을 모두 이겨 주위를 놀라게 했다. 그러니까 두발로는 3군부터 내리 5연승을 한 것이다. 승마 훈련원에서 퇴짜 맞고 도태시켜야 한다기에 경주마로 한번 활용해 보자고 데려온 것이었는데……. 경주마 최고의 클래스인 1군에서도 우승을 세 번이나 했으니, 이제 두발로는 경주마로서 최고의 인기마가 되었다.

두발로가 내리 5연승을 하고 인기 절정일 때인 1987년 12월 13일, 한 해 최고의 말을 뽑는 그랑프리 대회가 잡혔다. 나는 두발로와 그랑프리 경주에 출전하기로 하고 맹훈련을 하고 있었다. 그런데 문제가 생겼다. 그랑프리가 있기 한 주 전에 공교롭게도 나는 경주 중 진로 방해로 기승 정지 제재를 받았다. 그랑프리 출전하는 날이 기승 정지 기간이기에 나는 두발로를 타고 경주에 출전할 수가 없게 되었다(그 당시는 지금과 같이 기승 정지 유예기간이 없어서 제재를 받으면 다음 주부터 즉시 효력이 발생했다.)

나는 기수대기실에서 두발로의 그랑프리 경기를 지켜볼 수밖에 없었다. 두발로는 다른 기수를 태우고 맥없이 꼴찌를 왔다. 두발로 어깨가 죽 처져 보였다. 경기를 지켜보던 나도 힘이 쭈욱 빠지는 것 같았다. 이렇게 두발로의 그랑프리 경기는 나에게 많은 아쉬움을 주었다.

1988년 새해가 밝았다. 두발로는 지난 그랑프리 경주의 아픔은 잊었는지 1월 24일 1군 경기에서 나를 태우고 쟁쟁한 상대들을 가볍게 제치고 우승했다. 두발로는 승승장구하며 명마로 변신하고 있었다.

그런데 이런 두발로에게 먹구름이 덮쳐 왔다. 어느 날 마필관리사가 두발로 마방에 물통이 비었기에 물을 달아 준다고 들어갔다가 나오면서 마방 문을 닫지 않은 것이다. 순간 두발로는 마방 밖으로 뛰쳐나갔다. 두발로는 미친 듯이 날뛰어 다니다가 마방 주위 아스팔트 위에서 쭉 미끄러지는 큰 사고를 당하고 말았다. 덩치 큰 말이 그렇게 미끄러졌으니 상상만 해도 끔찍한 일이다.

두발로는 걸을 수는 있어서 마필보건소에 데리고 갔다. 온몸이 피투성인 두발로를 보면서 수의사들도 경주마로는 어려울 것 같다고 했다. 두발로의 몸 반쪽 살이 군데군데 다 떨어져 나갔고, 뼈가 보일 정도로 엉망이었다. 수의사들은 다행히 뼈는 이상 없는 것 같으니 온몸의 상처 부위를 상하지 않게 하는 게 급선무라고 했다.

저 덩치 큰 말의 반쪽이 상처투성이인데 상처 부위를 상하지 않게 하라니, 참 답답한 노릇이었다. 조교사님은 궁리 끝에 아주 커다란 비닐봉지를 가져와서 최대한으로 두발로의 몸을 감쌀 곳은 다 감싸주었다. 그리고 비닐봉지 안으로 작은 조각 얼음을 퍼 넣었다. 날씨가 더워서 조각 얼음은 금방 녹았지만 그래도 이런 방법밖에 할 수가 없었다. 우리는 하루 종일 교대로 한 사람은 두발로를 앞에서 잡고 있고, 다른 관리사는 얼음 넣기를 반복하며 며칠을 지냈다. 수의사가 보더니 좋아질 것 같다고 했다. 얼마 후 수의사는 우리가 정성을 다해 치료한 덕에 살이 썩지 않고 완쾌되었다고 했다.

몇 달 후, 회복한 두발로는 다시 경주에 출전하게 되었다. 그러나 6등 이하로 세 번 꼴찌를 왔다. 당당했던 두발로가 한 번의 대형 사고로 경주마로서의 능력을 발휘하지 못하고 있었다. 그 당시에는 성적이 6등 이하로 연속해서 세 번 꼴찌를 오면 한 등급 강등되었다. 그래서 두발로는 1군에서 2군으로 강등당하는 수모를 겪었다. 관리사의 한순간 실수로 명마가 될 수 있었던 두발로의 생이 망가져 가고 있었다.

그래도 한때는 두발로가 1군에서도 우승을 여러 번 했던 전력이 있어서 그런지 강등되고는 2군 약한 경주에서 등수 안에 왔다. 매 경주 출전해 5등, 4등 그리고 2등도 왔다. 성적이 조금씩 좋아지기에 나는 조교사님께 경주에 참가하는 데 의미를 두고 1989년 일간스포츠배 대상 경주에 두발로를 출전시켜 달라고 했다.

뚝섬경마장이 과천으로 이사 와서 과천 서울경마장 개장 기념 첫 대상 경주로 일간스포츠배가 열리는데, 출전 자격이 2군마였다. 다행히 두발로는 2군마였다. 조교사님은 나가서 꼴찌 와서 망신당하는 것보다 일반 경주에서 좋은 성적을 내라고 하셨다. 하지만 나는 다시 조교사님을 졸랐다. 결국 조교사님은 두발로를 일간스포츠배에 출전시켜 주셨다.

1989년 9월 24일, 과친 서울·경마장 개장 기념 일간스포츠배 대상 경주에서 나의 두발로는 인기가 없었다. 말 그대로 참가하는 데 의의를 두었다. 1천900m 경기, 두발로는 게이트를 박차고 나왔다. 다른 말들은 모두 앞에 가는데, 두발로는 몰아도 앞으로 나가지 못하고 뒤따라갔다. 나는 두발로의 습성을 누구보다도 잘 알았다. 그래서 서두르지 않고 편하게 갔다. 어차피 4코너에 가면 말들이 뭉치니까 그때 무리수를 두어 보자는 생각으로 열심히 따라갔다.

그런데 3코너를 지나는데 두발로의 안 좋았던 부위가 풀렸는지 생각보다 잘 달렸다. 나는 순간 느낌이 좋았다. 4코너를 돌기 직전까지 오니 예상대로 말들이 뭉쳐 있었다. 나도 어느덧 중간 조금 뒤의 무리에 섞여 있었다.

말이 뭉쳐 있는 상황에서 외곽으로 뺄 것인지 안으로 뚫고 나올 것인지 고민하는 순간, 나는 '에라 모르겠다!' 하고는 크게 소리 지르며 인기마 두 마리 사이로 두발로 머리를 먼저 집어넣고는 뚫고 나갔다. 짧은 찰나! 두 마리 사이로 뚫고 나오니 앞에는 약체의 말들이 있었다. 두발로는 4코너 돌아서 결승선을 향해 열심히 달렸다. 추입마 두발로는 채찍을 잘 받기에 나는 신들린 듯 채찍을 휘둘렀다. 두발로는 어느덧 앞서가던 말들을 모두 제치고 결승선을 가장 먼저 통과했다.

두발로는 깜짝 우승을 했다. 출전하는 데 의미를 두었던 두발로가 인기마들을 여유 있게 따돌리고 우승한 것이다. 두발로는 과천 서울 경마장 개장 오픈 기념 대상 경주에서 우승하며 배당도 크게 터트리고, 나에게 잊지 못할 영광을 안겨 주었다.

시상식장에서 인기마에 기승했던 최고의 스타 김명국 기수는 3등을 왔는데, 나에게 어이없이 패했다고 열받아 있었다. 선배는 나에게 축하한다며 말하고는, 4코너 돌기 전 두발로가 뚫고 나올 구멍이 없었는데 뒤에서 소리를 크게 지르기에 순간 사고 나는 줄 알고 약간 비켜 주었다는 것이다. 거기를 뚫고 나올 줄은 생각도 못 했다며 김 선배는 솔직해 울분을 참지 못하고 있었다.

나에게는 너무나 큰 행운을 주었고 또 그래서 아쉬움이 많이 남았던 두발로, 마필관리사의 실수로 생긴 부상이 없었다면 두발로는 차돌처럼 유명한 명마가 되었을 것이다.

나는 '두발로'라는 닉네임을 사용한다. 그만큼 두발로가 멋진 신사의 추입마였기 때문이다.

1989년 9월 깜짝 우승을 보여 준
회색 신사 최고의 추입마 두발로

1989년 9월 두발로에 기승해 일간스포츠배 대상 경주 우승 후
인터뷰하는 필자

필자는 1989년 9월 과천 서울경마장 오픈 기념 대상 경주 일간스포츠배에서
두발로에 기승해 우승을 차지했다.

한국 경마 최초 대상 경주 4관왕 '홍대유 기수', 대상 경주 3관왕 거구의 '차돌'

나에게 한국 경마 사상 최초의 대상 경주 4관왕의 신화를 만들어 준 '차돌'은 1989년 그랑프리 대상 경주를 제패하면서 대상 경주 3관 왕에 등극했다. 나는 차돌과 호흡을 맞추어 23승이라는 진기록을 세웠고, 대상 경주도 네 개나 먹었다.

1986년 12월 4일, 16조 박원선 조교사님 마방에서 나는 차돌을 처음 만났다. 미국에서 함께 온 다른 말들과 16조 마방에 들어오는 순간 차돌의 포스에 깜짝 놀랐다. 체중이 520kg 정도나 나가는 커다란 체구의 차돌은 다른 말들에 비해 몸집이 무척 큰 말이었다. 지금은 500kg 이상의 말들도 흔하지만, 그 당시는 보통 450kg 전후였으니 차돌은 거구의 말이었다.

차돌의 키가 170cm는 넘어 내 키보다 큰 차돌의 등에 올라가려면 누군가의 도움이 필요했고, 또 등에 올라타면 몸이 하늘을 오르는 것 같았다. 마방 주위에서 운동 삼아 차돌을 타고 다니면 차돌을 보는 사람마다 웃거나 놀란 눈으로 한마디씩 했다.

"차돌은 '도' 아니면 모'야. 지금껏 경험상 '도'일걸?".

그 당시 대체로 큰 말들이 좋은 성적을 내지 못했기에 기수나 조교사가 우스갯소리로 하는 말이었다. 차돌은 처음 오는 날부터 이렇게 사람들 입방아에 오르내렸다.

훈련할 때 보면 차돌은 몸이 좀 둔하긴 했다. 그렇지만 경주마가 되기 위한 시험인 주행 검사는 무난히 합격했다. 사실 나도 차돌이 똥말일지도 모른다는 의심이 들긴 했다. 당시 경주마는 10군부터 1군까지 분류되었는데, 10군 1천m 경기에 차돌이 처녀 출전해 1분 06초 3으로 1등을 했다. 우승은 했으나 그때의 기록으로도 1분 06초를 넘는 기록은 똥말의 기록이었다.

그러나 차돌은 예상과는 달리 우리를 기쁘게 해 주었다. 차돌이 내리 3연승을 하면서 경주마로서의 가능성을 보여 준 것이다. 차돌은 계속 승군하다가 잠시 주춤한 적은 있지만, 무난히 2군까지 승급했다. 그리고 1987년 11월 15일, 2군 경기인 일간스포츠배 대상 경주에서 보란 듯이 우승해 카메라 플래시를 받았다. 차돌은 '도'일 가능성이 높다고 했던 사람들을 놀라게 하며 당당히 1군 대열에 올라섰다. 그때 차돌의 나이가 어린 세 살이었으며, 차돌과 마찬가지로 나 또한 기승 경력 2년생인 신인이었기에 그날의 우승은 기수들의 부러움을 샀다. 지금도 그때를 생각하면 가슴이 두근거린다.

차돌이 17전째 출전하는 날, 나는 다리를 깁스해 다른 조의 송석헌 기수가 기승하게 되었다. 송 기수는 인기마 차돌에 기승하는 것이 부담스러웠는지 나보고 어떻게 타는 게 좋냐고 물었다. 나는 그냥 말에서 떨어지지 말고 고삐만 잘 잡고 있으면 우승하니까 걱정하지 말고 편히 타라고 했다. 송 기수는 내 말이 믿기지 않는 듯 웃으면서 발주기로 나갔다. 차돌은 보란 듯이 내 기대를 무너뜨리지 않고 2천m 경기에서 1등으로 골인했다. 나는 아픈 것도 잊고 벌떡 일어나 차돌의 우승을 축하해 주었다. 우승하고 들떠 기수대기실에 들어온 송 기수는 할 말을 잃은 채 입이 함박만 해졌다.

나는 차돌에 대해 자부심을 가졌다. 그리고 많은 정성과 애정을 쏟으며 하루 종일 차돌과 함께 있다시피 했다. 차돌과 함께 있을 때는 항상 어루만져 주며 대화를 했다. 기특하게도 차돌은 내 말을 잘 듣고 이해하며 따라 주었다.

1988년, 새해를 맞이하여 차돌은 1월에 출전해 1등하고, 2월 출전을 위해 훈련하고 있었는데 어깨가 좀 이상했다. 다른 말 같으면 그냥 훈련을 계속해 출전시켰을 텐데 차돌은 아직 어린 말이고 기대가 큰 말이기에 휴식을 많이 주었다. 그래서 1988년은 출전 횟수도 줄이고, 경기에서 무리하게 기승하지 않으려고 신경도 많이 썼다.

1988년 12월, 그랑프리 대회 때는 상태는 좋아졌는데 갑자기 전날 밤에 약간의 산통이 있었다. 차돌은 산통으로 고생해서 그런지 인기 마임에도 3등을 했다. 그랑프리 3등으로 시상대에 나가 시상하는 동안 성난 팬들의 아우성에 죽을 맛이었다(개인마주제 전까지는 대상 경주 시상을 3등까지 했다.).

1988년 당시 차돌은 네 살이었다. 나는 차돌에게 충분히 휴식을 주며 무리하지 않게 경주에 출전시켰는데도 1988년 한 해 성적이 우승 4회에 2등 2회, 그리고 그랑프리 3등이었다. 경주마는 네다섯 살이 가장 힘을 쓰는 전성기다. 차돌이 거세마인데, 수놈이나 거세마는 다섯 살부터 최고의 힘을 발휘하는 말이 많았기에 나는 차돌이 다섯 살 되는 다음 해 1989년을 기다렸다.

1989년 대망의 새해가 시작되었다. 나이를 한 살 더 먹은 차돌은 늠름해 보였다. 나도 은근히 차돌의 고삐 쥔 손에 힘이 들어갔다. 차돌은 내 마음을 알고 있기라도 한 듯 1월부터 출전해 수월하게 1등을 하고, 2·3·4월 내리 4연승을 했다. 언론은 온통 차돌의 연승 행진을 크게 보도하며, 5월 무궁화배 대상 경주에서 우승마로 예상했다.

나는 새벽마다 차돌과 훈련하면서 대화를 나누었다. 지난번 그랑프리 때 3등 와서 수모를 겪었는데, 이번에는 꼭 우승하자고 했다. 그런데 차돌은 그동안의 성적이 너무 좋아서 부담 중량 5kg을 더 달고 달려야 하는 부담이 있었다. 차돌과 나는 부담 중량을 이겨 내기 위해 훈련 과정 중 등에 중량을 많이 얹고 했다.

나는 무궁화배를 앞두고 잠이 오질 않았다. 어떻게 해서든 우승하고 싶었다. 큰 대상 경주를 앞두고 어느 기수나 마찬가지겠지만 날짜가 다가올수록 입술이 바짝 타들어 가는 게 식욕이 다 떨어졌다.

드디어 무궁화배 대상 경주가 시작되었다. 차돌은 추입마였기 때문에 스타트는 다른 말에 비해 조금 늦었다. 나는 항상 차돌 스타일대로 백 스트레치에서 다른 말들을 한 마리, 한 마리 추월해 나갔다. 차돌도 내 마음을 잘 알기에 무리하지 않고 다른 말들을 추월해 나갔다. 나는 4코너를 돌기 전에 앞선에 붙는다는 작전이었다. 작전대로 4코너까지 앞선에서 따라가다가 4코너를 돌아 앞으로 치고 나오니 차돌은 탱크처럼 힘을 발휘하며 결승선을 향했다. 팬들의 환호성은 터지고, 차돌은 놀라운 기량을 발휘하며 우승하는 영광을 차지했다. 무궁화배에 나온 말들은 경마장에서 내로라하는 기량 있는 말들이었지만 차돌의 경쟁 상대가 되지 못할 정도로 경기는 싱겁게 끝났다. 그만큼 차돌의 기량은 다른 말에 비해 월등했다.

무궁화배 대상 경주에서 우승 후, 그 어떤 말도 차돌의 상대가 되지 못했다. 차돌의 유명세는 대단했다. 그러니 차돌의 기수인 내 기분은 어땠겠는가!

사실 나는 경기에서 차돌을 탈 때면 몹시 힘든 것이 있었다. 차돌은 경주 때 4코너를 돌고 나면 내측으로(안쪽으로) 기대는 심한 악벽(나쁜 버릇)이 있었다. 그래서 그 버릇을 고치고자 그에 맞는 재갈, 가면 등 여러 장구를 사용해 봤다. 그러나 소용없었다. 그런데 기이한 현상이 일어났다. 경마장이 뚝섬에서 과천으로 이사 와서는 그 버릇이 사라진 것이다. 과천 서울경마장의 경주 방향이 뚝섬과는 정반대로 바뀌다 보니 내측(안쪽)으로 기대던 버릇이 없어지고 차돌은 오로지 앞으로 달리는 데만 신경을 쓰게 되어 성적은 일취월장 더 좋아졌다. 과천 경마장으로 이사 한 것이 차돌에게는 더 없는 행운이었고, 이것은 차돌의 시대를 예고하는 서막이었다. 뚝섬경마장보다 네 배나 넓은 과천 서울경마장은 차돌에게 너무나 좋은 환경을 갖춘 곳이었다.

차돌은 폭발적인 힘으로 그해 10월 한국마사회장배 대상 경주를 여유 있게 우승하며 기립 박수를 받았다. 차돌의 뛰는 모습이 얼마나 멋있고 시원시원했던지 차돌 경주만 보러 온다는 팬들이 생겨날 정도였다. 차돌은 경주마로서 정말 최고의 행복한 말이었다.

한동안 차돌 앞에는 어떤 경쟁 상대도 없었다. 나는 한 해를 마감하는 최고의 말을 뽑는 그랑프리 경기 날만을 기다리며 차돌과 맹훈련에 돌입했다. 그러나 한 치 앞 인생 모르듯, 당연해 보이는 차돌의 그랑프리 대상 우승 앞에는 너무나 큰 난제가 가로막고 있었다.

첫째는 그랑프리 경주 날짜가 갑자기 한 주 앞당겨지는 바람에 1등급 말 차돌이 경주에 출전한 지 2주 만에 대상 경주에 출전하는 부담되는 상황이었다. 아무리 말이 강하다 해도 1등급 말을 2주 만에 출전시킨다는 것은 무리가 있었다.

둘째는 부담 중량이 제 중량보다 10kg을 더 얹은 67kg을 짊어지고 뛰어야 했다. 말이 67kg이지 지금으로서는 상상도 할 수 없는 일이다. 최고의 말을 뽑는 그랑프리 경주고, 최고의 말들이 출전한 경주에서 67kg의 부담 중량을 얹고 뛴다는 것은 죽으라는 거나 마찬가지다.

셋째는 기수인 나에게도 문제가 있었다. 그때 상황으로 그랑프리만 우승하면 경마 사상 한 해 대상 경주 4관왕이라는 신기록을 세운다는 심적 부담에다 그랑프리 대회 전날 앞말에 진로 방해를 당해 낙마하는 바람에 컨디션도 최악이었다. 시속 60km로 달리다 말에서 튕겨 나가 경주로에 뻗었으니⋯⋯. 낙마하고 앰뷸런스에 실려 가다가 어렴풋이 정신이 들었기에 뼈가 부러졌나 팔다리를 움직여 보니 그런 것 같지는 않았다. 나는 앰뷸런스를 기수대기실로 돌리라고 했다. 경마장 숙소에서 하룻밤 자고 나니 온몸이 쑤시고 아팠다. 그래도 그랑프리 대회에서 차돌을 타야 하기에 아프다는 내색을 하지 않았다. 아침에 나를 본 조교사님은 컨디션도 안 좋은데 기승할 수 있겠냐며 걱정하셨다. 나는 괜찮다고 했다. 나는 아픈 것보다 그랑프리에 우승하고픈 마음이 더 앞서 있었다.

그랑프리 대회에서 차돌의 상대마는 김종온 기수가 탄 '수평선'이었다. 차돌의 부담 중량은 67kg, 상대마 수평선의 부담 중량은 58kg

이었다. 차돌과 수평선의 부담 중량 차이는 무려 9kg이었다. 이번 대회에서 가장 작은 부담 중량을 얹은 '진격'이 52kg이었으니, 최고 부담 중량과 최저 부담 중량 차이는 무려 15kg이나 되었다. 차돌과 진격의 부담 중량 차이가 15kg이라…, 지금 생각하면 상상할 수도 없는 일이었다.

1989년 그랑프리 대회 날, 기수와 말들은 윤승을 하고 있었다. 나는 침착하게 경기를 풀자고 수없이 마음속으로 되뇌었다. 그리고 차돌만 믿고 실수 없이 경기를 운영하자고 다짐했다.

열두 마리의 준족들이 출전한 그랑프리 대회 게이트 문이 열렸다. 나는 차돌과 항상 그래왔던 것처럼 게이트 번호 안쪽 3번이면서도 출발에 서두르지 않고 안쪽에 갇히지 않기 위해 스타트 나와서 차돌을 약간 제어하며 외곽으로 뺐다. 그리고 백 스트레치에서 서서히 한 마리, 한 마리 넘어가며 4코너 돌기 전에 앞선 무리들과 뭉쳤다. 4코너를 돌아서 결승선을 향하는데, 상대마 수평선이 옆에 붙었다. 차돌과 수평선은 서로 옆에 붙어서 결승선을 향해 달렸다. 피 말리는 접전이었다. 결승선을 얼마 남겨 두지 않은 상황에서 나도 당황하여 고삐가 약간 늘어졌다. 결승선이 바로 저기 코앞이니 고삐를 다시 갈아 쥘 시간도 없을 것 같았다. 나는 고삐가 약간 긴 상태로 그냥 그대로 밀고 나갔다. 차돌과 수평선은 끝까지 접전을 벌이며 함께 결승선에 골인했다. 그런데 체구가 커 컴퍼스가 긴 차돌이 머리 차로 우승했다.

나는 너무나 감격스럽고 기뻤다. 우승이었기에 결승선에 골인하고도 2코너까지 돌며 뜨거운 눈물을 흘렸다. 나의 몸은 땀으로 뒤범벅되어 후줄근해졌지만 우승했다는 생각에 그저 들떠 있었다.

이윽고 시상대에 올라서서 이건영 마사회장님이 주는 트로피를 높이 들었다. 관중들의 박수와 환호가 쏟아졌다. 순간 기수가 된 것이 이렇게 자랑스러울 수가 없었다. 1989년, 차돌과 G1 대상 경주인 무궁화배, 한국마사회장배, 그랑프리를 우승하며 3관왕을 했고, 여기에 보너스로 두발로를 타고 일간스포츠배에 우승하여 한국 경마사에 당시로는 '전무후무한 4관왕'이라는 기록을 세웠다. 트로피에 입을 맞췄다. 세상이 모두 나의 것만 같았다.

부담 중량으로 무너지는 '차돌'

1989년 그랑프리에서 우승 이후 1990년 3월 25일 출전 시 차돌의 부담 중량은 68kg으로 늘었다. 차돌은 이번 경기에서 68kg를 짊어지고 뛰어야 했다. 말의 기본 중량보다 12kg의 부담 중량을 얹고 뛰는 것인데, 우리는 이를 '마의 12kg'이라고 불렀다. 한창 잘 달리던 포경신도 12kg의 부담 중량을 짊어지고 경기하다 무너졌던 기록이다.

차돌이 이 경기에서 12kg을 짊어지고 뛰어 또 1등을 한다면 그다음에는 13kg의 부담 중량을 짊어지고 달려야 한다는 생각이 스쳤다. 과히 살인적인 중량이다. 나는 경기 진에도 그렇고 경주를 펼치면서도 잠시 갈등했다. 이번에 1등을 하고 다음에 13kg을 짊어지고 뛰게 할지 고민이 되었다. 13kg의 중량은 차돌이 크게 다칠 수 있겠다 싶고, 너무 가혹하다는 생각이 들었다. 그래서 난 과감하게 '이번 경주는 차돌을 위해서 달리자.'고 생각했다. 차돌이 부담 중량에 쓰러지는 게 싫었다.

나는 차돌에 대한 사랑으로 무리한 경주를 펼치지 않고 뒤에 따라가면서 앞의 말을 잡지 않았다. 그 결과 상대가 안 되는 정태문 기수가 기승한 '카나리아'에 지고 2등을 왔다. 차돌은 뒤에서 따라가는 전형적인 추입마이기에 앞의 말을 보내 주고 따라가다 충분히 우승할 수 있었지만 그렇게 하지 않았다. 그러자 조교사님이 나를 불렀다. 그러고는 1등도 가능했는데 고의로 2등 온 것 같다고 말씀하셨다. 나는 솔직히 대답하지 않고 한동안 조교사님을 피해 다녔다. 조교사님은 단단히 화가 나 있었다. 지금 생각해 보면 '그때 12kg의 부담 중량을 달고 우승해 기록 경신했으면 좋았을걸.' 하는 아쉬움이 남는다.

차돌은 그 후 1990년대 중반 들어 체력이 조금씩 떨어지는 것 같으면서도 좋은 성적을 유지하다가 나와는 헤어지게 되었다. 1990년 4월 1일 기수인 나는 인사이동으로 다른 조교사 소속으로 발령이 나서 더 이상 경주에서 차돌에 기승할 수가 없게 되었다. 차돌과 헤어지면서 아픔이 컸지만, 경마장 순리상 어쩔 수 없는 것이었다.

나는 다른 조교사한테 있으면서도 16조 차돌의 마방을 자주 찾아가 툭툭 만져도 주고 쓰다듬어 주기도 했다.

차돌과 함께 세운 기록은 너무나 많아

나와 찰떡궁합인 차돌과 호흡을 맞춰 이루어낸 우승 기록이 많다.

첫 번째는 1991년 2월 24일, 2천m 경기에서 차돌의 몸무게 593kg으로 출전해 우승했다. 경마 역사상 최고의 몸무게로, 그것도 1군 경기에서 우승한 차돌은 대단한 거구였다.

두 번째는 부담 중량 12kg을 짊어지고 뛰었던 전설적인 명마 포경선과의 타이기록을 세웠다.

세 번째는 차돌이 세워 준 나의 대상 경주 4관왕이다. 그 당시 한국 경마 역사에 전무후무한 최고의 기록이었다.

네 번째는 한 명의 기수 홍대유를 태우고 23회나 우승한 기록 보유 말이다.

차돌과 내가 호흡을 맞춰 이뤄낸 기록은 우리 경마 역사에 중요한 자료로 남게 되었다. 그러나 나와 헤어진 차돌은 전성기가 지나 나이가 들면서 불운이 시작되었다. 차돌은 두세 달만 에 한 번씩 경주에 출전했다. 나이 먹어 힘이 달려서인지 말간에서 멍하니 지내는 시간이 많아졌다. 차돌의 이런 모습이 안타까워 가끔 미방에 찾아가 차돌을 어루만져 주곤 했다. 그때마다 차돌은 혀로 나의 손을 핥아 주거나 눈을 껌뻑거리며 아는 체를 했다.

경마장 떠난 차돌을 찾아

안개비가 추적추적 내리는 오후에 차돌을 보고파 16조 차돌의 마방에 갔다. 차돌이 보이지 않았다. 순간 나는 이상한 생각이 들어 관리사를 찾았다. 차돌은 아픈 데가 많아서 더 이상 경주마로 활동하기 어려워 폐마(은퇴) 처리했다는 것이다. 나는 순간 눈물이 핑 돌았다. 나와 차돌의 관계는 어찌 보면 연인과도 같았는데, 차돌은 나를 스타로 만들어 준 은인인데…… 당황스럽고 황당했다. 관리사에게 차돌이 어디로 갔냐고 물으니 말 장수가 사 갔다는 이야기만 했다.

나는 차돌이 떠난 텅 빈 마방에서 한참 동안 고개를 떨구고 있었다. 차돌과 처음 만났던 순간부터 그랑프리 우승까지 많은 추억이 파노라마처럼 스쳐 갔다. 나는 사랑하는 여인을 떠나보낸 것처럼 몹시도 마음이 아팠다. 1980년대 후반, 한국 경마 역사에 많은 기록을 남기고 수많은 팬의 사랑을 받았던 차돌을 은퇴식도 없이 떠나보낸 것이 너무 안타까웠다. 나는 차돌을 찾고 싶었다.

1994년, 조기협회 소식지인 《고삐》에 차돌과 나의 지금까지의 스토리를 글로 썼다. 그러자 그 글을 읽고 이규승 기자가 그해 12월 11일 자 《스포츠조선》에 "옛 짝꿍 차돌을 찾아 주세요"라는 주먹만 한 제목의 머리기사를 내보냈다.

차돌과 나의 기사가 실리자 여기저기서 제보가 들어왔다. 많은 제보 중에서 드디어 차돌을 찾았다. 차돌은 사업가 박상문 씨가 승마용으로 대한민국 최고의 말을 사겠다고 산 것이 차돌이었다고 한다. 박상문 대표는 신문 기사를 읽었다면서 돈 주고 샀지만 주인은 홍 기수 같으니 그냥 홍 기수가 가져가라고 했다. 그래서 차돌은 마사회 승마 훈련원에서 보살펴 주기로 하고 과천 서울경마장 내 승마 훈련원으로 왔다.

그 후 나는 가끔 승마 훈련원에 차돌을 찾아가 먹이도 주고 털도 닦아 주곤 했다. 차돌은 승마 훈련원에서 유명 인사가 되어 많은 사람을 태워 주었다. 승마인들은 차돌을 서로 타고 싶어 했다. 그러나 관리인은 차돌을 생각해서 사람들을 적당히 태우며 노후를 편히 보살펴 주었다.

어느새 차돌도 나이가 들어 승용마로도 더 이상 활동할 수 없게 되어 승마 훈련원 마방에서 이 세상과의 작별을 고했다. 차돌은 한국 경마사에 숱한 전설과 사랑을 남긴 채.

1987년 11월 뚝섬 경마장 시절 차돌의 일간스포츠배 대상 경주 우승 골인 장면

1987년 11월 제5회 일간스포츠배 대상 경주에
서 우승한 차돌과 필자

1989년 5월 무궁화배 대상 경주에서 뚝섬 경마장 결승선을
통과하며 우승하는 차돌

1989년 5월 무궁화배 대상 경주에서
차돌 타고 우승한 필자(뚝섬 경마장)

1989년 5월 차돌에 기승해 무궁화배 대상 경주에서 우승 후 기념 촬영
(뚝섬 경마장)

1989년 10월 한국마사회장배 우승. 차돌을 타고 결승선을 1위로 골인하는 필자 홍대유 기수

1989년 10월 제5회 한국마사회장배 대상 경주에서 우승 후 기념 촬영

1989년 10월 한국마사회장배 대상 경주에서 우승한 차돌과 필자가 관중들의 환호를 받고 있다.

1989년 12월 그랑프리 대회에서 우승컵을 들어 보이는 필자와 차돌

기쁨과 슬픔을 준 '남부군'과 '거대한'

대상 경주에 우승해서 기쁨을 주고, 경기나 훈련 중 부상으로 은퇴하며 나에게 힘든 시간을 주었던 '남부군'과 '거대한'이 있다.

남부군은 1995년 8월 20일 마주협회장배에 출전했다. 결승선을 150m 정도 남겨 두었을 지점인데, 남부군 앞으로 치고 나가던 두 마리의 말이 안쪽으로 기대며 지나갔다. '핵탄두'가 우승하고, '한빛'이 2등 오고, 남부군은 3등을 오며 결승선을 통과했다.

재결에서 이번 경주는 '심의 경주'라고 했다. 라스트에서 핵탄두가 안쪽으로 기대며 결승선을 통과했기에 다른 말에게 피해를 주었는가를 심의했다. 이렇게 심의하고 있는데 갑자기 마주협회장배 해설을 하던 김문영 기사가 사고 시점을 시적하며 강착될 수도 있다는 안내 해설을 했다. 순간 마사회는 깜짝 놀라며 초긴장했다. 지금껏 대상 경주에서 강착은 한 번도 없었고, 신중히 심의하고 있는 와중에 제기된 것이라 긴장하지 않을 수가 없었다. 심의 결과 우승한 핵탄두가 강착당해 남부군 뒤의 성적인 3위로 밀려나고, 2등 온 한빛이 우승, 남부군은 2등으로 올라섰다. 한국 경마 역사상 최초로 대상 경주에서 강착이 발생한 일이다.

마주협회장배에서 핵탄두의 강착으로 2등 온 남부군은 다음 달 열린 JRA 트로피 대상 경주(한일 기수 교류전)에서 선행하여 수월하게 우승을 했다.

그렇게 트로피를 높이 쳐들고 1군에 올라간 남부군이 안타깝게도 새벽 훈련 중에 종자골에 금이 가 경주로를 떠나게 되었다. 경주도 몇 번 출전하지 않고 7전 5승을 했던 남부군은 부상으로 인해 경주로를 영영 떠난 것이다. 트로피를 들어 올리는 기쁨을 주었던 남부군이 나에게 고통을 주며 경주로를 떠났다. 아쉬움이 많이 남는 경주마 남부군…….

또, 트로피를 나에게 안겨 주고 아픔도 주었던 '거대한'이라는 말도 생각난다. 거대한은 내가 우연찮게 얻어 타서 1988년 스포츠서울배를 거머쥔 말이다. 인기 순위 4위 정도의 말이었는데, 그날 경기가 잘 풀려서 다른 말들을 대차로 따돌리며 여유 있게 우승했다. 거대한은 다른 소속 조의 말로, 나는 운 좋게 얻어 타 우승했다.

어느 비 오는 날, 나는 다시 거대한에 기승하게 되었다. 경기를 펼치는데 거대한의 다리가 미끄러지며 "딱" 소리가 나더니 말과 나는 인마전도되었다. 거대한은 다리가 골절되어 비가 내리는 경주로를 떠났다.

이렇게 한때는 트로피를 드는 영광을 주었던 애마들이 부상으로 경주로를 떠날 때면 우리 기수의 마음은 이루 말할 수 없이 고통스럽다. 애마들이 항상 건강했으면 좋겠다.

1988년 스포츠서울배 대상 경주에서 결승선을 통과하는 거대한

1988년 거대한에 기승해 스포츠서울배
대상 경주 우승 후 시상대에서의 필자

1988년 스포츠서울배 대상 경주 우승 후
거대한과 필자와 조교사

1995년 JRA 트로피 대상 경주에서 우승하는 남부군

1995년 JRA 트로피 대상 경주 우승 후
남부군과 기념 촬영

1995년 남부군에 기승해
JRA 트로피 대상 경주에서 우승한 필자

지독한 악벽마, 1군 무대에 오른 '서울축제'

경주마는 악벽이 없어야 한다. 그런데 의외로 악벽마가 많다. '악벽마'란, 나쁜 버릇을 가진 말을 말한다. 조교사는 자기가 관리하는 말의 발주악벽, 주행악벽 등 악벽으로 인해 스트레스를 많이 받는다.

나는 경마장 생활을 하며 관리하던 경주마 중에서 수많은 악벽마를 만났다. 그중 생생하게 기억에 남는 말은 '서울축제'다. 서울축제는 2천만 원에 김승시 마주에게 추천해 사 준 말로, 조교사 데뷔 해인 2006년 11월에 나의 6조 마방에 데리고 왔다.

훈련을 해 보니 완전 꼴통이었다. 서울축제는 앞으로 가지도 않고 잘 움직이지를 않았다. 작은 실내원형 마장에서도 그렇고, 주로에 나가도 그렇고! 말이란 기승하면 앞으로 가는 게 기본인데, 서울축제는 앞으로 가지를 않고 있으니 큰일이었다. 서울축제를 앞으로 전진시키려고 기수가 기승하고, 직원들이 뒤에서 몰고 옆에서 몰며 별짓을 해 봐도 도통 앞으로 나가지를 않았다. 서울축제는 수놈인데, 보통 수놈들이 이렇게 가지 않고 말썽을 피우거나 암말을 너무 밝히면 거세를 시킨다. 서울축제도 도저히 안 되겠다 싶어 거세를 시켰다. 그런데 이상하게 거세를 시켜도 앞으로 가지 않기는 마찬가지였다.

이때 마침 마사회 마필보건소에 트레드밀(사람이 올라가서 운동하는 워킹 머신과 같은 것)이 있었다. 나는 우리 직원 몇 명과 트레드밀에 서울축제를 올려놓고 움직였다. 몇 달 동안 트레드밀에서 살다시피 해 강제로 훈련을 시켰더니 겨우 앞으로 가는 것이 조금 좋아졌다. 그러나 주로에서 훈련할 때는 여전히 가다 서다를 반복해 주로 한 바퀴도 제대로 돌지 못했다.

훈련도 제대로 받지 못한 서울축제를 주로에서 어느 정도 몸만 풀어 주는 훈련을 하고는 발주기에 넣고 여러 마리의 말과 함께 스타트 연습을 해 보았다. 서울축제는 우리를 깜짝 놀라게 했다. 이렇게 여러 마리 말들과 발주기에서 스타트해 무리 지어 달리니 너무 잘 달리는 것이 아닌가! 그래서 나는 훈련은 적당히 시키고, 발주기에서의 스타트 연습 위주로 서울축제의 훈련 스타일을 바꾸었다.

서울축제는 2006년 11월 11일 나의 마방에 입사한 지 6개월 만인 5월 25일에 주행 심사에 합격했다. 경주마로는 도저히 불가능할 것 같았던 서울축제가 이제 경주에 출전할 수 있게 되어 큰 짐을 하나 내려놓은 듯 홀가분하고 기분이 매우 좋았다.

　　그 이후 서울축제는 경주에 출전하면 등수에 들어왔다. 그리고 서울축제는 마방에 입사한 지 1년이 조금 지난 2007년 12월 19일 드디어 문세영 기수를 태우고 첫 우승을 했다. 우리를 고생고생시킨 서울축제의 우승은 감격스러움 그 자체였다.

　　서울축제는 국산마이기에 6군부터 시작했는데, 우승으로 한 단계, 한 단계 승군해 최고의 등급인 1군에 입성했다. 경주마가 데뷔해 1군까지 올라오기가 쉽지 않은데, 소위 꼴통에 체구도 450kg 정도의 작은 것이 1군까지 올라왔으니 얼마나 대견했는지 모른다. 최악의 악벽마로 그렇게 내 가슴이 뭉그러지도록 속 썩이던 서울축제가 1군까지 올라왔다는 것이 정말 신통방통했다.

　　나를 힘들게 했던 것을 보상해 주듯 악벽마 서울축제는 몸값의 열 배 이상을 벌어 주었다.

　　"서울축제야, 고맙다!"

불치병을 극복하고
1군에 올라온 '영웅이천'

'영웅이천'은 아련한 마음으로 바라보는 경주마다. 누웠다가 일어나면 뒷다리 비절 부위가 부어오르며 살이 짓물러 뒷다리를 제대로 사용하지 못하는 말이었다.

하루는 영웅이천의 생산자 겸 마주가 말이 고질병에 걸렸는데 좀 관리해 달라고 했다. 나의 6조 마방이 마사회 보건소와 가까우니 치료하러 다니기가 편할 것 같다며 나에게 관리해 달라고 부탁한 것이다.

이렇게 해서 나의 6조 마방에 들어온 영웅이천을 관찰해 보니, 누웠다가 일어나면 한쪽 뒷다리가 상처투성이에다 붓기까지 했다. 게

다가 살성이 좋지 않았다. 붕대를 감아 놓았다가 풀면 살점이 떨어져 붕대에 붙을 징도였다.

영웅이천을 데리고 보건소에 가서 별의별 검사를 다 해 봤다. 보건소에서는 원인을 모르는 불치병이라고 했다. 치료할 방법이 없다며 그저 레이저 치료나 해 보자고 했다. 나는 고민 끝에 영웅이천이 마방에 있을 때는 다리 전체를 보호할 수 있는 큰 보호대를 구해서 아픈 상처 부위를 감싸주고, 다리가 붓고 새살이 돋아나서 상처투성이인 부위는 레이저 치료와 소독약으로 치료해 주며, 아픈 상태지만 경주로에 나가서 살살 훈련도 시켰다.

영웅이천을 훈련시켜 보니 다른 말과 함께 병합 훈련을 해도 앞으로 가려는 승부 근성 없이 맹했다. 단지 다른 악벽은 없었기에 다리는 엉망이지만 계속해서 훈련을 시켰다. 어느 정도 훈련을 하고는 이 정도면 주행 심사를 한번 받아 보자는 생각으로 도전했다. 1분 09초 7, 능력 미달이었다. 한 주 후 곧바로 다시 한 번 더 주행 심사를 보았다. 이번에는 1분 08초 4, 불합격이었다. 하지만 지난번보다 조금 더 좋아졌기에 잘하면 주행 심사에 합격할 수 있겠다는 생각이 들었다. 며칠 쉬고 다시 훈련시켜 한 달 후 세 번째로 주행 심사를 보았다. 영웅이천은 나의 마방에 입사한 지 5개월 만인 2010년 8월 20일 주행 심사에 1분 04초 7로 합격했다. 불치병으로 뒷다리를 제대로 쓰지도 못하는 영웅이천이 주행 심사에 합격, 일단은 경주마로 데뷔할 수 있게 되었다.

이후 영웅이천은 2010년 9월 5일 첫 데뷔전에서 5등을 왔다. 경주에 출주시키기 전 영웅이천의 뒷다리가 붓고 생살이 돋아 보기에도 흉하기에 혹시나 경주 나갔다가 수의사로부터 취소는 당하지 않을까 염려스러웠다. 그래서 상처 부위에 파란 잉크약을 잔뜩 바르고 출전했다.

이후 영웅이천은 네 번째 출전한 2011년 1월 23일 경기에서 드디어 감격의 우승을 했다. 이 우승은 아픈 영웅이천을 돌보느라 밤낮으로 고생한 우리 6조 직원들에게는 아주 특별한 기쁨이었다. 영웅이천은 이어서 두 번째도, 세 번째도 우승해 주었다.

그런데 영웅이천에게 안타까운 일이 생겼다. 2군에 오른 영웅이천이 마방으로 들어오는데 다리를 불편해했다. 보건소에 가서 엑스레이를 찍어 보니 왼쪽 무릎에 편골절(작은 골편)이 있다는 것이다. 수술하지 않으면 아파해서 경주에 출전하기도 힘들다고 했다. 그래서 관절경 수술로 골편을 제거했다.

보통 경주마는 무릎 수술을 하면 몇 번 경주에 출전하고는 수술 부위에 이상이 생겨 경주로를 떠나거나 다시 무릎이 아파 성적을 내지 못하는 경우도 많다. 그런데 영웅이천은 수술 후인 2012년 4월 8일 2군 경기에서 우승을 했다. 그리고 승군이 되지 않아 또다시 2012년 6월 23일 2군 경기에서 또 우승을 했다. 상금이 큰 2군 경기에서 두 번이나 연속해 우승해 주어 우리 6조 직원들은 기뻐하며 영웅이천을 무척 대견스러워했다.

이제 영웅이천은 1군으로 승군했다. 불치병으로 뒷다리를 온전히 사용하지 못하는 영웅이천이 최고의 등급인 1군에 올라온 것이다. 얼마나 대단한 일인가!

1군에 올라온 영웅이천이 새벽 훈련을 하는 걸 본 전문가들은 실망들을 많이 했다. 영웅이천은 훈련할 때 6군 마하고 병합 훈련을 해도 잘 따라가지 못했기 때문이다. 그만큼 영웅이천은 훈련 상황만 본다면 6군 똥말보다도 실력이 없는 말이었다.

이런 영웅이천이 2012년 12월 16일 1군 경기에서도 우승을 했다. 영웅이천은 또 한 번 우리를 놀라게 하며 출세했다. 불치병을 안고 있으면서, 그리고 무릎 골편 제거 수술까지 받고도 2군 경기에서 2승을 하고 1군 경기에서도 우승해 주었으니, 영웅이천이 기특하기도 하고 신기하기도 했다.

지금껏 내가 관리하던 말 중 무릎 수술을 하고도 가장 성공한 말은 영웅이천뿐이다. 나의 마방에 입사하면서부터 불치병으로 보건소를 수없이 다녔고, 생살 돋는 부위가 은퇴하는 날까지도 완쾌되지 않아 우리 6조 직원들이 두세 배는 더 힘들게 관리했던 영웅이천! 우리들의 고생을 알아주는 듯 좋은 성적을 낸 영웅이천이 참 고마웠다. 오늘따라 새벽 훈련 때 게을렀던 영웅이천이 생각난다.

데뷔하자마자 당해 연도 대표마 된 명마 '밸리브리'

"저 말 뭐예요? 튼튼하게 생겨서 우리 경마에 적격일 것 같아요!"

"저 말 갖고 싶으면 사 가세요. 싸게 줄 테니!"

그리하여 미국에서 사 온 말이 그 유명한 밸리브리다, 밸리브리!

2005년 봄, 기수 신분으로 나는 무작정 미국에 말 공부를 하러 갔다. 그리고 미국에서 한국에 말을 팔던 신 씨 형제를 만나 그들의 도움을 받으며 미국의 목장부터 경마장까지 6개월간 많은 곳을 돌아다녔다. 베팅도 해 보고, 목장·경마장에서 일도 하며 미국 경마 전반에 대해 둘러보았다.

미국에 온 지 6개월쯤 되었을 때 한국으로 돌아오려고 하는데, 한국에서 조교사 마방 대부 3순위인 내 눈에 띄는 말 한 마리가 있었다. 우리 경마 현실에 맞을 것 같은 아주 튼튼하게 생긴 말이었다. 생산자 겸 조교사와 이야기를 하니 2만 불에 사 가라고 했다. 그 당시 한국 경마는 외국산 말을 구매해 오려면 일단 경주에 출전한 적이 없어야 하고, 2만 불 이하여야 했다. 미국 조교사도 한국의 경마 사정을 잘 알기에 2만 불을 이야기한 것이다. 나는 한국에 있는 마주 친구한테 전화를 했다. 그리고 선물로 말을 사 주었는데, 나중에 이 말이 한국에 와서 유명세를 타게 된 밸리브리다.

나는 한국으로 돌아와서는 아직 기수 신분이었으므로 42조 김명국 조교사와 기승 계약을 했다. 그리고 밸리브리는 한국에 와서 서류 미비로 외부에 있다가 2006년 2월, 네 살의 나이로 42조 김명국 조교사 마방에 들어갔다.

나는 7월에 있을 조교사 개업 준비를 하느라 경주에는 출전하지 않고 새벽 훈련만 하고 있었다. 그런데 밸리브리를 훈련시켜 보니 상당히 좋다는 느낌이 왔다. 밸리브리 주행 검사를 하고 싶어서 바로 했는데, 기록도 좋고 능력 있어 보였다. 나는 욕심이 생겼다. 기수로서 체중이 많이 나갔지만, 밸리브리는 거세 네 살이어서 부담 중량 56kg이므로 어느 정도 체중만 빼면 내가 기승해도 좋을 것 같았다.

밸리브리를 타고 싶은 마음에 체중을 뺐다.

2006년 5월 6일, 신마인 밸리브리가 4군 1천400m에 첫 출전을 했다. 그리고 내가 기승해 대차로 우승했다. 밸리브리의 우승은 나뿐 아니라 모두를 놀라게 했다. 당시에는 외국산 신마라도 신마는 5군에 출전해야 하는데 밸리브리는 4군 점핑 출전이었으며, 1천400m를 대차로 우승한 것이다. 언론에서는 괴물이 나타났다고 난리였다. 나도 오랜만에 경주에 출전해 우승하니 이래저래 요즘 애들 말로 '기분 짱'이었다.

밸리브리는 4군에서 우승했지만 5군마였기에, 이번 데뷔 우승으로 승군해 4군마가 되었다. 두 번째 출전은 6월 3일, 4군 1천700m 경기였다. 밸리브리와 나는 이 두 번째 경기에서도 여유 있게 우승했다.

이제 나는 기수로서 6월 말로 은퇴하고 7월 1일부로 조교사 데뷔 예정이었다. '밸리브리를 6월 말에 한 번 더 출전시켜 달라고 할까?' 고민이 되었다. 밸리브리는 이제 두 번 출전했지만, 나이가 네 살이어서 그런지 아픈 데 없이 건강했다. 나와 조교사는 6월 24일 밸리브리를 한 번 더 출전시키기로 했다. 이번에도 내가 기승하기로 했는데, 나의 기수 은퇴 경기가 되는 셈이었다.

1천800m 경기, 이번에는 밸리브리에게 58kg이라는 부담 중량을 많이 달게 했다. 부담 중량이 걱정되었지만 관계없이 밸리브리는 여유 있게 우승했다. 남은 기수 생활 동안 그냥 새벽 훈련만 하다가 은퇴하려고 했는데, 미국에서 우연히 만난 밸리브리 덕분에 나는 기수 말년에 세 번의 경수 모두 우승하는 쾌거를 올렸다. 밸리브리를 만나 나는 기수 은퇴 경기에서도 우승의 영광을 누리며 행복한 은퇴를 하게 되었다.

어찌 보면 무작정 말 공부한다며 미국에 간 내가 무모했을 수도 있지만, 결국 나는 미국에서 더 넓은 말의 세계를 보았고, 그리고 미국에서 생활하는 한국인들을 보면서 미국이란 나라를 새삼 다시 생각하게 되었다. 무엇보다도 밸리브리를 만나 지금의 나를 만들어 주는 인연이 되었다. 밸리브리는 나의 도전 정신을 높이 평가해 이런 행복한 우승을 안겨 주지 않았나 하는 생각이 든다.

기수 은퇴 후 나는 조교사로 활동을 시작했다. 그리고 밸리브리는 곧바로 STC 특별 경주 우승, 마사회장배 준우승, YTN배 4등, 그랑프리 2등의 놀랄만한 성적을 올림으로써 2006년도 연도 대표마가 되었다. 2006년 5월 6일 첫 경주 데뷔하고 바로 그해 12월 그랑프리 2등까지 하며 연도 대표마가 되었다는 건 정말 대단한 일이다. 데뷔 7개월 만에 당해 연도 대표마가 되는 경우는 처음 있는 일이었다.

2006년 그랑프리 경기는 핸디캡 경기여서 밸리브리보다 핸디를 덜 받은 플라잉캣이 우승을 했다. '그랑프리'란, 한 해 최고의 말을 뽑는 경기인데, 핸디캡 경기로 치러 핸디 많이 받은 말이 우승한다면 그랑프리 대회의 목적이 퇴색되는 게 아닌가 하는 생각이 들었다. 마

2007년 연도 대표마가 된 명마 밸리브리와 함께 조교사 홍대유 필자

침 마사회에서도 그랑프리만큼은 핸디캡 경기는 문제가 있다고 판단해 2007년부터는 별정 경기로 치르겠다고 했다.

어느덧 2007년도 경주가 시작되었다. 연초부터 밸리브리의 우승은 시작되었다. 그런데 밸리브리를 관리하면서 보니 더위에 약했다. 그래서 여름에는 3개월 정도 경주를 출전시키지 않고 휴식을 취해 주었다.

2007년이 가을로 들어가면서 나는 밸리브리의 12월 그랑프리 대회를 생각했다. 그리고 문세영 기수를 태우고 싶었다. 나는 문 기수에게 12월 그랑프리 대회에 밸리브리를 무조건 타겠다면 지금부터 밸리브리를 태우겠다며 일주일의 시간을 줄 테니 생각해 보라고 했다. 얼마 후 답이 왔다. 어떤 일이 있어도 그랑프리에서 밸리브리를 타겠다는 것이다. 그래서 난 10월부터 밸리브리에 문 기수를 기승시켰다. 문 기수와 밸리브리는 10월 경기에서 우승하고, 11월 경기에서 또 우승하며 내리 우승했다. 그리고 12월 그랑프리 경기에 출전했다. 역시 예상대로 여유 있게 우승해 트로피를 높이 들었다. 나중에 이야기를 들으니 문 기수는 이번 그랑프리 대회에 우승하면 결혼한다고 했다는데, 문 기수는 밸리브리 덕분에 결혼한 셈이다. 밸리브리는 2006년도에 이어 2007년도에도 연도 대표마로 선정되는 영광을 안았다.

2008년도에 들어 밸리브리는 핸디와의 전쟁이었다. 밸리브리는 성적이 좋다 보니 보통 60~63kg의 부담 중량을 얹고 경기를 펼쳤다. 2008년 5월 4일, 62kg의 부담 중량을 얹고 경주해 3등을 왔는데 왼쪽 어깨가 작은 바가지만큼 푹 들어가 있었다. 62kg의 부담 중량을 이기지 못해 무너진 것이었다. 너무나 안타까웠다. 어깨가 푹 꺼진 모습에 내 마음이 얼마나 아팠는지 모른다.

2008년 가을이 되어 밸리브리는 다시 컨디션을 되찾았고, 12월 그랑프리 대상 경주에 출전했다. 그리고 신예마 '동반의강자'에 지며 2등을 왔다. 이렇게 해서 밸리브리는 최고의 말을 뽑는 그랑프리에서만 2006년 2등, 2007년 우승, 2008년 2등을 왔다. 그리고 2006년, 2007년 2년 연속 연도 대표마가 되었다. 또한 2011년에는 아홉 살의 나이에도 불구하고 1군 경기에서 노익장을 발휘하며 우승했다. 바로 밸리브리가 이런 말이다.

이런 밸리브리가 젊었을 때는 무거운 부담 중량에 어깨가 망가져 고생했고, 세월이 흘러 나이를 먹으니 체력이 달려 새벽 훈련도 힘들어했다. 그래서 김인호 마주는 밸리브리의 명예를 생각해 전북 장수에 있는 마사고등학교에 학생들 교육용으로 활동하게끔 기증했다. 밸리브리는 경주마 은퇴 후에도 기수가 되고 싶은 학생들에게 꿈과 희망을 심어 주는 영원한 명마가 되었다.

2006년 6월 24일, 필자는 기수 은퇴 경기에서 밸리브리를 타고 우승 후 환희에 차 있다.

2006년 5월 6일 데뷔 후 그해 대표마가 된 밸리브리와 6조 마방 직원들과 함께

기쁨과 희망을 주는 '섬싱로스트'

나는 경마장에서 지내며 숱한 인연 속에 많은 말을 만났다.

섬싱로스트! 섬싱로스트를 처음 본 것은 2022년 3월 제주 말 경매장에서다. 섬싱로스트는 같은 목장의 여러 말과 함께 경매장에 나와 있었다. 한센 자마인데 유난히 작아 보였다. 목장 주인은 사정이 있어서 그런지 목장 말들을 무조건 두당 2천만 원씩에 판다고 홍보하고 있었다. 그런데 관심을 보이는 사람이 없었다. 보통 한센의 자마는 회색인데 섬싱로스트는 밤색이면서 작았다. 그래서 그런지 더 관심을 두지 않는 것 같았다. 결국 팔리지 않은 섬싱로스트는 다시 목장으로 되돌아갔다.

얼마 후 나는 제주도에 말을 보러 다니고 있었다. 그때 정춘복 마주님으로부터 전화가 왔다. 내가 제주도에 있다는 말에 이참에 말 한 마리 봐달라는 것이었다. 그래서 인연이 된 말이 바로 이 섬싱로스트다.

지난 제주 경매장에 함께 있었던 문금철 마주님이 친구인 정춘복 마주님께 그때 봤던 한센(섬싱로스트) 자마 얘기를 하며 한번 관심 있게 보라고 하셨는데, 그 말에 정춘복 마주님이 나에게 전화를 했던 것이다. 나는 얼른 목장에 가서 섬싱로스트를 보았다. 지난 3월 경매장에서 봤을 때보다 야무지게 느껴졌다. 섬싱로스트를 다시 본 나는 정춘복 마주님께 밥벌이는 하겠으니 사시라고 적극 말씀을 드렸다. 그리하여 섬싱로스트는 나의 6조 마방으로 입성하게 되었다.

인연이란 억지로 되는 게 아니다. 문금철 마주님이 친구인 정춘복 마주님께 마침 섬싱로스트 얘기를 했고, 때마침 내가 제주에 있을 때 전화가 왔기에 바로 가서 보고 구매가 성사된 것이다. 빠르게, 일사천리로 진행된 섬싱로스트와의 인연은 마치 우리 말이 되려고 미리 준비하고 있었던 것 같다는 생각이 들었다.

섬싱로스트는 전북 장수 육성 목장에서 김용선 조련사로부터 육성 훈련을 받고 그해 9월 24일 서울경마장 나의 6조 마방에 입사했다. 섬싱로스트는 구매 당시보다 몸이 제법 많이 커져 있었다. 경주

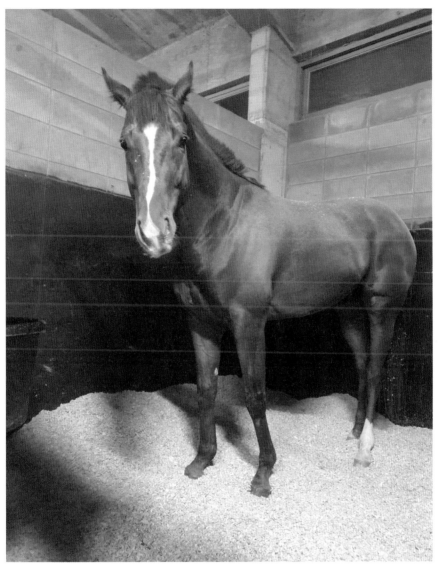

섬싱로스트

마와 함께 생활하는 우리는 말을 구매하고서 몇 개월 후에 말이 커지고 체형이 확 변하면 기대가 커 좋아한다. 이런 경우의 말들은 좋은 성적을 내는 경향이 많기 때문이다.

섬싱로스트는 9월 24일 입사하고 한 달 만인 10월 28일 주행 심사를 보았다. 1분 02초의 좋은 기록으로 합격했다. 스타트도 빠르고 기록도 좋아 나는 결승선을 통과하고 온 섬싱로스트를 보고 한 놈 건졌다고 큰소리쳤다. 이 정도 능력이면 경기에 나가 무조건 우승할 수 있다고 생각했다.

섬싱로스트는 데뷔전 신마 경기에서 나의 믿음을 져버리지 않고 1천m를 1분 00.3초라는 좋은 기록으로 우승했다. 나는 흐뭇하고 기분이 좋았다. 이 정도 기록이면 5군으로 승군해서도 무난히 우승할 수 있는 기록이기 때문이다.

섬싱로스트는 두 번째 출전인 5군 1천200m 경기에서 1분 13초 7의 좋은 기록으로 우승하고, 세 번째 경기인 4군 1천400m에서도 1분 28초 2로 우승했다. 데뷔 후 내리 3연승을 한 것이다.

3월의 경주 계획표를 보니 3세 마 대상 경주인 스포츠서울배가 있는데, 섬싱로스트를 출전시키고 싶은 욕심이 생겼다. 3세 마 중 가장 강한 말들이 출전하기에 객관적으로나 기록적으로나 섬싱로스트가 우승을 넘보기에는 좀 어려운 경기일 거라는 생각이 들긴 했다. 하지만 섬싱로스트는 스타트가 좋고, 아직 3세 마들은 어려서 변수가 많이 생길 수 있으니 정춘복 마주님을 설득해서 출전시키기로 했다. 역시 스포츠서울배 경기 예상을 보니 섬싱로스트는 5위 정도로 잡힌 것 같았다.

스포츠서울배 게이트 문이 열리며 섬싱로스트가 선행으로 치고 나갔다. 나는 섬싱로스트가 선행 간다면 충분히 승산이 있다고 정춘복 마주님께 말씀을 드렸는데, 일단은 작전대로 선행 가고 있었다. 결국 스포츠서울배 1천400m 경기에서 섬싱로스트는 강적들을 따돌리고 결승선을 가장 먼저 통과하며 우승했다. 섬싱로스트가 대상 경주에서 우승한 것이다. 섬싱로스트는 직전 경주보다 2초 1을 앞당긴 1분 26초 1 기록으로 깜짝 우승했다. 나도 실로 오랜만에 대상 경주에 우승하는 순간이었다.

여세를 몰아 섬싱로스트는 부산에서 열리는 KRA컵 마일 대상 경주에 출사표를 던졌다. 이 경기에서 섬싱로스트는 많은 이들의 우려를 불식시키며 강자 틈에서 2등을 오고 잘 뛰었다는 박수를 받았다. KRA컵 마일 경기는 정말로 쟁쟁한 3세 말들이 나온 경주였는데, 섬싱로스트는 앞선에 따라가다가 추입으로 2등을 온 것이다.

나는 이어 섬싱로스트를 코리안더비에 출전시켰다. 섬싱로스트가 KRA컵 마일에서 2등을 왔고, 최고의 강자 '베텔게우스'가 출전하지 않기에 승산 있다고 생각해 희망이 있었다. 그런데 게이트 번호를 16두의 말 중 16번을 뽑은 것이다. 순간 나는 멍해졌다. 섬싱로스트에게는 작전을 제대로 세울 수 없는 최악의 게이트 번호였다. 결국 섬싱로스트는 자리 잡으려고 무리하게 경주를 펼치다 중간에 힘이 너무 빠져 꼴찌를 왔다. 경마 경기에서 게이트 번호는 상당히 중요하다.

나는 코리안더비에서의 패배를 게이트 번호 탓으로 돌리며 다음 농림부장관배에 출전해 게이트 번호를 뽑았다. 아뿔사! 또 16번을 뽑는 악운이었다. 연속해서 게이트 번호 16번을 뽑으니, 하늘이 노래지고 나도 모르게 멍때리고 있었다.

지난번 경기에서는 우승에 대한 욕심이 앞서 서두르다 패배했기에 나는 이번엔 마음을 비우고 선행하려고 서두르지 말라고 했다. 스타트 나와서 자리 잡고 마음 편히 경주를 펼치라고 기수에게 작전을 지시했다. 게이트 문이 열리고 이혁 기수가 작전대로 서두르지 않고 경기를 잘 풀어주며 따라갔다. 농식품부장관배에서 섬싱로스트는 라스트에서 치고 나오며 추입으로 5등의 성적을 거두었다.

농식품부장관배를 끝으로 섬싱로스트는 긴 휴양에 들어갔다. 신마 때부터 훈련 중 빠른 구보 이상을 달리고 나면 한쪽 다리를 파행하는 약점이 있었다. 원인은 알 수 없지만 이런 병을 고쳐 보고자 6개월이라는 장기간의 휴양을 택했다.

6개월 후, 장기간의 휴양을 마치고 돌아온 섬싱로스트는 2024년 2월 3일 토요일 제11 경주에 출전했다. 섬싱로스트는 예상대로 선두 그룹에서 달리다가 결승선을 얼마 앞두고 추입하여 대차로 우승하여 커다란 기쁨을 주었다. 이날 섬싱로스트의 우승은 앞으로 있을 스프린터 시리즈 대상 경주에 출전해도 좋겠다는 믿음을 나에게 주었다.

'섬싱로스트'는 정춘복 마주님이 마주를 하면서 많은 것을 잃어버린 것 같아 그동안 잃어버린 것을 찾으라는 의미에서 역설적으로 지은 이름이다. 마주님은 이름대로 잃어버린 것을 모두 찾아 주고 있다며 섬싱로스트에게 고맙다고 한다.

2024년 3월 10일, 부산 경남경마장에서 스프린터 경기의 첫 번째 관문인 부산일보배 대상 경주에 출전했다. 섬싱로스트는 매번 큰 경기 때마다 게이트 번호가 외곽이어서 경기 펼치기가 어려웠는데, 이번에도 12번 외곽 번호인 것이 마음에 걸렸다. 드디어 게이트가 열리고, 섬싱로스트는 다른 말보다 외곽으로 돌았다. 그리고 라스트에서 '라온더포인트'와 어깨를 나란히 하고는 치열하게 결승선을 향해 치고 나왔다. 나는 고래고래 목청껏 응원했다. 하지만 아쉽게도 우승마와 머리 차로 결승선을 통과하며 2등을 왔다. 섬싱로스트는 아주 잘 달려 주었지만 우승에는 운이 따르지 않았다.

"아! 너무 아쉬운 경기……. 섬싱아, 수고했다! 4월에 열리는 시리즈 2차 관문 'SBS 스포츠 스프린트 대회'에서 너의 진가를 보여 주어 월계관을 꼭 쓰기를 바란다. 섬싱아, 너만 믿는다!"

2023년 스포츠서울배 대상 경주에서 우승 후 마주, 이혁 기수와 함께한 필자

2023년 섬싱로스트의 스포츠서울배 대상 경주 우승 후 기념 촬영

6개월의 장기간 휴양을 마치고 돌아온 섬싱로스트,
2024년 2월 3일 제11경주에서 현격한 대차로 우승했다.

2024년 3월 부산일보배 대상 경주에 출전,
예시장에서 윤승하는 섬싱로스트(이혁 기수)